버스

버샤

표명희 장편소설

창비

차
례

◆◆

버샤

007

작가의 말

322

참고 문헌

325

◆◆

1

달을 본다. 미인의 눈썹처럼 날렵한 선의 초승달······. 그 옆에 별
이 있다. 별은 달의 왼편에서 반짝인다. 오목하게 팬 달을 동경하며
애처롭게 반짝인다. 달이라고 다를까. 별을 품으려는 듯 가슴을 휑
하니 비운 채다. 그래도 둘의 간극은 좁혀지지 않는다. '밀당'의 거
리감이 팽팽하다. 이 두 밤하늘의 지배자를 중심으로 아라베스크
문양이 회오리치듯 원을 이루며 실크 휘장을 수놓고 있다. 넝쿨 식
물과 점, 선, 면의 아랍 문자가 어우러져 기하학 질서를 만들어 낸
다. 달과 별이 모든 것을 자유로이 춤추게 하며 또한 블랙홀처럼 빨
아들이는, 원심과 구심의 힘이 동시에 작용하는 문양의 실크 휘장
이다. 은실과 금실이 만나거나 엇갈리며 정교한 무늬를 이루어 잔
잔하게 물결치는, 우주를 품은 듯한 저 아라베스크 문양을 들여다
보고 있으면 이른 아침 사원에서 울려 퍼지는 무에진(이슬람 사원에
서 일하는 사람)의 아잔 소리가 들려오는 듯하다. 새벽 공기를 적시며

잠든 이들 머리맡으로 다가오는 애잔하면서도 구성진 목소리…….

사람들이 왜 달과 별을 갈망하는지 알아? 우리의 멘토 재스민이 물었다. 언제나처럼 우리는 눈을 멀뚱거리며 그녀의 답을 기다릴 뿐이었다. 질문도 대답도 우리에겐 익숙지 않았다. 심리학에서 본다면 말이지, 이 지구가 불편해서라는 거야. 딛고 선 이 땅의 진실이 불편하니까 저 먼 곳으로 자꾸 시선을 돌리는 거라고. 그녀의 목소리에는 연민과 냉소가 같이 묻어났다. 그때는 머릿속에 담겨지던 그 말이 날이 갈수록 피부로 가슴으로 파고든다.

하늘거리는 저 휘장은 기도실과 거실을 나누는 벽이다. 기도 소리는 물론 은밀하게 오가는 말소리도 실크 휘장을 거치면 잔잔한 선율로 변한다. 늘 그런 건 아니다. 언젠가부터 저 아라베스크 문양의 효과에 의문이 들기 시작했다. 점점 잦아지는 아델과 하만의 다툼 때문일 수도 있다. 오늘 밤도 예외가 아니다. 둘 사이에 오가는 말소리가 크레셴도와 데크레셴도를 어지러이 되풀이하고 있다.

"대체 여기가 어때서? 우리한테야 감지덕지."

"아직 제대로 된 게 하나도 없잖아요."

"우리가 지금 제대로 된 걸 바랄 처지야? 지금껏 거쳐 왔던 곳을 생각해 보라고."

"자갈밭 지나왔으니 모래밭에 만족하란 얘기네요."

"모래밭이 아니라 여긴 매끈한 대리석 바닥이야. 우리에겐 과분한 거라고."

"대리석 아니라 궁전의 황금 바닥이라 한들, 내일을 기약할 수나 있냐고요."

"내일 일은 궁전의 칼리프도, 술탄도 몰라."

"신만이 아시겠죠. 오, 알라후 아을람('신의 뜻대로'라는 의미의 아랍어)."

말끝에 아델의 한숨이 길게 따라붙는다.

이런 식의 이야기가 그제와 어제에 이어 오늘 밤도 되풀이되고 있다. 『아라비안나이트』의 재탕도 아니고 IS의 모술 폭격 같은 충격적인 뉴스도 아니다. 시시콜콜한 일상적 얘기의 반복이다. 시작도 신, 결론도 우리의 위대한 신으로 마무리되는 뻔한 레퍼토리다. 저 실크 휘장 한가운데 자리하고 있는 달과 별 같은 존재, 우주와 세상의 중심, 그것이 모든 걸 블랙홀처럼 빨아들이고 있다. 언제 나도 저 오묘하고 현란한 심연으로 빠져들어 허우적댈지 알 수 없다.

"그러니까 아프리카 캠프에서 그 유대인 브로커의 말을……."

"그 얘긴 다 끝난 거잖아."

"끝나긴요, 그때 그 돈만 있었더라도……."

소리는 낮아져도 다툼은 더 이어질 조짐이다. 돈 문제라면 훨씬 길고 복잡해질 수밖에 없다. 우리의 신은 돈 문제에도 지치는 법이 없으니 말이다. 돈과 신은 이제 동격인 듯하다. 아니, 신이 돈에게 그 윗자리를 넘겨준 모양이다. 팔아 치운 건지도 모른다. 아무도 그런 말로 신을 모독할 엄두를 내지 못할 뿐이다.

휘장 너머에서는 아까와 하나도 다르지 않은 얘깃거리가 다시 도마에 오른다. 왈가왈부, 옥신각신, 티격태격. 우리에겐 이때가 기회다. 펼쳐 놓았던 노트를 덮고 나는 막내 어깨를 톡톡 친다. 큐브를 만지작거리며 이리 뒹굴 저리 뒹굴 하던 막내 나즈는 내 손짓의 의미를 읽고 재빨리 몸을 일으킨다. 눈치 빠른 세실도 태블릿 피시를 내려놓고는 따라나설 채비를 한다. 벽에 등을 기댄 채 한쪽 구석에 바위처럼 앉아 있는 텔민은 우리의 움직임 따위엔 관심 없다는 듯 게임에 빠져 있다. 잠시 녀석과 눈이 마주친다. 텔민 특유의 반항적인 눈빛이 나를 쏘아본다. 나도 피하지 않는다. '너도 같이 따라나설래? 싫음 말고.' 녀석의 의향을 눈짓으로 묻는다. 텔민의 표정은 '내가 지금 너희랑 어울리고 싶겠냐, 빨리 꺼져 줘.'라는 뉘앙스다. 그러고는 다시 게임 세상으로 시선을 돌린다. 의견 교환은 끝났고 언제나처럼 텔민을 빼고 우리 셋만 나서기로 한다.

조심조심 거처를 빠져나와 우리는 노란 선 앞에 멈춘다. 매끈한 바닥에 나 있는 이 노란 선이 대문 혹은 울타리인 셈이다. 셋이 나란히 열을 맞추어 서서 손을 잡고 그 선을 뛰어넘는 게 우리 외출의 첫 단추 꿰기다.

"하나, 둘……."

나즈와 세실이 속삭이듯 구령을 왼다.

"셋!"과 동시에 우리는 손을 잡고 망아지처럼 노란 선을 뛰어넘는다. 이 선을 넘어서면 다른 세상이다. 이 단순한 놀이가 우리를 사로잡는 것도 그 때문이다. 국경이라도 넘는 듯한 스릴에 사로잡히는 일.

밤에는 절대 노란 선 밖으로 나가면 안 돼. 그건 죽음이야, 알지? 아델이 위협 조로 말했다. 남들 눈에 안 띄어야 여기서 살아남을 수 있어. 하만도 노란 선 하나가 날카로운 철조망이라도 되듯 겁을 주었다. 하지만 그런 말은 이제 위협은커녕 잔소리 축에도 들지 못한다. 그들도 이젠 습관처럼 하는 말이 돼 버렸다. 이미 우린 숨죽이고 사는 일에 적응돼 있다. 말은 속삭임으로 바뀌었고 걸음도 도둑걸음이 몸에 배었다. 우리의 밤 산책도 아델과 하만의 말다툼으로 관심이 소홀해진 틈을 타 조용하고 빠르게 이뤄진다. 이젠 식구들끼리도 서로 눈치를 살핀다. 어떻게 이보다 더 숨죽이고 살 수 있나. 그러면 정말 벙어리랑 다를 게 뭔가?

"버샤, 뭐 해?"

세실이 뒤처진 나를 돌아보며 숨죽여 외친다. 얼굴을 찡그리며 입술 모양은 크게, 그 대신 소리는 최대한 낮추는 것, 그것이 '숨죽여 외치는' 거다. 그새 두 아이는 저만치 앞서가 있다. 나는 뒤처진 걸음을 재촉한다. 노란 선을 벗어나 줄기 도로로 접어들면 우리 걸음엔 조금 더 자신감이 붙는다. 매끈한 길이 우리 앞에 끝 간 데 없이 뻗어 있다. 이 길을 나는 한 그루 나무에 빗대 '줄기 도로'라 한다. '메인 로드' 격인 이 줄기 도로를 따라 걷다 보면 가지처럼 뻗어나간 '곁가지 길'이 있다. 우리의 밤 산책은 이 줄기 도로의 출발점에서 시작된다.

오늘은 111번 게이트까지 갔다 올 생각이다. 곁가지 길로 빠지지 않고 줄기 도로만 오가면 먼 길도 아니다. 세실과 나즈의 어깨를 톡톡 두드려 둘의 시선을 모은 다음 나는 양 집게손가락을 나란히 세워 보인다. 목적지를 알리는 것이다.

"111번 게이트까지?"

세실이 눈을 치켜뜨며 묻는다.

줄기 도로 맨 끝이 바로 111번 게이트다. 원래는 35번까지가 우리에게 허용된 구역이다. 강제라기보다 권유 사항이긴 하다. 그럼에도 하만은 범위를 확 줄여 늦은 밤에는 노란 선 밖으로 절대 나가지 말라는 규칙을 정해 놓았다. 그러니 111번 게이트까지 갔다오는 건 규칙을 두 개나 어기는 셈이다. 그것도 이 밤 산책의 매력이 아닐 수 없다. 스릴이 없으면 재미도 없다. 국경을 넘을 때마다 우린 목숨을 걸어야 했다. 하나뿐인 목숨도 여러 번 걸다 보면 새끼손가락 거는 일처럼 돼 버린다. 익숙해지면 무덤덤해지고 목숨이 달린 일도 견딜 만해진다. 아니, 그런 내성 때문이 아닐지도 모른다. 지금껏 살아남은 데 대한 자신감일 수도 있다. 자신감인지 자만심인지……. 어쨌든 이곳에서 이 시간에 노란 선 하나 넘는 일이야 목숨을 거는 일도 아니고 사소한 규칙 몇 개 어기는 일에 불과하다.

"괜찮을까?"

세실의 물음에 나는 고개를 끄덕여 보인다. 그런 다음 왼손으로 오른팔 손목에서 팔꿈치까지 매끈하게 쓸어내린다. 그건 줄기 도로만 갔다 오겠다는 말이다.

"칫. 나즈만 신나겠네."

세실이 이내 뾰로통해진다. 자신이 좋아하는 인형 가게를 볼 수 없기 때문이다. 인형이나 작은 기념품을 파는 가게는 줄기 도로에서 옆으로 뻗어 나간 곁가지 길에 있다. 그렇다고 세실이 내 말을 거스르는 건 아니다. 밤 산책을 할 때만큼은 아이들도 보호자인 내 말을 고분고분 따른다. 늦은 밤 한산한 길의 위험에 대해 귀가 닳도록 들어서다. 밤에는 사람이 적어 우리가 쉽게 노출될 수 있다. 정해진 구역을 벗어난 우리가 이곳 보안 요원 눈에 띄면 어떤 불이익이 따를지 알 수 없다.

111번 게이트에 이르는 이 길게 뻗은 줄기 도로는 무슬림식 전통 시장인 '수크'처럼 거대한 쇼핑가나 다름없다. 값비싼 물건이 진열된 숍이 끝도 없이 이어지고 있다. 숫자 모양처럼 기다란 막대 같은 길이 하염없이 뻗어 있고 길 양편으로는 대형 모스크 신전 앞에 꿇어앉은 신도처럼 숍이 끝도 없이 늘어서 있다.

샹젤리제 거리 같아. 좌우로 늘어선 숍을 바라보며 아델은 서푼짜리 감상을 섞어 말하곤 했다. 샹젤리제도 이곳처럼 화려한 명품 숍이 끝도 없이 늘어서 있고 많은 사람이 오가는 곳인가 보다. 하지만 그런 게 지금 우리한테 무슨 소용이란 말인가. 이곳에서 우리는 그저 투명 인간 아니면 유령 같은 존재에 지나지 않는걸……. 그런 말이 목구멍까지 치밀지만 다행히 거기서 그친다. 말소리가 내 목구멍을 벗어나지 못하는 건 가정의 평화에 도움이 된다. 그저 나는 눈앞의 광경에서 샹젤리제를 상상할 뿐이다. 어차피 꿈도 못 꿀 일이라면 욕하는 것보단 상상으로나마 즐기는 게 나으니까.

제일 앞서 달려간 나즈는 이미 무빙워크 앞에 서 있다. 나즈는 그 위에서 걷는 걸 좋아한다. 무빙워크가 속도를 더해 주어 어른 걸음처럼 느껴지기 때문이다. 맨 처음 그 위에 올라서서 걸을 때는 나도 신기했다. 에스컬레이터나 엘리베이터처럼 아래위로 움직이는 것이 아닌 수평 이동이라니……. 자전하는 지구 위에 올라선 우리가 다시 무빙워크 위에서 계속 걷는다는 건 우주에서 보면 엄청난 속도로 걷는 것처럼 보이지 않을까. 어지러울 정도로 빠르게 말이다. 하지만 지금은 무빙워크도 멈춘 시간이다. 사람들 발길이 뜸해지는 자정이면 무빙워크가 작동을 멈춘다. 기계도 휴식은 필요할 테니. 막내는 멈춘 무빙워크와 나를 번갈아보며 얼굴을 찡그려 보인다. 이곳의 유일한 놀이 기구인 무빙워크도 사람들이 북적일 때나 탈 수 있다는 걸 아이도 잘 알고 있다.

지금은 사람도 아주 가끔 눈에 띌 뿐이고 몇몇 군데를 제외하곤 숍도 거의 문을 닫았다. 조명도 조도가 낮아져 한결 차분하다. 이렇게 한산한 시간이면 우리가 이곳 주인이 된 것만 같다. 밤 산책의 진짜 매력은 여기에 있다. 우리가 이 세상 주인이 된 듯한 착각에 빠져드는 것.

"나즈, 안 돼!"

세실의 외침에 내가 더 놀란다.

막내가 그새 무빙워크 난간에 올라서서 곡예 부리듯 걷고 있는 것이었다. 세실이 달려가 손으로 나즈를 끌어 내린다.

"미쳤어? 보안 요원 눈에 띄기라도 하면 어쩌려고?"

세실이 막내를 꾸짖는다.

두 살 더 많다고 세실도 이제 누나 노릇을 하려 든다. 이 시간에 우리가 누구 눈치를 봐야 하는지 세실도 잘 알고 있다. 다행히 지금까지는 아무와도 마주치지 않았다. 늦은 밤에는 야간근무조만 있어 그들과 마주칠 일은 거의 없다. 무빙워크가 시작되는 이 36번 게이트부터는 우리에게 허락된 구역이 아니다. 사람이 많을 때는 눈에 잘 띄지 않지만 인적이 뜸한 밤에는 조심해야 한다.

무빙워크를 벗어난 세실과 나즈는 다시 놀이 친구로 돌아가 있다. 철부지답게 둘은 다투고 나서도 언제 그랬느냐는 듯 금세 잊어버린다. 둘이 앞서거니 뒤서거니 내 앞으로 달려와 어지럽도록 주위를 돈다.

키키키키—

까르르—

아이들 웃음소리가 커질수록 내 심장은 쪼그라든다. 아니나 다를까, 저 앞에서 여행 가방을 끌며 나란히 걸어가던 두 사람 중 하나가 뒤돌아본다. 나는 황급히 아이들을 불러 모아 주의를 준다. 양손 집게손가락으로 ×자를 만들며 고개를 가로젓자 세실과 나즈는 알았다는 듯 다소곳해진다. 아이들은 웃음을 거두고 한껏 숨죽인 채 걷는다. 이제 엄마 아빠의 잔소리보다 내 손짓과 표정이 아이들에게 더 잘 먹혀든다.

돌아보던 행인도 어느새 사라지고 없다. 고요가 다시 우리 주위를 감싼다. 이런 묵직한 고요 속에 놓이면 정말 유령이라도 된 기분이다. 어디든 갈 수 있고 어디에나 출몰할 수 있는 유령이 아니라 머물 곳을 찾지 못해 정처 없이 떠도는 밤의 유령…….

"와, 111번 게이트다."

세실이 또다시 숨죽여 외친다.

드디어 목적지에 닿은 것이다. 다행히 보안 요원과 한 번도 마주치지 않았다. 더러 24시간 영업 중인 숍을 지나기도 했지만 점원과도 눈 한 번 마주치지 않았다. 숍의 행렬이 끝나고 이 111번 게이트가 있는 구역으로 들어서면 천장과 벽이 온통 유리로 이루어진 공간이 나타난다. 유리 박물관 또는 온실을 연상시키는 이곳은 공룡 박물관으로도 손색이 없을 정도로 천장이 높고 크다.

"꼭 유리 궁전 같지, 버샤?"

세실이 천장을 올려다보며 눈을 반짝인다.

이곳에 오면 세실은 유리 궁전을, 막내둥이 나즈는 우주선을 떠올린다. 아델이라면 멋진 현대식 쇼핑몰을, 하만이라면 거대하고 성스러운 모스크를 연상할 것이다. 저마다 자기가 좋아하는 뭔가를 맘껏 떠올릴 수 있는 마법의 공간이 여기다.

"「겨울왕국」의 안나가 된 거 같아. 크크."

요즘 그 애니메이션에 빠져 있는 세실이 한껏 흥분해 말한다. 세실이 안나라면 나는 자동으로 엘사가 된다. 안나가 언니 엘사를 구출하기 위해 나선 용감한 공주라는 사실에 세실이 관심을 가질 리는 없겠지만……. 어쨌든 영화 속 엘사는 가족은 물론 국가를 책임져야 할 사명을 가진 여왕이다. 스스로를 가둬야 하는 저주받은 운명의 여왕. 그러니 엘사도 한때는 우리처럼 유령이나 다름없는 신세였다. 솔직히 그딴 운명이라면 여왕이란 신분도 폭격에 무너져 나뒹구는 벽돌 조각이랑 다를 게 뭔가.

"와, 비행기다!"

나즈가 유리 벽 쪽으로 다가서며 외친다.

유리 벽 너머로 바깥이 내다보인다. 아득한 광장이 어둠 속에 펼쳐져 있다. 활주로를 나타내는 은은한 조명이 바닥에 길게 줄지어 있다. 다른 한쪽에는 불이 환하게 밝혀진 곳에 비행기 몇 대가 모여 있다. 격납고인 것 같다. 바퀴 사이로 작업복 입은 사람들이 분주히 오간다. 우리가 머물고 있는 이곳은 공항 출국장이다. 검색대를 통과한 사람들이 면세점에서 쇼핑을 하고 비행기를 타러 게이트를 빠져나가는, 이 나라에서 마지막으로 밟고 가는 땅. 하지만 우리에게는 입국을 위해 대기 중인 곳이다. 사람들이 한 시간 남짓 머물다 가는 이 출국장에 우리는 한 달 넘게 살고 있다. 출국이 아닌 입국, 이 나라 땅을 밟을 그날을 손꼽아 기다리며…….

"난 여기가 좋아. 여기서 살 거야!"

세실이 선언하듯 말한다.

"나도!"

막내 나즈가 큰 소리로 따라 한다.

아이들의 말이 마술을 부린 걸까. 순간 이곳이 살 만한 곳처럼 보인다. 난민 캠프 천막촌과는 사실 비교도 안 된다. 시설물 하나하나가 우리의 감탄을 자아낼 만하다. 난민촌이 불편한 진실로 그득한 창백한 푸른빛의 지구라면 이곳은 영롱하게 반짝이는 안드로메다 같다. 여기엔 총을 멘 군인도 없고, 시커먼 매연을 내뿜으며 달리는 트럭도, 피투성이 시체도 없다. 파리나 모기가 들끓는 웅덩이도, 먹거리나 좋은 자리를 서로 차지하기 위한 악다구니도 비명도 아이들 울음소리도 없다. 천장과 벽면이 온통 유리로 되어 있고 하얀 철제 골조가 굳건하게 뼈대를 이루어 어떤 공격에도 끄떡없어 보인다. 매끈하고 깨끗한 대리석 바닥은 맨발로 다녀도 될 정도이고 실내 온도는 춥지도 덥지도 않으며 공기는 먼지바람이나 포연 하나 없이 깨끗하다. 평소 이곳을 오가는 사람들도 하나같이 여유롭고 밝은 표정이다. 그들은 여행용 캐리어를 끌며 들뜬 기분으로 숍을 기웃거리고는 쇼핑을 즐기다 시간이 되면 줄지어 게이트를 빠져나간다. 비행기에 몸을 싣고 이국의 여행지로 날아가기 위해서다. 아주 가끔 그들이 부러울 때도 있지만 우리는 이곳에 있는 게 더 좋다. 지금까지 거쳐 왔던 곳을 떠올리면 더더욱…….

　노란 선을 넘을 때처럼 우리는 유리 벽에 나란히 붙어 서서 밖을 내다본다. 셋 다 같은 곳을 바라보고 있다. 어둑한 활주로 쪽 말고 불이 환히 밝혀진 격납고 쪽. 몇 대의 비행기와 그 아래를 오가며 일하고 있는 작업자들이 보인다. 바퀴 사이로 오가는 그들을 보고 있노라니 비행기가 얼마나 큰지 실감이 난다. 회색 유니폼을 입은 작업자들은 코끼리 다리 주위를 부지런히 기어 다니는 생쥐 같다.

　"난 커서 비행기 수리 기사가 될 거야."

　나즈가 다짐하듯 말한다. 비행기 바퀴 사이를 오가며 하는 작업이 재미있어 보이는 모양이다.

　"난 면세점 직원!"

　세실도 뒤질세라 목소리를 높인다. 세실은 숍 여자 직원의 깔끔한 유니폼과 상점에 진열된 예쁜 인형이 탐나는 게 분명하다.

　원래 세실은 유치원 교사가 되고 싶어 했다. 이곳에 오고 세실은 꿈이 바뀌었고 막내 나즈는 비로소 꿈이란 걸 갖게 되었다. 그리고 나는…… 꿈을 깨끗이 접었다.

2

휘리링— 휘리링—

경쾌한 디지털 음에 놀라 진우는 서둘러 비켜섰다. 옆으로 물러나 돌아보니 길 안내 로봇이었다. 진우는 제 행동에 실소가 났다. 로봇이 알아서 사람을 피해 간다는 사실을 깜박했던 것이다. 부부에 아이 둘 딸린 4인 가족이 자연스럽게 로봇 뒤를 따르고 있었다. 그들 가족의 차분한 표정과 허둥대던 제 모습이 대비되어 머쓱했다. 더욱이 자신은 이 공항에서 일하는 사람 아닌가. 하지만 그런 머쓱함도 잠깐이었다. 입구 쪽에 있는 청소 로봇을 보면서 '혹시 저 4인 가족도 로봇……?' 하는 의구심이 언뜻 스친 것이다. 최근에는 바닥 청소도 로봇 몫으로 대체되었다. 그뿐인가. 탑승권 발권과 수하물 부치는 일도 이젠 셀프 시스템으로 완전히 자리 잡았다. 이런 속도라면 모든 시스템이 순식간에 바뀌어 이 청사 로비는 4차 산업혁명을 대표하는 현장이 돼 버릴 것 같았다. 청사 안은 로봇과 인공지능 시스템이 장악하고 청사 밖 광장에는 피켓 든 해고 노동자들이 모여 시위를 하는 모습이 눈에 선히 그려졌다.

청소 로봇은 콧소리를 흥얼거리며 열심히 바닥 청소 중이었다. 24시간 쉬지 않고 일해도 저 경쾌한 콧소리는 변함없을 것 같다. 공항의 로봇들은 안내를 맡은 로봇과 청소를 맡은 로봇, 두 종류다. 안내 로봇은 날씬하고 키 큰 눈사람 모양인 데 비해 청소 로봇은 통통하고 작달막한 눈사람이다. 진우는 안내 로봇보다는 바닥에 바싹 붙어 굴러다니는 청소 로봇이 조금 더 친근하게 느껴졌다.

언젠가 하얀 청소 로봇이 머리통에 빨간색과 까만색 페인트를 뒤집어쓴 채 청소를 하러 돌아다니고 있었다. 그런데 가까이서 보니 페인트가 아니라 초콜릿과 체리 두 종류의 크림으로 범벅이 된 것이었다. 처음엔 아이들 장난인 줄 알았다. 푸른 형광빛을 발하는 흰 눈사람 로봇이 콧소리를 흥얼거리며 바닥 청소를 하고 있는 모습을 보면 아이들도 장난이 치고 싶어질 것 같았다. 하지만 나중에 밝혀진 바 크림 투척의 범인은 아이들이 아니라 그달 계약이 만료되는 청소 용역 업체 노동자였다. 귀여운 장난처럼 보이던 그 장면이 SNS를 타고 번지며 일종의 시위로 밝혀지자 공항은 비정규직 문제로 술렁였다.

나 참, 저렇게 깜찍하고 예쁜 로봇을 경쟁 상대로 생각하다니. 사건의 전모를 전해 들은 종현은 어이없어했다. 힘든 일을 기계가 대체하는 건 당연한 거지. 당장 일자리를 뺏기는 것처럼 보여도 그건 결국 사람들이 꺼리는 일을 로봇이 대신하는 거잖아. 종현에 따르면 로봇은 착취라는 불편한 감정 없이 '인간적으로' 부릴 수 있는 미래의 일꾼이었다. 힘들거나 위험한 일은 기계에 맡기고 인간은 삶을 즐겨야지. 우린 그때까지만 육체노동자로 살면 돼. 종현의 말에 반박하고 싶어도 정규 직원 귀에 임시직의 한마디가 무슨 의미가 있겠나 싶어 진우는 듣고만 있었다. 부정할 수 없는 건 현장을 오갈 때마다 종현의 말이 점점 실감 나고 있다는 사실이다. 문제는 종현이 말한 장밋빛 미래가 진우 자신의 앞날과 관련해서는 짙은 먹구름으로 보인다는 것이었지만.

로봇 뒤를 졸졸 따라가며 즐거워하는 사람들을 볼 때마다 진우는 하얀 로봇에 초콜릿과 체리 크림을 투척한 용역 노동자의 그림자가 따라붙는 것 같았다. 깜찍한 듯하면서도 찌질해 보이는 투쟁 방법이 남의 일 같지 않았다. 흑백 영화 「모던 타임스」에 나왔던 멜빵바지 노동자 채플린을 사람들이 부러워할 날도 머지않은 듯했다.

3

"우유가 아니라 이건 시한폭탄 집어 드는 기분이라고. 무슨 물가가 호텔이나 백화점 수준인지 원."

아델이 오백 밀리리터짜리 우유갑을 들어 보이며 한숨을 내쉰다. 그 목소리가 얼마나 절박한지 우유갑은 폭탄, 긴 한숨은 카운트다운처럼 들린다. 식료품 매장에 들렀다 올 때마다 그녀 이마의 주름이 깊어지고 있다. 쇼핑이 취미였던 지난날과 비교하면 지금 아델의 모습은 삶이란 얼마나 믿을 게 못 되는지 생생하게 보여 주는 모델 같다. 얘들아, 잘 봐 둬라. 인생이 얼마나 엿 같은 것인지. 그런 표현이나 다름없다.

젊은 시절 아델은 샹젤리제 거리의 어느 명품 가게 점원이었다고 한다. 세계적 관광지 쇼핑가에서 가게 점원으로 일한 젊은 아랍인 여성 아델. 명문가 며느리 후보로는 보잘것없는 아델의 이력이 사람들 귀에 전해진 건 가문의 명예를 목숨보다 귀하게 여기는 친인척들 입을 통해서였다. 가게 점원이었던 아델이 백마 탄 기사 하만을 남편으로 맞으면서 미끄러지듯 황금 궁전으로 들어갈 수 있었다는 동화 나부랭이 같은 이야기도……

단숨에 궁전 안주인이 된 아델에게 명품은 더 이상 그림의 떡이 아니라 원하면 손에 넣을 수 있는 일상적인 물건이 되었다. 쇼핑은 가난했던 과거에 대한 보상이었고 나중에는 취미로 자리 잡았다가 마침내 '힐링'의 수단이 되었다. 그렇게 십수 년 이어지던 장밋빛 결혼 생활이 하루아침에 뒤집힐 거라는 상상을 그녀가 할 수나 있었을까. 달콤했던 결혼 생활은 꿈처럼 사라지고 이제는 파리 뒷골목 길고양이도 안 하는 끼니 걱정까지 해야 하는 처지가 됐으니……

"여긴 국제공항이잖아. 이런 초현대식 건물에 머물고 있다는 것만으로도 신께 감사해야지."

하만의 위로 섞인 대꾸가 따라붙는다.

우리 거처는 출국장 한쪽에 임시로 자리하고 있는 노천 하우스다. 이용객에게 피해를 덜 주고 우리도 최소한의 사생활을 보장받기 위해 구석 쪽에 여행 가방과 휘장으로 간이 벽을 두르고 임시 보금자리를 만들었다.

"하긴 난민 캠프에 비하면 호텔급이긴 하지."

아델이 코웃음 치며 말한다.

여행 가방과 휘장으로 벽을 두른 노숙형 보금자리이긴 해도 우리에겐 감지덕지다. 안전하고 쾌적한 건물 안은 적정 온도를 늘 유지하고 맘껏 마실 수 있는 식수와 깨끗한 화장실을 갖추고 있으니 말이다. 우리가 거쳐 왔던 아프리카의 난민 캠프라든지 퀴퀴한 냄새에 찌든 동유럽의 낡은 철도역 지하도와 견주면 이곳은 우리 가족의 '임시 스위트룸' 또는 하만의 표현대로 '성전'으로 불릴 만하다. 끼니 해결을 위해 치러야 하는 살인적인 물가만 뺀다면…….

"버샤, 시리얼."

아델의 지시에 따라 나는 식료품 보관 가방에서 시리얼 봉지를 꺼내 그녀에게 건넨다. 이 시리얼 한 컵과 우유 백 밀리리터가 우리의 조식이다. 굶주린 자의 고통을 알고 자선의 고귀함을 깨치기 위한 신의 규율인 라마단 금식을 우리는 매일 실천하는 셈이다. 우리가 난민이 된 것도 따지고 들면 신의 뜻, 그러니까 저주받은 축복이란 얘기 아닌가. 그런 전지전능한 신께 영광 있으라. 알라후 아을람.

"나즈, 우유가 넘치잖아! 이 욕심꾸러기!"

세실이 빽 소리 지르며 막내에게서 우유갑을 빼앗으려 한다. 둘의 쟁탈전에 컵의 우유가 튀는가 싶더니 급기야 컵과 우유갑이 바닥에 떨어진다. 세실과 나즈가 허겁지겁 우유갑을 집어 들지만 이미 우유는 바닥에 엎질러진 뒤다. 아델이 황급히 엎드리더니 손으로 우유를 쓸어 담아 입으로 훅 빨아들인다. 다들 놀란 눈으로 그녀를 지켜본다. 몇 차례 우유를 흡입하고 난 아델은 바닥에 여전히 남은 우유에 시리얼을 쏟는다. 알록달록 별 모양 시리얼이 바닥에 쏟아진다. 시리얼이 바닥의 우유를 잘 흡수하도록 이리저리 뒤적인 다음 그녀는 적셔진 시리얼을 그릇에 주워 담는다.

"엄마!"

텔민이 짜증스럽게 소리친다.

아델은 들은 척도 않고 시리얼을 그릇에 계속 쏟아 담는다. "바닥이 얼마나 깨끗한데, 내가 여길 얼마나 자주 닦는데."라고 연신 중얼거리며……. 바닥이 모래나 진흙 바닥이 아닌 걸 그녀는 얼마나 다행으로 여길까. 우유가 카펫 바깥쪽에 쏟아진 것도 천만다행이 아닐 수 없다. 우리 거처 주변 바닥은 맨발로 다녀도 될 정도로 말끔하긴 하다. 아델과 내가 수시로 바닥을 훔치고 닦기 때문이다. 이 구역 청소를 맡고 있는 혜란 아줌마 눈 밖에 나지 않으려면 어쩔 수 없다.

시리얼을 남김없이 그릇에 주워 담고 나서도 아델은 바닥에 남은 우유를 포기하지 못한다. 이번에는 물기에 불과한 우유를 손에 묻혀 옆에 있던 세실 얼굴에 바르려 한다. 세실이 놀라서 훌쩍 뒤로 물러난다.

"싫어!"

세실은 엄마를 향해 눈을 부라린다.

"이게 얼마짜리 우유인데 그래!"

나무라듯 한마디 던진 아델은 우유 묻은 손을 자신의 얼굴로 가져간다. 얼굴을 문지른 다음 길게 늘인 목에 우유를 아래로 천천히 쓸어내리듯 펴 바른다. 버샤, 오드콜로뉴 좀 집어 줄래? 사프란 향으로……. 샤워 후 젖은 머리를 타월로 감싼 채 하얀 실크 가운을 걸치고 화장대 앞에 앉으며 아델은 말하곤 했다. 백조처럼 긴 목을 과시하듯 턱을 치켜들고는 이리저리 거울을 비춰 보며 사프란 향 오드콜로뉴를 온몸에 바르던 귀부인 시절의 모습이 눈에 선하다.

"엄마! 여기가 난민촌이야? 난민 캠프냐고!"

텔민이 또 한 번 소리친다. 평소 무관심과 냉소로 일관하던 녀석이 웬일인가 싶다. 나처럼 텔민도 엄마의 돌출 행동에서 이전 기억을 떠올린 것일까. 그 뒤에 따라붙을 말까지 들리는 듯하다. 출국장이잖아, 그것도 낯선 나라 국제공항 출국장! 난민 심사를 눈 빠지게 기다리고 있는……. 가슴 밑바닥에서 맴돌던 나의 불편한 심기가 텔민을 통해 발산된 느낌이다. 지금껏 이곳에 적응하려 애써 왔던 온 가족의 노력이 사소한 행동 하나로 단번에 수포로 돌아갈 수도 있음을 지적, 아니 경고하는 말 아닌가. 우리는 '국제공항 이용객'처럼 지내기 위해 애써 왔다. 그래야 이곳에서 살아남을 수 있다고 하만이 누누이 우리를 다잡았던 것이다. 아무리 배가 고파도 쓰레기통엔 눈길도 주지 않았고 누군가 잃어버린 물건을 주우면 바로 보안 요원에게 신고했다. '시민 의식 투철한 일가족'이라는 이미지 관리에 우리는 철저했다. 그런데 이 순간 하만은 가장의 권위가 담긴 표정으로 시종일관 묵묵히 지켜보고만 있다.

"버샤, 여기."

아델이 남은 시리얼 봉지를 다시 내게 건넨다. 나는 시리얼을 각자의 그릇에 한 컵씩 나눠 담는다. 우유 백 밀리리터와 시리얼 한 컵, 그것이 우리의 아침이다. 세실은 고양이 사료 같다며 곧잘 투덜대지만 그 조촐한 한 끼 앞에서 우리는 기꺼이 행복한 고양이가 된다. 엄마, 아빠, 새끼들로 이루어진 야옹이 가족이 모여 앉아 먹이를 먹는다. 이곳에서는 절대 도둑고양이가 되면 안 된다. 앙상한 뼈와 홀쭉한 배를 드러낼지언정 얌전한 집고양이처럼 굴어야 한다.

그것이 우리의 생존 전략이다. 살아남기 위한 우리의 변장술은 눈물겹다.

이 알량한 끼니를 먹을 때는 시리얼 포장지 겉면을 한 번씩 눈여겨보는 것도 도움이 된다. 비타민 A, C, B₁, D₃ 등 모두 아홉 가지 비타민과 단백질, 세 가지 미네랄 등등이 은빛 포장지 겉면에 무늬처럼 인쇄돼 있어 시리얼 한 줌을 완벽한 영양식으로 보이게 한다. 우주 비행사들의 영양식이기라도 한 양 말이다. 지구를 벗어나면 우주 비행사도 우리처럼 우주의 난민이 되는 셈 아닌가. 그러다 궤도를 이탈하기라도 하면 영원히 우주의 낭인으로 떠돌게 될 테지. 우주에서는 난민과 낭인, 둘 중 어느 쪽이 덜 불행할까? 별 모양 시리얼을 씹고 있으면 생각도 지구를 벗어나 저 광대한 우주로 뻗어 간다.

"좀 더 줘. 우유도 없는데."

시리얼 그릇을 받아 든 세실이 입을 비죽인다.

아델이 눈치를 주자 세실은 뾰로통해하며 포기한다. 눈금 있는 컵을 쓴다고 해서 배급이 항상 정확한 건 아니다. 특히 우유 분배가 그렇다. 우유는 막내부터 시작해 백 밀리리터씩 채워 가지만 결코 공평하게 나뉘진 않는다. 뒤로 갈수록 양이 줄어든다. 마지막 순서인 아델과 나는 남은 것을 반반씩 나누고 하만은 소화불량을 이유로 처음부터 배분에서 빠졌다. 오백 밀리리터짜리 우유는 가장인 하만을 제외한 다섯 식구 몫으로 굳어진 것이다.

식사 때마다 세실은 막내 나즈 몫이 제일 많다고 투덜댄다. 꼬맹이가 왜 맨날 제일 많이 먹어? 나즈는 앞으로 많이 커야 하잖아. 그

럼 아빠는? 다 컸기 때문에 안 먹어도 되는 거야? 세실이 당돌하게
받아칠 때마다 하만은 웃으며 두 팔을 들고 주먹을 불끈 쥐어 보이
며 거인 흉내를 낸다. 알라딘의 요술 램프에서 막 튀어나온 지니처
럼……. 먹을 걸 두고 늘 신경전인 세실과 나즈 몫이 가장 많지만
둘에게도 넉넉한 양은 아니다. 다른 이들이야 말할 것도 없다. 고양
이 먹이만큼의 양으로 고양이 수십 배 크기의 몸을 지탱해야 한다.
난민 캠프에서는 구호물자만 제때 오면 끼니 걱정은 없었지만 여
기서는 난민 인정을 받을 때까지 우리 스스로 먹을 걸 해결해야 한
다. 이곳에서 우리는 '난민 인정'을 간절히 바라는 난민이 되었다.

　이 출국장에서 우리는 내내 라마단 기간이다. 신께서 라마단 기
간만큼의 축복을 우리에게 내려 주실 거야. 하만은 그런 희망 고문
이 우리의 허기를 달랠 수 있다고 생각하는 걸까. 무슨 일이든 그
는 신을 앞세우지만 나는 신이 정말 우리를 지켜보고 있기나 한지
의심스럽다. 지금까지 우리가 겪어 온 일들만 봐도 알 수 있지 않
나. 신이 늘 우리와 함께하는 세상이라면 가당키나 한 일이었던가.
가시 돋친 말이 불쑥불쑥 솟구칠 때마다 내가 말을 잃은 게 얼마나
다행인지 모르겠다. 그렇지 않았다면 하만은 물론 신을 원망하는
말도 서슴지 않았을 것이다. 이 실어증이 무슬림으로서 최소한의
예의를 갖추게 해 주고 있는 셈이다.

　반항기의 절정에 있는 맏아들 텔민 역시 아빠 말에 대들거나 토
를 달지 않는다. 그 대신 녀석은 무관심과 냉소로 일관한다. 오로지
게임의 세계에만 빠져 있다. 세상일 따윈 관심도 의미도 없다는 듯.
하긴 우리 처지를 일깨우는 이 임시 거처보다야 가상의 게임 세계

가 훨씬 평화롭고 흥미로울 테지. 의견 충돌과 다툼도 대화가 많이 오가는 엄마 아빠 사이의 일이다. 침묵은 적어도 절반의 평화는 보장해 준다.

아델과 하만의 잦은 다툼은 우리가 집을 떠나기 전에는 상상할 수 없는 일이었다. 부유한 명문가답게 집 안에는 언제나 피아노 소리나 기도 소리, 웃음소리, 아니면 맛있는 음식 냄새가 흘러넘쳤다. 마당의 작은 분수대에서 끊임없이 뿜어져 나오는 분수처럼 늘 즐겁고 '행복한 우리 집'이었다.

"우유가 없으니 꼭 모래 씹는 거 같잖아. 내가 낙타 새끼야?"

세실이 시리얼 파편을 튀기며 불평한다.

"그럼 이거 먹어."

아델이 바닥에 쏟아진 우유에 적신 시리얼 그릇을 세실 앞으로 내민다. 세실은 얼굴을 찡그리며 엄마가 내민 그릇을 짜증스럽게 밀친다. 그런 걸 어떻게 먹느냐고 눈을 흘기는 품새가 벌써 이곳 생활에 적응한 투다. 그런 세실과 달리 아델은 막내딸이 밀친 그릇의 시리얼을 한 톨이라도 잃을세라 재빨리 입구를 감싼다. 지금 우리는 동유럽 낡은 지하도에서 노숙자가 먼저 훑고 간 쓰레기통을 뒤지던 일도, 아프리카 난민 캠프에서 지푸라기 둥둥 떠 있는 부연 물을 서로 마시려고 다투던 일도 없었던 것처럼 군다. 이 출국장에서 우리는 길을 잘못 든 여행객 행세를 제법 그럴듯하게 해내고 있다. 우리의 생존력은 이처럼 가증스럽도록 완벽하다. 아니, 완벽했다. 적어도 아델이 바닥에 엎질러진 우유에 입을 대기 전까지는……

"나즈, 욕심쟁이, 악마 새끼!"

세실이 욕설과 함께 씹던 시리얼을 나즈 얼굴에 내뱉는다. 시리얼 파편을 얼굴에 맞은 나즈가 발끈하며 숟가락을 누나 세실을 향해 집어 던진다. 철제 숟가락은 엉뚱한 곳으로 날아가 텔민의 얼굴을 맞힌다. 가뜩이나 신경이 곤두서 있던 텔민이 단번에 폭발한다. 맵찬 손으로 동생의 얼굴을 후려치자 어린 나즈가 옆으로 픽 쓰러진다. 그와 동시에 아빠의 커다란 손이 텔민의 뺨에 날아든다. 철썩! 그 소리가 내 심장까지 후려치는 느낌이다. 하만이 손찌검을 하다니……!

다들 놀란 눈으로 하만과 텔민을 번갈아 쳐다본다. 뺨을 감싼 텔민은 충격과 분노로 아빠를 노려보더니 이내 자리를 박차고 나간다. 나가떨어진 막내 나즈가 괴성을 지르며 울어 젖히기 시작한다. 원인 제공자였던 세실까지 겁먹고 울먹인다. 집 안이 단번에 아수라장이 된다. 말이 씨가 되기라도 한 듯 우유 하나가 결국 폭탄이 돼 버린 것이다.

하만은 기도실로 들어가고 아델은 울먹이는 세실을 달래느라 전전긍긍이다. 나는 서둘러 막내를 들쳐 업는다. 보안 요원 혹은 경찰이 출동이라도 할까 봐 겁이 나서다. 그들에게 찍히면 안 된다. 등에 업은 나즈 녀석과 함께 나는 재빨리 우리 거처를 벗어난다. 오늘따라 막내 녀석 몸이 유난히 무겁게 느껴진다. 이전에는 일곱 살짜리 사내애가 아니라 젖먹이 아기를 업은 듯 가벼웠건만……

*

얼마 안 가 화려한 숍의 행렬과 탑승객으로 북적거리는 출국장 로비가 펼쳐진다. 사람들 속으로 파고들자 나즈의 울음도 한결 누그러든다. 한고비 넘긴 셈이다. 면세점과 사람으로 붐비는 이 줄기 도로야말로 우리를 감추기 좋은 곳이다. 사람들 틈에 섞여 들면 우리도 출국장 이용객이 된다. 화려한 숍의 행렬, 여행용 캐리어를 끄는 사람들의 물결이 우리를 유유히 스쳐 간다. 더러 흘끗거리는 시선이 있어도 그들은 어쨌든 우리의 보호색이 돼 준다. 사람들 물결에 담긴 활기와 생동감에 힘입어 나는 그들을 헤치고 나아간다.

"버샤, 저쪽."

어느새 울음을 그친 나즈가 내 걸음에 제동을 건다. 아이가 손가락으로 가리키는 곳은 줄기 도로 옆으로 난 곁가지 길이다. 줄기 도로와 달리 이 길에는 작은 기념품 가게와 커피숍과 스낵 코너 같은 간이식당이 많아 세실과 나즈가 좋아한다. 아니나 다를까, 그쪽으로 접어들자 아라비카 원두의 그윽한 커피 향이 코를 자극한다.

이른 아침인데도 가게마다 사람이 꽤 많이 자리하고 있다. 딤섬 가게를 지나고 일식 우동집도 차례로 지난다. 건너편에는 세실이 좋아하는 인형 가게도 보인다. 오렌지색 염색을 한 짧은 커트 머리 여자 점원이 언제나처럼 환한 미소로 손님을 맞고 있다. 오늘은 오전 근무인 모양이다. 오렌지 머리 점원은 우리에게 친절했고 특히 세실을 좋아했다. 처음엔 영어로 몇 마디 건네더니 세실이 못 알아듣자 이 나라 말을 연신 쏟아 놓으며 사랑스런 눈길로 세실을 바라보곤 했다. 세실의 머리를 쓰다듬기도 하고 때론 머리를 맞댄 채 셀카를 찍기도 하면서 살아 있는 인형 다루듯 했다. 가능하다면 그녀는 진열된 인형 사이에 세실을 '디스플레이' 해 놓고 싶어 하는 눈치였다. 나는 세실의 손을 잡고 그 가게를 나오려 했지만 예쁜 인형에 넋을 빼앗긴 세실은 번번이 내 손을 뿌리쳤다. 오렌지 머리 점원의 친절과 예쁜 인형에 매혹당한 세실은 틈만 나면 그 가게를 드나들었다.

정신 나갔어? 아델은 세실이 그 점원한테 선물로 받았다는 작은 마스코트를 보고 놀라며 또다시 그 인형 가게에 발을 들여놓으면 혼쭐을 내겠다고 했다. 버샤, 아이들 잘 챙기라고 했지? 아델은 내게 책임 추궁까지 했다. 이곳 사람들 눈에 띄지 않아야 하는 우리의 생존 수칙을 일깨운 것이다. 밖에서 일어나는 아이들 관련 문제는 거의 내 책임이다. 아이들 돌보는 일이 내 몫이니까. 아델의 걱정도 사실 기우에 지나지 않는다. 이곳에서 가게 점원과 친해지는 건 결코 쉬운 일이 아니다. 크고 작은 숍이 헛갈릴 정도로 많은 데다 손님으로 늘 북적여 점원들도 그리 한가하지 않다. 삼교대 근무 특성상 같은 시간에 같은 직원을 만나기도 어렵다. 이 오렌지 머리 점원을 보는 것도 거의 일주일 만이다.

일식 우동집을 지나니 인도식 카레집이 나타난다. 카레 향이 허기를 일깨운다. 평소 내가 이 길을 피해 다니는 이유도 그 때문이다. 이런 자극만 없으면 허기도 식욕도 참을 만하다. 나하고 달리 세실과 나즈는 유난히 이쪽 길을 좋아한다. 음식 냄새가 허기를 채워 주기라도 하는지 둘은 곧잘 단짝이 되어 이 길을 오갔다. 솔솔 풍기는 맛있는 냄새에 배는 점점 더 고파지고 기운이 빠져 다리가 후들거린다.

"나, 내릴래."

나즈가 내 상태를 눈치채기라도 한 듯 말한다. 녀석에게서 풀려나니 몸이 날아갈 것 같다. 나즈는 다람쥐처럼 재빨리 패스트푸드점 한쪽 테이블로 달려간다. 검은 가죽 재킷 차림의 어떤 남자가 막 일어선 참이다. 테이블에는 남자의 까다로운 입맛을 짐작게 하듯 딱 한 입 베어 먹고 난 피자 조각과 덜 마신 콜라가 있다. 그 자리를 차지한 나즈가 내게 오라고 신호를 보낸다. 그렁그렁한 눈으로 그 남자의 테이블을 귀신같이 알아챈 모양이다. 식전부터 울며 난리 치느라 허기가 심하긴 했을 터였다. 난 괜찮으니 너나 먹어,라는 손짓을 해 보이고 나는 몸을 돌린다. 모른 척하겠다는 뜻이다. 왔던 길을 거슬러 걷는다. 쓰레기통 뒤지는 일도, 남이 먹다 남긴 음식에 손대는 것도 이곳에서는 절대 금지임을 어린 나즈도 잘 알고 있다. 철저하게 이곳 출국장 이용객처럼 행동해야 한다는 것도……. 하지만 굶주린 아이에게 규칙을 들먹일 정도로 내가 멍청하진 않다.

난민 캠프에서도 구호물자가 제때 오지 않으면 사람들 신경이 몹시 날카로워졌다. 작은 일에도 악다구니가 흔했다. 비스킷 하나에서 시작한 아이들 싸움이 어른 싸움으로, 나중에는 부족 싸움으로 번지다 급기야는 종교로, 다시 종파로 나뉘어 싸움이 일기도 했다. 다들 지긋지긋한 내전을 피해 도망 온 처지였지만 크고 작은 싸움은 일상이었다. 그나마 그때는 다들 같은 처지라 남들 눈치를 볼 필요는 없었다. 모두가 같이 진흙탕 혹은 가시밭길에 뒹굴고 있었으니까. 하지만 이곳에서는 다르다. 오가는 탑승객 속에서 우리는 그들과 같은 공항 이용객처럼 보여야 한다. 남의 음식에 군침을 흘려서도, 그들이 가진 걸 부러운 눈으로 쳐다봐서도 안 된다. 이곳에 오고 우리의 태도는 확실히 난민 캠프 때와는 달라졌다. 아이들도 하만의 지시에 따라 놀라울 정도로 규칙을 잘 지키며 자연스럽게 행동해 왔다. 남이 먹다 남긴 음식에 파리처럼 달려드는 이런 경우는 없었다, 내가 아는 한…….

"버샤."

나즈가 그새 내 곁에 다가와 선다.

녀석, 빨리도 해치웠네,라고 생각하는 순간 피자 한 조각이 눈에 잡힌다. 화려한 토핑의 피자가 막내의 고사리 같은 손에 받쳐져 내 눈앞에 놓여 있다. 토핑의 화려함이 보석함을 연상시킨다. 버샤, 이쪽에 있는 건 절대 건드리면 안 돼. 오드콜로뉴를 집어 주던 나에게 아델이 말했다. 난 한 번도 그런 유치찬란한 보석함 따위에 관심을 가진 적이 없었건만 아델은 한동안 나를 경계했다. 그런 겉만 번드르르한 보석함에 비하면 살아 숨 쉬듯 구수한 향을 내뿜는 이 피자 조각이 내겐 더 황홀하고 미치도록 유혹적이다.

"버샤."

나즈가 한 번 더 손을 치켜들며 나를 일깨운다. 어서 빨리 한 입 먹으라는 뜻이다. 철부지 꼬마가 언제 이렇게 철이 들었는지 눈물겨울 정도다. 아니, 어쩌면 이것은 미끼인지도 모른다. 나를 공범으로 끌어들이기 위한……. 세실과 나즈가 틈만 나면 이쪽으로 방향을 틀어 사라지던 것도 이런 '달콤한 유혹' 때문이 아니었을까. 그러고도 두 맹랑한 꼬마는 지금껏 시침 뚝 떼고 있던 게 아닐까. 그런 의심이 들자 식욕이 싹 가신다.

난 고개를 젓고는 괜찮으니 얼른 먹어 치우라고 손짓으로 말한다. 내 생각을 알아챈 나즈는 내밀었던 손을 거둬들이다가 또다시 멈칫한다. 이번에는 피자 위에 얹힌 토핑이 걸리는 모양이다. 까만 올리브 주위로 분홍 햄과 고기 조각이 치즈와 함께 엉켜 있다. 나는 재빨리 아이의 손에서 피자를 낚아채 햄과 고기를 떼어 내 입 속에 집어넣고는 우물우물 씹어 보인다. 지금 우리가 무슬림에게 허용된 음식인 '할랄'과 금지된 '하람'을 따질 처지야,라고 녀석에게 따끔하게 한 수 가르쳐 주듯.

아이는 놀란 눈으로 나를 뚫어지게 쳐다보더니 다시 제 손으로 넘어간 피자를 게걸스럽게 먹기 시작한다. 오물거리는 입이 얼마나 빠른지 그야말로 게 눈 감추듯 해치운다.

"나, 손 씻을래!"

나즈가 빈손을 들어 보이더니 화장실로 쪼르르 달려간다.

나도 여자 화장실로 재빨리 뛰어든다. 입 속에 머금고 있던 햄과 고기를 변기에 뱉어 낸다. 씹다 만 분홍 햄과 갈색 고기 조각이 변기의 맑은 물을 부옇게 흐리며 하얀 변기에 천천히 가라앉는다. 입으로 뱉어 낸 음식도 아래로 밀어내는 배설물만큼이나 흉측하기 그지없다. 사람 몸에서 나온 건 왜 이토록 혐오스러울까. 속이 메슥거린다. 변기 물을 내리고 화장실을 나와 세면대 앞으로 간다. 헛구역과 함께 몇 번이나 입 속을 헹궈 내도 훈제 향과 화학조미료의 감칠맛이 계속 혀끝에 감돈다. 신은 왜 이런 맛있는 음식에 '하람'

딱지를 붙였을까. 맛의 유혹에 빠져 신의 가르침을 소홀히 할까 염려했던 걸까. 라마단만으로는 인간의 욕망을 제대로 다스릴 수 없을 거라고 생각한 걸까. 이런 일용할 양식부터 할랄과 하람으로 나눠 놓았으니 우리 무슬림에게 구분하고 따질 건 얼마나 많은가. 나누고 가르는 거라면 정말 지긋지긋하다. 우리가 이런 처지에 내몰린 것도 알고 보면 그런 구분 때문이다. 같은 무슬림도 시아파와 수니파로 나뉘고, 같은 수니파도 강경파와 온건파로 나뉘고…… 그뿐인가? 군인도 정부군과 반군으로 나뉘고, 뒷배가 되는 나라도 미국과 러시아로 나뉘고……. 사소한 나누기에서 시작한 불씨가 결국 같은 민족끼리 총을 겨누는 내전으로 치달아 사람들을 죽음의 구렁텅이까지 내몰지 않았나. 바닥에 떨어진 우유가 불러온 이 나비 효과처럼 말이다.

"버샤."

세수까지 하고 나타난 나즈가 말끔한 얼굴을 내밀어 보인다. 눈물 자국도 사라졌다. 깔끔하게 뒤처리까지 한 녀석은 언제 그런 일이 있었느냐는 듯 천진난만한 표정으로 다시 내 손을 잡는다. 고사리손의 감촉을 느끼며 나는 이 아이가 조금 전 형한테 얻어맞고 괴성을 내지르던 막내둥이가 맞나 싶어진다. 피자 한 조각이 그새 아이 몸속에 녹아들어 피와 살로 변한 모양인지 아이의 목소리에 생기가 돌고 걸음도 빨라진다. 급기야 나즈는 내 손을 풀고 뛰어가 사람들 사이를 이리저리 헤집고 들더니 인파 속에 묻혀 버린다.

카트와 함께 밀려드는 탑승객들, 그리고 그들이 기웃거리는 숍의 행렬을 보고 있으면 어릴 적 기억 속 재래시장 수크가 떠오른다.

거대한 모스크로 향하는 통로나 다름없던 그 수크도 이 출국장 면세점 행렬만큼이나 화려하고 끝을 알 수 없을 만큼 길었다. 내가 지금의 나즈 또래였던 시절, 그 길을 오가는 건 정말 재밌고 신나는 일이었다. 끝없이 이어지는 화려한 상점들에 눈이 휘둥그레져서는 엄마 아빠 손을 잡고 놀이공원 거닐 듯 걸었다. 가게마다 온갖 향신료와 반짝이는 실크, 알록달록 어지러운 캔디류가 쌓여 있고, 어느 간이식당에서는 빙글빙글 케밥이 돌아가며 구수한 양고기 냄새를 풍기고, 어느 모퉁이 가게에서는 악사의 바이올린 소리가 사프란 향과 함께 흘러나왔다. 나는 흥겨운 선율과 향긋하고 맛있는 냄새에 이끌려 잡고 있던 손을 놓친 것도 모르고 미로 같은 수크 안을 헤매고 다녔다. 휘황한 상점들 행렬이 끝나면 어느 순간 눈부신 하늘이 펼쳐졌다. 긴 꿈에서 깨어난 양 수크를 나서면 우리를 기다리고 있었다는 듯 황금 지붕을 한 거대한 모스크가 푸른 하늘을 배경으로 우뚝 서 있었다. 신비롭고 웅장한 신의 성전은 수백 개의 화려한 상점을 품은 수크를 단번에 잊게 할 정도로 드높고 찬란했다.

화려한 아라베스크 타일 벽의 사원이 황금 돔 지붕을 왕관처럼 머리에 얹은 채 언덕 위에 우뚝 서 있는 모습은 신의 자태나 다름없어 보였다. 어린 눈에도 황홀경 그 자체였다. 하얀 대리석이 드넓게 깔려 있는 마당 네 모서리마다 첨탑인 미너렛이 수호신처럼 서 있고, 중앙 마당 분수대에서는 보석 같은 물방울이 반짝이며 뿜어져 나오고, 매끈한 대리석 바닥이 깔린 회랑은 따가운 햇볕을 피할 수 있도록 그늘을 드리웠다. 다들 수돗가에 늘어서서 맑고 시원한 물로 얼굴을 씻고 발을 닦았다. '신앙의 절반은 청결이니라.' 이맘

(이슬람교 성직자)의 가르침인지 엄마 아빠 잔소리인지 귀에 못이 박이도록 들었던 그 말을 떠올리며 아이들도 어른을 따라 씻는 데 몰두했다.

맨발로 시원한 대리석 바닥의 회랑을 달리던 때의 기분도 잊을 수 없다. 무에진의 맑은 음성이 온 사원에 울려 퍼지고 처마 밖으로 푸른 하늘이 펼쳐져 있는 회랑을 나는 어지러이 누비고 다녔다. 얘야, 그곳으로 가면 안 돼! 다들 무리 지어 향하는 기도실 앞에서 나는 붙잡혔다. 오빠와 아버지는 기도실 안으로 사라지고 나는 그들을 따라가려고 울부짖으며 몸부림쳤다. 예배실 문턱 앞에서 우린 늘 이산가족이 되었다. 여기가 우리 자리야. 회랑의 한쪽 구석, 검은 히잡을 두른 여자들이 무리 지어 모여 있는 곳을 가리키며 엄마가 말했다. 그 숨 막히는 곳이 나는 싫었다. 엄마가 기도를 올리는 사이 나는 뛰쳐나와 아치형 처마가 하늘을 향해 열려 있는 회랑을 맘껏 달렸다. 분수의 물줄기처럼 힘차고 자유롭게 바깥을 향해 뛰쳐나가고 싶었다. 우리의 신은 남자들의 맨발과 엉덩이로 길게 띠를 이룬 기도실이나 여자들이 빽빽하게 모여 앉은 회랑 한쪽 구석이 아니라 황금 지붕 위로 높이 드리워진 푸른 하늘에 있을 것 같았다.

"버샤."

나즈가 다시 내 손을 잡는다. 그 손에 이끌려 나는 떠다니던 푸른 하늘에서 다시 출국장으로 내려앉는다. 그새 사람들 속을 얼마나 헤집고 다녔는지 나즈의 이마에 땀이 반짝인다. 지나온 카레집 앞을 다시 지난다. 구수하면서도 자극적인 카레 향이 훅씬 밀려든다. 울컥 구토가 치민다.

4

"에스프레소 투 샷을 또 더블로 주문한 건 처음이네. 돈도 따따 블이고."

종현이 진우의 책상에 커피 컵을 올려놓으며 생색을 냈다.

"나도 난생처음이야, 내게 야간 근무 부탁하는 사람. 너도 잘 알 잖아. 내가 고3 때 야간 자습 시간 절반은 책상에 엎드려 잠으로 때운 거……."

진우가 떨떠름해하며 대꾸했다. 다른 날 같으면 이미 퇴근했을 시간에 사무실에 남아 있으니 수능 앞둔 고3이라도 된 기분이었다.

"넌 교실 사수, 난 교실 밖 사수였지."

종현도 화려했던 고3 시절을 떠올렸다.

"그러니 입시에 물먹었지."

"수능 성적은 내가 더 잘 나온 거 알지? 운이 나빴을 뿐이라고."

종현이 비죽거리며 받아쳤다.

"그땐 내가 운이 좋았지. 운도 실력이니까."

"운이 실력이 된 사례라면 단연 내가 한 수 위지."

종현이 의기양양하게 받았다.

"졌다. 유 윈!"

진우가 투항했다. 이 국제공항 비정규직에서 정규직으로 바뀌는 행운을 단번에 거머쥔 종현이야말로 진정한 승자였다. 진우는 떨 떠름한 표정으로 책상에 놓인 컵을 들고 커피를 한 모금 마셨다.

"에스프레소 투 샷에다 더블로 한 주문이라고. 돈도 따따블!"

종현이 생색내며 말했다.

"생색은 더블 따따블이네. 그나저나 종이컵에 에스프레소라니. 이거야 원, 맥주를 종이컵에 따라 마시는 격이지."

한 모금 삼키고 난 진우가 불평을 늘어놓더니 종현에게로 몸을 돌렸다. 커피의 각성 효과 덕인지 종현의 모습이 그제야 제대로 눈에 들어왔다. 작업복에서 외출복으로 갈아입은 종현은 완전히 딴 사람으로 변신해 있었다. 생기 넘치는 얼굴에 세련된 차림, 거기다 자유인의 아우라까지. 옷이 날개라는 말은 옷 주인 안팎의 변화를 다 아우르는 말임을 증명해 보이는 모습이었다.

"가서 일 잘되면 새끼 칠 수도 있거든. 네가 그 첫 수혜자가 될지 어떻게 알아."

종현이 자신의 소개팅 떡고물을 미끼로 삼았다.

"임시직 신세에 바랄 걸 바라야지."

진우는 자조 섞인 어조였다.

"허, 이놈이 꿈의 직장을 몰라보네. 비정규직 제로화! 나라님 슬로건도 몰라?"

"로또는 남의 얘기가 오히려 실감 나더라."

진우가 받아쳤다.

"야, 너두 될 수 있어."

종현이 진우 어깨에 손을 얹고는 광고 속 모델처럼 눈을 찡긋해 보였다.

"와, 소름. 똑같네, 똑같아."

"여긴 하늘을 상대로 일하는 데야. 너 그거 아냐? 비행기는 후진 기능 자체가 없다는 거."

"파업 때 협상 테이블에 하느님 내려오시겠네. 뜬구름 잡는 얘기 하러."

"여튼 잘 부탁한다."

그 한마디를 끝으로 종현은 돌아섰다.

사무실을 가로질러 가는 그의 뒷모습이 진우에겐 활주로를 달리다 공중으로 막 날아오르는 비행기 같았다. 점점 높이 날다 어느 순간 시야에서 사라지고 텅 빈 하늘만 보이는…….

이곳에서 일하고부터 진우는 종현과의 관계가 가끔 헷갈렸다. 코흘리개 시절부터 단짝 친구이자 룸메이트인 그가 사무실에서는 직속상관이나 다름없었다. 임시직인 자신과는 계급이 달랐다. 지금 상황도 흉허물 없는 친구의 부탁으로 볼 수 있지만 회사 일로 치자면 다분히 업무 지시인 셈이었다.

난 정규직 아니냐. 대통령 빽, 그런 천운도 준비된 자한테나 오는 거라고. 종현은 그동안 숱하게 거쳐 간 임시직들을 떠올리면서 자기가 꿋꿋이 삼 년을 버틴 덕이라며 목에 힘을 주었다. 그럴 만했다. 어릴 적부터 '헬륨 풍선'이라는 별명이 따라붙을 정도로 현실 부적응 성향이 짙었던 그가 알바나 다름없는 일을 군 복무보다 더 오래 했으니 말이다. 공시족 생활 구 개월도 간신히 버텼던 진우 자신은 비교 대상도 못 되었다. 첫 공무원 시험에 떨어지고 나니 그 길이 자신의 길이 아니라는 생각만 확고해졌다.

둘은 초·중·고 내내 같은 학교를 다녔다. 학과는 달라도 대학까지 같은 데 지원했지만 더는 인연이 이어지지 않았다. 합격한 진우는 인서울 대학생으로, 낙방한 종현은 재수생으로 고향에 남으면서 처음으로 떨어져 지내게 되었다. 설상가상 종현은 재수 중 아버지 사업이 부도나는 바람에 쫓기듯 입대를 했다. 풍비박산한 집안이라 제대 후에도 마땅히 갈 곳이 없었던 종현은 공항 수비를 하는 부대에서 복무한 인연으로 제대 후 바로 공항에서 임시직으로 일하기 시작했다. 그러다 삼 년 차 때 뜻밖의 행운을 안게 된 것이다. 대통령이 '공공 부문 비정규직 제로화' 공약 실현을 위해 날아온 첫 현장이 바로 이곳이었다. 공항의 비정규직 일만 명에게 당시 대통령은 구세주나 다름없었다고 했다. 공무원 시험에 떨어지고 진로 고민에 빠져 있던 진우에겐 종현의 일이 그렇게 부러울 수 없었다. 둘의 처지가 대입 때와는 정반대 상황이 돼 버린 것이다.

진우 너, 생활비 좀 벌어 볼래? 공무원 시험 낙방 후 고민에 빠져 있던 진우에게 어느 날 종현이 불쑥 일자리 정보를 꺼냈다. 회사에 임시직 자리가 하나 생겼다는 거였다. 공항 특성상 사전 교육을 삼 개월이나 받아야 하는 번거로움이 있긴 했지만 기본급이 지급

되는 데다 임시직치고 좋은 조건이었다. 야간 근무만 피하게 해 준다면 해 볼게. 진우로서는 그 조건이 급선무였다. 밤 10시면 무조건 자야 하는 자신의 특이 체질 때문이었다. 그래서 학생 때 별명도 '진데렐라'였다. 그 옛날 신데렐라도 자정이 데드라인이었는데, 진우 넌 어떻게 9시가 귀가 시간이냐? 술자리에서는 으레 친구들 핀잔이 따라붙었다. 그러니까 진데렐라 아니냐. 신데렐라 가문의 진상. 그렇게 둘러대며 자리를 빠져나오곤 했다. 24시간 돌아가는 공항 업무에서 진우가 내세운 조건은 '황제 근무'나 다름없었지만 다행히 부서 내에 야간 근무만 고집하는 별난 체질이 또 하나 있었다. 그렇다 해도 조직의 생리상 윗선의 보이지 않는 손의 힘이 개입하지 않을 수 없었는데, 그때 종현의 역할이 결정적이었다.

이왕 하기로 한 거, 보은의 하룻밤으로 여겨야지. 진우는 마음을 추스르며 남은 커피를 마저 들이켰다. 어쨌든 지금 이곳에서는 종현이 자신의 든든한 뒷배이자 밥줄이었다. 입 안에 감도는 커피 맛이 유난히 썼다. 혀도 휴식을 위한 커피와 일을 위한 커피를 구분하는 것 같았다. 각성 효과야 제대로겠지. 진우는 그렇게 자위하며 야간 근무에서 처리해야 할 일을 체크하기 시작했다.

*

"아저씨!"

공항 청사로 향하던 진우는 느닷없는 외침에 걸음을 주춤했다.

교복 차림 여학생 둘이 다가왔다.

"아저씨, 공항에서 일하는 분 맞죠?"

진우는 일순간 긴장했다. 조직 내에서 어떤 포지션에 있느냐는 질문처럼 들렸던 것이다. 청사에서 흘러나오는 불빛에 두 여학생 얼굴이 차츰 또렷이 보였다. 한 사람은 분홍, 다른 한 사람은 파랑 톤 색조 화장을 하고 있었다. 사이보그 느낌이 나는 메이크업부터 심상치 않아 보였다.

"공항에서 하룻밤 묵을 만한 곳으로 제일 괜찮은 데가 어디예요?"

분홍이 하는 질문의 뜻을 잘 파악하지 못한 진우는 멀뚱거리며 둘을 번갈아 쳐다보았다.

"그러니까 저 건물 안에서 제일 조용하고 편하게 쉴 수 있는 곳이요. 몇 층 어느 구역, 그런 명당 자리 있잖아요. 웨이팅 승객이 좋아할 만한 곳이요."

이번에는 파랑이 나서서 더 자세하게 물었다.

진우는 여전히 고개를 갸웃하기만 할 뿐이었다. '여학생이 어떻게 밖에서 밤을 새우려고?'라는 말이 목구멍까지 치미는 걸 간신히 누른 것이다.

"여기가 노숙자들 로망 1위 보금자리라던데요. 직원 친절도도 세계 최고고."

"맞아. 십이 년 연속 세계 공항 평가 1위라고 했어. 울 아빠가."

철 지난 정보도 청소년들이 주고받으니 최신 정보처럼 들렸다.

"신도시 학생들?"

진우가 딴청 피우듯 물었다.

"네! 공항 옆 동네 살아요. 이웃이잖아요."

분홍이 눈을 반짝이며 지연을 연결 고리로 내세웠다.

진우는 생각에 잠긴 척하다 잘 모르겠다는 표정으로 고개를 저었다. 설령 안다 하더라도 도와주면 안 될 것 같았다. 언젠가 종현이 했던 말이 떠올랐다. 이 공항 신도시에 사는 청소년들은 가출하면 일단 공항으로 직행이야. 행동반경도 글로벌하다고. 사고 한번 치면 인터폴 뜨올 애들 많으니까 조심해야 해.

"다른 직원한테라도 연락해서 한번 알아봐 주세요. 아저씨이."

분홍이 다분히 의도 섞인 말투로 친근하게 굴었다.

진우는 흔들리는 마음을 다잡느라 시계를 한참 들여다보았다. 그러곤 시계에서 최대한 천천히 눈을 떼며 덧붙였다.

"나도 그러고 싶지만, 다들 퇴근한 시간이라……."

"야, 이 아저씨, 정규직 아닌가 봐."

분홍이 단번에 냉랭해진 목소리로 파랑에게 기밀 누설이라도 하듯 말했다.

"맞아, 울 아빠가 여긴 거의 비정규직이랬어."

파랑은 진우를 의식한 듯 목소리를 내리깔았지만 다 들리고도 남았다.

둘은 더 기대할 게 없다는 표정으로 휙 돌아섰다.

"너희도 학교에서 비모범생이지?"

진우가 멀어져 가는 둘의 등에 대고 복수의 화살을 날렸다.

분홍이 고개를 돌려 진우를 째려보자 곧바로 파랑이 날름 혀를 내밀고는 공항 리무진이 정차하는 게이트 쪽으로 뛰어갔다. 당돌한 아이들의 느닷없는 출현에 진우는 한 대 얻어맞은 것 같았다.

비정규직이란 단어가 이젠 저렇게 흔한 말이 됐다고 생각하니 기분이 조금 전에 마셨던 야간 근무용 따따블 에스프레소 맛이었다.

H, G, F…… 승차 구역을 차례로 지나 청사 건물로 향하며 진우는 분홍과 파랑의 깜찍한 계획을 다시 떠올려 보았다. 공항에서의 하룻밤이라……. 일상이 얼마나 지겨웠으면, 하는 생각이 들자 그 일탈이 이해가 가지 않는 것도 아니었다. 대한민국 입시생이나 취준생이나 고달픈 쳇바퀴 생활을 하는 건 매한가지일 터였다. 그나마 이곳에 오면 날아오르는 비행기에 답답한 마음 정도야 실어 보낼 수 있을 테지. 그뿐인가. 영화도 볼 수 있고 푸드 코트에서 맛집 탐방도 가능하고, 청사 로비에서 가끔 펼쳐지는 무료 라이브 공연도 즐길 수 있지 않은가. '아낌없이 주는 나무의 21세기형 버전이 바로 여기'라며 종현이 홍보 대사처럼 곧잘 주워섬기지 않았던가. 직업병도 가지가지구나. 그렇게 쏘아붙였지만 진우도 그 말이 실감 날 때가 있었다.

하루에 두 번 등교하는 기분이 이러려나. 청사 안으로 발을 들여놓으며 진우는 생각했다. 좀 전의 여학생들을 떠올려 보니 학교보다는 이곳이 낫겠다는 생각도 들었다. 분홍과 파랑 같은 별종들에게는 더더욱……. 천장 높고 널찍한 청사를 둘러보던 진우는 낯선 기분에 사로잡혔다. 24시간 쉬지 않고 돌아가는 곳이긴 해도 낮과 밤의 공항 청사는 확실히 달랐다. 일단 휑한 느낌이 들 정도로 한산했다. 이용객들로 북적이는 청사에 늘 익숙했던 진우로서는 번지수 잘못 찾은 사람 같았다. 안내와 청소를 맡은 로봇들도 퇴근했는지 한 대도 보이지 않았다. 하긴 로봇도 공항 시스템에 따라 움직일

46

터였다. 그걸 운용하는 매니저는 사람일 테고……. 그렇다면 로봇도 시스템 관리자의 피고용자인 셈이다. 공항 직원으로 치면 로봇은 어느 서열에 속할까. 용역 아닌 자회사에 속한다면 정규직과 비정규직 구분에서는 벗어날 테고, 계약직이라면 무기 계약과 임시 계약……. 진우는 이 공항에서 로봇의 입지를 세세하게 따지며 자신의 위치와 비교해 보았다.

"안녕하세요,「청실홍실」구독자 여러분."

어디선가 카랑카랑한 젊은 여자 목소리가 들렸다.

진우는 목소리의 주인공이 조금 전 문제의 여학생임을 알고는 놀랐다.

"저희는 지금 국제공항 청사에 와 있습니다."

파랑은 진행자, 분홍은 촬영 역할을 맡아 동영상 녹화 중이었다. 가출 청소년이 아니라 유튜버였다니. 귀 기울여 들으니 새벽 비행기를 타기 위해 공항에서 하룻밤을 보내야 하는 승객들을 대상으로 꿀 정보를 알려 주는 동영상을 계획한 모양이었다. 진우는 자신의 빗나간 추측에 머쓱해하며 둘의 촬영이 끝나기 전에 서둘러 돌아섰다. 설마 내 뒷모습이 잡히진 않겠지. 진우는 뒤통수라도 잡힐까 봐 내심 조마조마했다.

삐비— 삐비—

출국장 게이트로 들어서려던 찰나, 진우는 경고음에 정신이 번쩍 들었다. 두 여학생 생각에 빠져 있다가 아이디 카드 승인을 깜빡했던 것이다.

5

통증이 멎었다. 온몸을 뒤틀게 하던 아픔이 언제 그랬느냐는 듯
감쪽같이 사라졌다. 내 몸에 번번이 속는 기분이다. 잔인한 독재자
가 내 안에 들어앉아 주기적으로 나를 고문하는 것. 그게 월경통이
다. 카레집 앞을 지나올 때 구역질이 난 것도 월경 시작의 전조였던
모양이다.

참으로 긴 하루였다. 나만 그랬던 것도 아니다. 아델과 하만은 텔
민 일로 늦게까지 잠을 이루지 못하고 뒤척였다. 텔민은 아직 돌아
오지 않고 있다. 어느 탑승 게이트 대기석에 앉아 게임에 빠져 있거
나 곯아떨어졌거나 둘 중 하나겠지. 이 출국장 어디든 우리 거처와
별반 다를 것도 없다. 넓게 보면 전 구역이 보호 벽으로 둘러싸인
안전지대 아닌가. 승객도 게이트 앞 좌석에서 쉬거나 자면서 탑승
시간을 기다린다. 이곳 의자는 팔걸이 없이 연결되어 있는 데다 쿠
션감까지 있어 간이침대로도 나쁘지 않다. 그럼에도 다들 텔민 일

에 과민 반응을 보이고 있다. 처음으로 손찌검이 오갔기 때문이다. 철부지 막내에게 주먹을 날리다니. 그것도 온 가족이 둘러앉은 자리에서……. 여느 사내애처럼 텔민도 동네 친구들과 치고받고 싸운 일은 더러 있었지만 집 안에서는 사소한 말다툼조차 없었다. 아빠 하만의 영향이 컸다. 아이들이 아무리 잘못해도 그는 조용히 타이를 뿐 목소리를 높이지 않았다. 학교나 집에서 흔히 일어나는 체벌도 우리 집에서는 상상할 수 없는 일이었다.

이곳에 오고 가장 눈에 띄게 변한 사람이 텔민이다. 이전까지는 친구들이랑 어울려 노는 바깥이 주된 활동 무대였다. 축구광인 데다 몸싸움도 잦아 상처와 멍투성이였던 텔민은 여기서는 종일 웅크리고 앉아 게임에만 빠져 있다. 열일곱 살짜리 사내 녀석의 반항기가 온몸에 밴 듯한 모습으로……. 집 나설 때부터 등에 멘 형광 초록빛 백팩은 텔민의 일부가 되어 버렸다. 그 가방을 멘 채 웅크리고 앉아 있으면 거북이나 거대한 도마뱀 한 마리가 집 안에 버티고 있는 것 같다. 형광색이라 눈에 더 잘 띄는 텔민의 초록빛 백팩은 게임 도중에는 등받이, 잘 때는 베개나 사물함이 되고 씻으러 갈 때는 세면 가방이 되었다가 거처를 나서면 외출용 배낭이 된다. 뺨을 맞고 뛰쳐나갈 때도 그 가방은 텔민의 등에 그대로 얹힌 채였으니 준비된 가출이나 다름없었다.

묵묵히 게임에만 빠져 있는 텔민을 보고 있으면 불만을 오롯이 손끝에 집중시키고 있는 것 같다. 그러니 그 속에 쌓인 화약고는 얼마만 할까. 게임이란 것도 결국은 겨루기요, 단적으로 말해 경쟁이자 싸움이다. 나도 애니메이션처럼 화려한 그래픽에 홀려 한동안 게임에 관심을 가진 적이 있다. 아름다운 숲과 견고하고 유서 깊은 고성, 성스러운 모스크가 환상적으로 펼쳐지는 배경하며…… 하지만 그런 건 장식에 불과할 뿐 결국 적을 쳐부수는 게 목적인 전쟁 게임이었다. 칼리프와 무사, 혹은 군인들이 총이나 칼, 도끼 같은 무시무시한 흉기로 적들을 쳐 순식간에 궁전의 하얀 대리석 바닥과 실크 커튼을 피로 물들이는 처절한 살육의 현장이었던 거다. 거기에 빠져 있는 텔민을 보고 있으면 게임과 현실을 착각하면 어쩌나, 하고 겁이 날 때도 있다. 바로 오늘 아침, 녀석이 동생에게 날린 주먹도 그런 감정의 연장선 아니었을까?

텔민의 주먹질 이상으로 충격적이었던 게 하만의 손찌검이었다. 아델도 놀라 당황하는 기색이 역력했다. 먹이 사슬처럼 이어지는 주먹의 생리를 그녀가 모를 리 없다. 가장의 주먹질은 무슬림 가정에서 드문 일도 아니다. 지금껏 아델이 하만 가문에 대해 자랑스러워했던 유일한 점은 그런 야만적인 행동을 찾아볼 수 없는 집안이라는 것이었다. 하지만 폭력도 한번 시작되면 암세포처럼 빠르게 번져 갈 수 있다. 온 가족을 통틀어 가장 충격이 큰 사람은 단연코 나다. 따귀 맞은 텔민도 나만큼 놀라진 않았을 것이다. 얻어맞은 사람이야 그 순간부터는 풀려난 거나 다름없다. 목표물을 맞히고 난 총구는 분명 다음 목표물을 겨냥하게 돼 있으니……. 그 순간의 충격과 공포가 내 월경통으로 이어졌을 수도 있다.

아델 역시 집 나간 아들 걱정에 온종일 마음을 잡지 못했다. 여느 날보다 기도 시간이 길었고 기도 중 흐느끼기까지 했다. 모성애도 이런 월경통과 별반 다를 게 없어 보인다. 주기적인 고통, 그것도 견디기 힘든 고통과 시련의 끈질긴 연속 아닌가. 아침나절 바닥에 떨어진 우유 하나가 결국 온 식구에게 연이어 생채기를 낸 것이다. 세실의 짜증과 욕설이 불러온 나즈의 숟가락 투척, 숟가락 따귀를 맞은 텔민이 반사적으로 날린 주먹, 어린 동생에게 가한 텔민의 주먹질을 단죄한 하만의 손찌검, 그 충격이 가져온 텔민의 가출, 그리고 나의 월경통까지.

늦게까지 뒤척이던 아델이 겨우 잠에 들어 이제 얕게 코까지 골고 있다. 오늘 밤 침대는 내 차지다. 침대라고 해야 등받이 없는 긴 소파 의자를 가져다 벽에 붙여 놓은 간이침대에 불과하지만 밤에는 일인용 침대, 낮에는 소파나 책상으로 변신한다. 원래는 세실이 침대 주인인데 월경 때만큼은 내 차지다. 나의 유별난 월경통을 다들 잘 알고 있기 때문에 일종의 격리용이다. 통증으로 뒹굴 때 누가 곁에 있으면 나는 그들을 베개처럼 쥐어짜거나 사정없이 할퀴어 댈 것이다.

세실은 엄마 옆자리에서 곰 인형을 안고 깊이 잠들어 있다. 내내 공주 인형을 가지고 놀다가도 잠이 오면 꼭 곰 인형을 품는 아이. 어린 것이 놀이와 휴식을 용케 가릴 줄 안다. 그렇다 한들 인형의 시절이 삶에서 얼마나 짧은지, 그것까지 아이가 알 수는 없다. 그건 지나고 난 뒤에야 알 수 있거나, 인형의 시절 같은 행복한 삶이 지속된다면 영영 모를 수도 있다. 어쩌면 인형은 세실에게 더 이상 놀이용이 아닐지도 모른다. 위안이거나 도피처, 아니면 보호막일 수도 있다. 가끔 세실이 막내 나즈를 꾸짖을 때나 나와 아델 눈치를 번갈아 볼 때면 한 번씩 그런 의심이 든다.

마주하고 누웠던 모녀가 어느새 각자 등을 돌린 채 떨어져 누워 있다. 둘 사이에 한 사람 정도 더 누울 수 있는 자리가 있다. 그 자리에 내가 눕는다면 '여자의 일생' 삼 단계를 보여 주는 도식이 될 것 같다. 인형의 시절을 벗어난 아이는 월경을 시작하면서 '여자'가 되고 그때부터 온갖 금기에 얽매인 무슬림의 딸로 길러져 결혼을 하고 엄마가 된다. 그걸로 여자의 삶은 간단하게 정리된다. 무슬림 가정의 어떤 부모도 딸에게 꿈이나 이상 따윈 묻지 않는다. 아무리 현명한 부모라도 마찬가지다. 내전의 나라, 그것도 신이 절대적으로 지배하는 나라에선 가당찮은 일이다. 어른스럽고 똑똑한 딸이 묻고 따지고 들어도 부모의 답은 하나다. '그것이 신의 뜻이다.' 어떤 질문이든 '알라후 아크바르'('신은 위대하시다'는 의미의 아랍어)에서 시작해 '알라후 아을람' 아니면 '인샬라'('신이 원하신다면'이라는 뜻이 담긴 이슬람교 관용어)로 끝난다.

무슬림 딸에게 내려지는 유일한 해결책, 그것은 결혼이다. 어린 딸은 갑작스런 혼사 얘기에 놀라 허둥대다 어느 순간 낯선 곳에 던져진다. 혜택받은 이에겐 실크나 고급 양모 카펫이 깔린 곳일 테지만 많은 경우는 나일론 카펫이나 맨땅에 내동댕이쳐지는 삶이다. 비싼 카펫이든 싸구려 카펫이든 결국은 모래밭이거나 가시밭길 운명인 것이다. 너는 이 길을 가야 하고 나는 저 길을 가야 하지만 신은 자신이 원하는 대로 한다. 그렇게 운명과 천명은 구분돼 있다.

무슬림 딸들에게는 오직 하나의 길만 주어진다. 놀랍지 않은가. 희망찬 우리의 앞날이 그런 '일방통행' 같은 거라니……. 문제는 우리에게 어떤 일이 닥칠지 결코 알 수 없다는 것이다. 폭군 아니면 노인 남편을 만날 수도 있고 천재지변 또는 적군의 폭격을 맞아 삶이 단번에 날아가 버릴 수도 있다. 하지만 그런 예견이나 상상조차 우리 몫이 아니다. 모든 게 신, 혹은 그 신을 대리하는 부모의 뜻일 뿐 딸들은 그 뜻을 따라야 한다. 그럼 넌, 달리 방법이 있니? 누가 그렇게 묻는다면, 나라고 뾰족한 수가 있을 리 없다. 기껏해야 '결혼이 그 방법이라고 생각해?'라고 되묻는 정도일 테지. 하지만 적어도 난 신을 들먹이는 뻔한 답은 하지 않겠다. 그런 상투적인 대답이야말로 얼마나 나약하고 무책임한 일인가.

그게 정말 네 생각 맞아? 재스민은 우리를 뚫어지게 쳐다보며 몇 번이나 그렇게 되물었다. 우리의 멘토이자 영어 선생이었던 그녀는 우리에게 '재스민 혁명'에 대해 들려준 유일한 어른이었다. 그 때부터 나는 그녀를 '재스민'이라 부르기로 했다. 우리에게 처음으로 '질문'이라는 걸 할 수 있게 해 준 선생……. 재스민 향기처럼 날카롭고도 매혹적인 사고의 소유자였던 그녀는 우리에게 늘 질문을 던졌고, 뻔한 답이 나올 때마다 우리를 일깨우느라 곧잘 영어 진도가 밀렸다. 어느 누구에게서도 들어 보지 못한 역사적 사건과 예리한 지적과 비판이 그녀를 통해 흘러나왔다. 하지만 학교는 앞서가는 생각을 가진 교사를 원하지 않았다. 그런 교사는 반정부군이나 다름없이 취급했다. 마지막 학년 때 우리는 학교에서 더 이상 재스민을 볼 수 없었다. 나 혼자 몰래 그녀의 집을 찾아가기도 했지만 이미 재스민은 떠나고 없었다. 그녀를 만난 건 내 일생일대의 행운이다. 그러나 달리 생각하면 그걸 행운이라 말하기도 어려웠다. 그녀의 가르침은 우리가 무슬림 딸로 순조롭게 살아가는 데는 걸림

돌이었다. 끊임없이 질문을 해 가며 산다는 건, 잘 닦인 길 대신 새로운 길을 발굴해 나아가야 하는 힘든 행로였다.

통증은 가라앉았지만 잠은커녕 정신이 더 맑아 온다. 이럴 때는 차라리 빨래를 하는 게 낫다. 조용히 자리에서 일어나 침대 뒤쪽에 숨겨 둔 플라스틱 통을 꺼낸다. 면 생리대는 심야에 빨아야 한다. 근처 화장실로 간다. 이 시간대의 화장실은 우리 가족 전용이나 다름없다. 이 출국장에서 가장 마음에 드는 곳을 들라면 나는 서슴지 않고 이 화장실을 꼽을 것이다. 이곳이야말로 사생활이 보장되는 유일한 곳이다. 거울과 하얀 세면대와 은빛 수도꼭지, 맑고 빛나는 것들로 이루어진 화장실은 나의 작은 오아시스다. 난민촌에서 살아 본 사람이라면 맑은 물이 시원스레 쏟아지는 이런 현대식 화장실에 어찌 감동치 않을 수 있을까. 쏟아지는 물을 보고 있으니 몸과 마음이 다 정화되는 느낌이다. 보석처럼 반짝이며 허공으로 솟구치는 분수처럼 의욕이 샘솟기도 한다. 어린 나는 모스크 마당 한가운데 있는 분수대를 유난히 좋아했다. 엄마가 손을 잡아끌기 전까지는 그 곁을 떠날 줄 몰랐다. 푸른 하늘을 향해 거침없이 솟구치는 물줄기의 자유로움도, 햇빛을 받아 보석처럼 빛나는 물방울의 영롱함도, 경쾌하고 시원한 물소리도 매혹 그 자체였다.

마당에 분수가 있는 집이란다. 엄마는 어린 딸의 취향을 잘 알고 있었다. 분수가 있다는 건 부유한 명문가라는 뜻이었다. 누구든 귀가 솔깃해질 수밖에 없는 부와 명예, 그 두 가지를 다 갖춘 집이라고 했다. 원하는 건 뭐든 이룰 수 있도록 해 주는 능력과 교양을 겸비한 가문. 그 집 마당에는 역시나 에메랄드빛 조각 타일로 장식된 분수대가 있었다. 둥근 수반 가장자리 구멍에서 샘솟은 물이 허공으로 솟구치며 반짝였다. 보석 같은 물방울이 수반에 떨어지고 수반에 고인 물은 코발트빛 도자기 기둥을 타고 흘러내렸다. 청아한 물소리, 기둥을 타고 흐르는 물의 결이 눈에 선하다. 연한 핑크빛 대리석 담벼락을 따라 현란한 양귀비꽃과 히비스커스 꽃이 다투듯 피어 있고 싱그러운 초록의 대추야자 나무가 대문부터 마당에 이르는 길에 늘어서서 그늘을 드리웠다. 열린 창문으로는 휴일 정오의 나른함을 뚫고서 경쾌한 피아노 소리가 흘러나오고 현관문에서는 사프란 차 향기가 손님을 맞았다.

흐르는 물처럼 신의 가르침에 몸을 맡겨라. 솟구치는 저 분수의 자유로운 물방울도 그저 한순간일 뿐 결국 물은 아래로 아래로 흘러내리나니. 무슬림 아버지들의 한결같은 가르침 역시 물이 흘러내리듯 자식들에게로 전해졌다. 믿음이란 흘러내리는 물과 같은 것. 거기에 무슨 질문이나 의심 따위가 끼어들 수 있단 말인가.

흐르는 물에 손을 담근다. 이제는 거침없이 쏟아지는 이 수돗물에 감사하고 만족해야 한다. 세면대 옆에 놓인 빨래 통을 들여다보니 깨끗한 화장실이란 축복이 아닐 수 없다. 통 속에는 검붉은 피가 밴 생리대들이 동물의 내장처럼 똬리 튼 채 담겨 있다. 이게 내 몸에서 나온, 내 몸의 일부를 이루고 있던 것이라니. 오늘 쓴 면 패드만 다섯 개다. 일일이 빨아 써야 하는 일이 여간 귀찮은 게 아니지만 어쩔 수 없다. 그래도 이렇게 물이 시원스레 쏟아지고 있으니 얼마나 다행인가. 세면대를 미지근한 물로 채운 다음 면 생리대를 세면대로 옮겨 담는다. 빈 플라스틱 통에는 새로 더운물을 채운다. 뒷

물용으로 채워진 물통을 들고 변기 칸으로 들어간다. 희고 매끈한 변기를 앞에 두고 간신히 돌아서고 앉는 것만 할 수 있는 이 공간에 들어서면 더없이 겸손해진다. 기도실처럼 스스로를 돌아보게도 된다. 인간이란 얼마나 보잘것없는 피조물에 지나지 않는지, 이 변기 칸에 들어서면 온몸으로 느낄 수 있다.

물통을 변기 뒤쪽 난간에 올려놓고 돌아서서 문을 잠근다. 볼일을 보러 앉으려는데 갑자기 무슨 소리가 들린다. 아차, 싶다. 다른 칸에 누군가 있었던 모양이다. 이런 실수를 하다니. 아무리 야심한 시간이라 한들 그래도 이곳은 공중화장실 아닌가. 미리 꼼꼼하게 체크했어야 하건만 부주의했다. 세면대에 담아 놓은 빨랫감이 떠오른다. 검붉은 핏물이 밴 면 생리대가 똬리를 틀고 있는 광경을 누가 본다고 생각하니 얼굴이 화끈거린다.

황급히 밖으로 나선다. 그 순간 건너편 문도 벌컥 열린다.

6

텔민은 오늘도 감감무소식이다. 하루 이틀은 그럭저럭 넘겼지
만 사흘째 녀석이 나타나지 않자 아델과 하만은 초조한 기색이 역
력했다. 온종일 텔민을 찾아 헤맨 듯 하만은 늦게 거처로 돌아왔다.
백 개도 넘는 게이트가 있는, 거기다 쉴 새 없이 오가는 탑승객들로
북적이는 출국장에서 집 나간 아들을 찾는다는 건 전 세계에서 몰
려든 순례자로 붐비는 성지 메카에서 아랍 사람 '알리'나 '후세인'
찾는 격일 터였다. 지친 기색으로 돌아온 하만은 내내 기도실에만
머물렀다. 텔민에 관한 얘기는 한마디도 없었지만 침울한 표정이
모든 걸 말해 주었다. 아델 역시 수놓는 일조차 손에 안 잡히는지
거처 안팎을 수시로 드나들며 안절부절못했다.

내겐 텔민의 빈자리가 얼마나 다행인지 모른다. 이번 월경은 유
별나게 더 힘들었으니까. 보통은 첫날과 다음 날만 간신히 넘기고
나면 견딜 만했는데 이번엔 웬일인지 사흘이 넘도록 통증이 가시

지 않았다. 예기치 않은 일련의 일이 가져온 충격 때문일까. 그날 밤 화장실 사건은 다행히 별문제 없이 넘어간 모양이다. 혜란 아줌마나 아델에게서 아직까지 아무런 얘기가 없는 걸 보면 말이다. 서둘러 뒤처리하고 그곳을 빠져나오지 않았다면 일이 커질 뻔했다. 늦은 밤이라고 방심했던 게 결정적인 실수였다. 아무리 이용객이 뜸한 시간이라 해도 공중화장실인 만큼 매번 꼼꼼하게 주변을 체크했어야 했다.

그나저나 화장실에서 맞닥뜨린 그 사람은 누구였을까. 여자 화장실에 남자라니, 그것도 번득이는 철제 사다리를 어깨에 멘……. 그 날카로운 빛에 찔리기라도 한 듯 나는 순간적으로 정신 줄을 놓아 버리고 말았다. 지난 악몽이 뇌리를 스치면서. 그날도 유난히 월경통이 심한 날이었다. 아래층에서 들려오던 비명, 그 비명이 멎자 잠시 뒤 내 방으로 향하는 거친 발소리. 그러다 발소리가 뚝 멈추는가 싶더니 문 앞에 뭔가 서 있었다. 침대에서 뒹굴던 나는 배를 움켜쥔 채 겁에 질린 눈을 문 쪽으로 돌렸다. 처음엔 오랑우탄이 서있는 줄 알았다. 시커먼 구레나룻에 풍성하고 검은 곱슬머리를 한 거구의 군인. 총을 든 그 군인은 부리부리한 눈으로 침대에서 뒹구는 나를 뚫어지게 쳐다보고 있었다.

하지만 이곳 화장실 사건은 그때와는 달랐다. 눈을 떴을 때, 소년처럼 해맑은 얼굴이 오랑우탄을 대신하고 있었다. 밝고 맑은 피부의 이 나라 청년이 안경 뒤에서 겁먹은 눈동자를 조심스럽게 굴리고 있었던 거다. 헬로! 아 유 오케이? 언뜻 귀에 잡힌 목소리는 조심스럽고 나직했다. 하지만 내 눈은 다시 감겼다. 가볍게 뺨을 두드

58

리던 손의 촉감도 기억난다. 조심스러운 손길과 온기, 내 감각이 기억하는 건 그게 전부다.

이 공항 직원이었을까. 그런데 왜 그 시간에 여자 화장실에 있었던 걸까. 작업 중일 때는 대개 화장실 앞에 출입 금지용 안내판을 세워 놓게 마련이다. 나처럼 그 남자도 밤늦은 시간이라 방심했던 걸까. 작업 도중 갑작스런 인기척에 놀라 급히 변기 칸으로 숨어들었던 게 아닐까. 아니면 여자 화장실을 기웃거리는 변태거나……. 아무리 생각해도 변태일 것 같진 않다. 상대도 나만큼이나 놀라고 당황한 것처럼 보였으니까. 남자의 어깨에 얹혀 있던 철제 장비가 순간적으로 총을 떠올리게 했다. 그것이 바닥에 떨어지면서 내던 크고 날카로운 소리에 지난날의 기억이 나를 덮친 것이다. 심장을 찢을 듯 차갑고 날카로운 쇳소리의 충격…….

다시 정신을 차렸을 때는 아무도 없었다. 너무도 고요했다. 화장실 바닥에는 기도용 카펫이 깔려 있었고 손수건으로 감싼 임시 베개까지 목에 받쳐져 있었다. 쓰러진 나를 위한 세심한 뒤처리였다. 날카로운 쇳소리의 주범은 알고 보니 접이식 사다리였다. 다급하고 경황이 없어 서둘러 그곳을 빠져나올 수밖에 없었지만 남자의 손길은 내게 또렷이 남아 있다. 세면대에 담겨 있던 피 묻은 생리대 생각만 하면 아직도 얼굴이 화끈거린다. 남자도 그걸 목격했을 테지. 그 광경을 어떻게 그냥 지나칠 수 있었을까.

사실 화장실은 우리의 비밀 아지트가 있는 곳이기도 했다. 아델이 청소부인 혜란 아줌마에게 선물한 작은 카펫과 실크 휘장으로 꾸며진 그곳은 아줌마의 휴식처이자 우리에겐 기도실이기도 했던

것이다. 아델과는 달리 내게는 그곳이 기도실보다 탈의실로 더 자
주 쓰였지만. 내 밑에 깔린 기도용 카펫으로 미루어 남자는 우리의
아지트에 숨어 있었던 모양이다. 아직도 나타나지 않는 텔민 역시
이 출국장 어딘가에 그런 아지트를 하나 발견했을 수도 있다.

텔민의 빈자리는 의외로 컸다. 거처 한쪽 구석에 붙박이장처럼
박혀 있던 모습에 우리가 그동안 너무도 익숙했던 모양이다. 초록
백팩을 메고 구석에 앉아 게임에 빠져 있는 텔민을 보고 있으면 백
년 묵은 거북 한 마리가 웅크리고 있는 것만 같았다. 고향 집에서는
물론 캠프에서도 친구들과 늘 밖에서 어울려 뛰놀던 녀석이 이곳
에 오고부터 두문불출 붙박이가 된 데다 식구들과도 좀체 말을 섞
지 않았다. 아델과 하만이 뭔가를 물어도 고개를 끄덕이거나 가로
저으며 예스, 노만 표했다.

집 안에 벙어리가 둘이나 되니, 원. 아델은 나와 텔민을 번갈아
보며 혀를 차곤 했다. 나와는 달리 반항적 침묵을 택한 텔민은 때론
조용히 타들어 가는 도화선 같았다. 나는 속으로 카운트다운까지
한 적이 있다. 막내에게 날린 텔민의 느닷없는 주먹질도 일찍이 예
견하고 있었다. 놀라긴 했으나 폭발의 후련함도 있었다. 숨 막히는
카운트다운에서 풀려난 기분이랄까.

어쩌다 텔민과 눈이 마주치면 그는 경멸, 아니 무시하는 듯한 눈
빛으로 나를 노려보았다. 네까짓 걸 내가 인정할 거 같아, 라는 눈
빛. 그러면 나도 만만찮게 되쏘아 준다. 그래도 이 집안에서 내가
너보다는 서열상 엄연히 위란 걸 모르진 않겠지. 그런 눈빛으로 말
이다. 기 싸움에서 밀리지 않는다고 안심할 수는 없다. 누가 뭐래도

텔민은 무슬림 가정의 큰아들 아닌가. 유럽식 교육을 받은 아빠가 있는 집안이라 해도 신의 이름으로 허용되는 남자들의 뿌리 깊은 특권 의식은 결코 가볍게 보아 넘길 수 없다. 엄마나 누나, 여동생도 명분만 있으면 가문의 이름으로 단죄할 수 있다.

가문의 명예를 지켜야죠. 그날, 텔민의 한마디에 나는 소름이 끼쳤다. 열다섯 살 사내아이한테서 그런 말이 흘러나오다니. 더욱이 자신을 지극히 사랑하던 누이를 잃은 마당에……. 아델과 하만도 놀란 표정이었다. 하지만 이미 충격에 빠진 그들은 어린 아들의 비정한 태도까지 문제 삼을 여유는 없어 보였다. 하마터면 내 오른손이 녀석의 뺨에 날아들 뻔했다. 흥분을 억누르느라 나는 등을 돌렸다. 손에서 땀이 나고 등에서는 식은땀이 흘렀다. 하지만 그 한마디는 두고두고 나를 괴롭혔다. 지금도 그 장면이 너무나 생생하다. 이 울타리를 벗어나지 않는 한 끝까지 나를 따라다닐 것 같다.

뺨 맞고 홧김에 뛰쳐나간 반항아의 치기를 가출이라고 한다면, 나는 텔민의 가출을 걱정하긴커녕 권하고 싶다. 냉정하게 보면 이 출국장이라는 거대한 집에서 잠시 딴 방으로 옮겨 간 셈 아닌가. 여행 가방과 휘장으로 벽을 이룬 이 좁고 답답한 임시 거처보다는 탑승 게이트 앞 대기석이 훨씬 넓고 쾌적한 거주 공간이니 말이다.

설마 그러려고 집을 나갔다고 상상이나 할 수 있었겠어요? 아델과 하만의 과민 반응은 어쩌면 지난날의 악몽 때문일 수도 있다. 사랑스런 그 아이에 대한 끔찍한 기억……. 라푼젤처럼 한 달 내내 제 방에만 틀어박혀 있던 아이가 방문을 열고 나오던 날이 너무도 생생하다. 아이는 피아노 교본을 가슴에 안고 긴 머리를 찰랑이며 현관을 나섰다. 그 뒷모습에서 우리 모두는 이전의 밝고 건강한 그 아이를 습관적으로 떠올렸다. 연습실에서 시간도 잊은 채 피아노에 몰두하던 아이를⋯⋯. 피아노 선율에 악몽을 실어 말끔히 날려 버리고 아이는 아무 일 없었다는 듯 원래의 자리로 돌아올 것 같았다. 이전처럼 집 안을 다시 아름다운 선율과 노랫소리로 가득 채우며 꿋꿋이 나의 페르소나로 살아갈 것처럼 보였다. 절망도 비극도 스치는 바람이나 흐르는 물에 불과하다고 우리를 일깨우며⋯⋯.

우리의 기대와 희망을 안고 사라졌던 아이는, 결국 돌아오지 않았다. 다음 날도 그다음 날도⋯⋯. 아름다운 집의 기억은 거기까지다. 이곳을 떠나자. 하만이 최종적으로 내린 결정이었다. 그것이 우리에게 남은 유일한 선택지였다. 아델과 하만은 어쩌면 텔민의 가출에서 그때의 악몽을 떠올렸을 수도 있다. 국경을 숱하게 넘고 대륙을 건너고 태평양, 대서양을 가로질러 지구를 몇 바퀴나 돌고 돌아도 벗어날 수 없는 기억⋯⋯.

하지만 평생 기억의 노예로 살 수는 없다. 그 연결 고리를 언젠가는 끊어야 한다. 그때의 일과 이번 일은 엄연히 다르다. 일의 성격도 원인도 다르다. 이번 일은 홧김에 뛰쳐나간 사춘기 사내아이의 치기 어린 반항에 불과하다. 더욱이 텔민은 신의 가르침이 뼛속까지 녹아 있는, 무소불위의 권한을 신으로부터 부여받은 무슬림 남자 아닌가. 남자는 가해자여도 거리낄 게 없지만 여자는 피해자여도, 아니 피해자여서 또 죄인이 되는 게 우리 이슬람 문화다. 알라의 딸들에겐 새 삶을 꿈꾸는 일조차 허용되지 않는 게 그 잘난 무슬림 전통 아닌가.

7

"혹시나 했는데, 야간 근무 체질 아닌 거 맞네."

종현이 자신의 실수를 깨달은 듯 말했다.

진우는 종현의 반응이 그럴 만하다고 생각했다. 그 일이 있던 밤, 구역 보안 요원과 함께 현장을 다시 찾았을 때는 아무런 흔적도 남아 있지 않았다. 의식을 잃은 여자도, 세면대에 가득한 핏물도. 화장실 한쪽에는 진우의 연장 통과 접이식 사다리만 놓여 있었다. 너무도 감쪽같은 상황에 진우는 자신이 정말 꿈을 꾸었거나 헛것을 본 게 아닌지 스스로 의심할 정도였다. 탑승 시간 맞추느라 서둘러 갔나 보죠. 보안 요원이 적절한 해석을 내놓았다. 무엇보다 그는 자신이 처리해야 할 일이 눈앞에 펼쳐져 있지 않은 걸 다행스러워하는 눈치였다. 그 수수께끼 같은 일에 대해 숙고할 겨를도 없이 보안 요원은 또 다른 호출을 받고 사라졌다. 그 뒷모습을 바라보며 진우는 순간적으로 그가 정규직인지 아닌지를 가늠해 보았던 기억이 났다. 다른 부서 스태프와 협업을 하거나 마주칠 때면 습관적으로 드는 궁금증이었다.

"여튼, 고생했어. 앞으로는 남의 생체 리듬 깨는 일 같은 건 안 하도록 하지."

종혁은 진우의 도움에 고마워하면서도 야간 근무 사건을 진우의 잠꼬대 정도로 여기는 것 같았다. 진우도 거기서 끝내기로 했다. 근무 태만으로 비치고 싶지도 않고 놀림감이 될 게 뻔한 일을 굳이 강조하고 싶지도 않았다.

마지막 일 처리와 함께 긴장이 풀린 건 사실이다. 작업용 안내판을 거둬들여 청소함에 넣고 일을 마무리하려던 참이었다. 여느 화장실 청소함과는 달리 그곳엔 새의 둥지처럼 아늑한 보금자리가 꾸며져 있었다. 그걸 보자 진우는 긴 항로를 날아온 철새처럼 온몸의 피로가 단번에 몰려왔다. 쏟아지는 물소리에 놀라 정신을 차리고 난 다음에야 진우는 자신의 실수를 깨달았다. 처음엔 꿈인지 생시인지 헷갈렸지만 머리 위로 쏟아져 내릴 것 같은 세찬 물소리가 현실을 일깨웠다. 마지막 작업을 무사히 끝냈다는 것도, 새벽 2시 P구역 2번 화장실에 있었다는 것도, 지친 날개를 쉬러 살짝 내려앉은 일도 기억났다. 카펫 바닥에 무릎을 대면서 바로 곯아떨어진 모양인데, 무엇보다 거기가 여자 화장실이라는 걸 깨닫자 아찔해졌다. 수돗물 소리가 멈추길 기다렸지만 물소리는 좀체 끊이지 않았다. 영원히 계속될 것 같던 물소리가 마침내 멎는 순간, 진우는 이때다 싶었다. 재빨리 연장을 집어 들었다. 일순 정적이 감돌더니 곧이어 변기 칸 문을 여닫는 소리가 났다. 달각, 잠금 소리까지 들렸

64

다. 절호의 기회였다. 진우는 서둘러 문을 열고 나왔다. 바로 그때 건너편 변기 칸 문이 동시에 열리며 공포 영화의 한 장면 같은 광경이 눈앞에 펼쳐졌다.

커다란 검은 눈동자. 공포 영화에서처럼 클로즈업된 눈. 어깨에 걸친 접이식 사다리가 떨어지면서 상황은 걷잡을 수 없게 치달았다. 날카로운 금속성 굉음과 함께 여자는 이내 눈의 초점을 잃고 비틀거렸다. 진우는 재빨리 쓰러지는 그녀를 안았다. 여자를 부축한 채 어쩔 줄 몰라 하던 진우는 간신히 걸음을 움직여 청소함에 있던 카펫을 발로 빼낸 다음 그 위에 여자를 뉘었다.

"이보세요. 정신 좀 차리세요."

아무 반응이 없었다. 진우는 여자의 어깨를 가볍게 흔들어 보았다. 여전히 별 반응이 없자, 헝클어진 머리를 쓸어 넘기고 뺨도 가볍게 두드려 보았다. 긴 머리에 가려져 있던 여자의 얼굴이 그대로 드러났다. 언뜻 보기에 상처 난 곳은 없는 듯했다. 긴 속눈썹의 눈이 갑자기 번쩍 떠졌다. 순간적으로 놀랐지만 반가운 마음에 진우는 그녀의 눈앞에 손을 휘휘 저어 보였다.

"보이세요……. 헬로! 아 유 오케이?"

떨리는 목소리를 떠듬떠듬 늘어놓았다.

여자의 커다란 눈이 다시 감기더니 꿈쩍도 하지 않았다. 진우는 덜컥 겁이 났다. 혼자 해결할 수 있는 일이 아닌 것 같았다. 야간 근무 동료에게 연락부터 했다. 작업 중인지 전화는 신호음만 울릴 뿐이었다. 일단 진우는 화장실에 비치된 휴지를 풀어 둘둘 말아서는 자신의 손수건으로 감싸 베개를 만들었다. 그걸 여자의 머리에 조심스레 받쳐 놓은 다음 자리에서 일어났다.

세면대 앞을 지나다 진우는 또 한 번 놀랐다. 세면기에 그득한 핏물을 본 것이다. 어릴 적 엄마가 핏물 빼려고 싱크대에 담아 놓던 곰탕 국거리 같았으나 자세히 보니 피 묻은 옷가지였다. 여자가 쓰러진 이유와 무관치 않아 보였다. 부상당한 채 이곳으로 도피해 온 비밀 요원 아니면 경찰……. 익숙한 할리우드 영화를 떠올리며 진우는 서둘러 도움을 청하러 나섰다. 복도를 달리면서 진우는 출국장이 그토록 넓은지 처음 알았다.

얼마 뒤 진우가 보안 책임자와 함께 그곳을 다시 찾았을 때는 아무런 흔적도 남아 있지 않았다. 쓰러진 여자도, 세면대의 핏물도…….

그 뒤로 화장실을 드나들 때마다 진우는 그때 기억에 사로잡혔다. 변기 칸 문이 열리면 긴장부터 했다. 긴장이 가라앉고 나면 궁금증도 따랐다. 쓰러진 여자는 대체 어떻게 되었을까? 아무리 자신이 밤이면 맥을 못 추는 체질이라 해도 그토록 생생하게 겪었던 일이 꿈일 리는 없었다. 보안 요원 말대로 그 여자는 서둘러 그곳을 떠난 탑승객일 수 있지만 전혀 다른 경우일 수도 있다. 이런저런 극적인 드라마를 떠올리며 진우는 한동안 그날의 기억에 빠져 지냈다.

*

텔민이 돌아왔다. 닷새째 되는 날 저녁이었다. 그동안 내내 가슴

졸였던 하만과 아델의 초췌한 모습에 비하면 텔민은 자유를 만끽하다 온 것처럼 얼굴에 생기가 돌았다. 부모와 철부지 아들의 그간 마음 상태가 얼굴색에 또렷이 드러났다. 하만은 텔민을 덥석 품에 안고는 한동안 말없이 서 있었다. 감격스러워하는 아빠와 달리 아들은 마지못해 돌아왔다는 듯 떨떠름한 표정이다. 한참 만에 서로의 품에서 떨어져 나온 아빠와 아들은 조용히 기도실로 향했다. 부자간 화해와 참회도 신 앞에서만 가능하다는 듯.

하만이 정해 놓은 엄격한 규칙만 아니라면 이곳은 우리가 살기에 나쁘지 않은 환경이다. 안전하고 쾌적한 공간인 데다 마음만 먹으면 끼니도 쉽게 해결할 수 있다. 식당과 카페, 패스트푸드점은 일정한 간격으로 늘어서 있고 오가는 사람들도 여유롭고 선량해 보인다. 그들의 온정이 베풀어 줄 떡고물은 우리의 주린 배를 채우고도 남을 것이다. 문제는 그 모든 것이 우리에겐 금기라는 것. 난민촌에서는 난민처럼 살아도 되지만 이곳에서는 출국장 이용객처럼 지내야 한다는 하만의 엄격한 뜻이 있으니까 말이다. 물론 그 규칙이 보이지 않는 곳에서까지 지켜질지는 의문이다. 하긴, 그런 원칙을 철저하게 지켰다면 텔민은 영영 돌아오지 못했을 것이다. 혈색 좋은 얼굴이 그런 의심을 절로 떠올리게 했다.

기도실에서 모든 걸 해결했다는 듯 텔민은 그간의 가출 생활에 대해 입도 뻥긋하지 않는다. 하만 역시 그런 아들에게 면죄부라도 주듯 아무것도 캐묻지 않는다. 짐작 못 할 일도 아니다. 살기 위해 우리가 얼마나 환경에 잘 적응하고 단련돼 있는지는 이곳에 오기까지 겪은 일로 충분히 알 수 있다.

"텔민, 뭐 좀 먹어야지."

아델은 텔민이 기도실에서 나오자마자 먹을 것부터 챙겨 아들 앞에 들이민다. 우리의 소중한 일용식인 시리얼과 우유 한 컵이다. 텔민은 엄마 손을 흘끗 보더니 관심 없다는 듯 고개를 돌린다.

8

"버샤, 이것 봐."

세실이 다가와 조심스럽게 뭔가를 내민다.

인형이다. 세실이 늘 탐내던 디즈니 애니메이션 캐릭터, 메리다 인형. 열여덟 개의 관절이 자유로이 움직이는 데다 빨간색 머리는 물결치듯 부드럽고 눈까지 갈아 끼울 수 있게 돼 있는 고급 인형이다. 거기다 깜찍한 목소리로 말까지 한다. '알러뷰!'

"이쁘지?"

세실이 속삭이듯 나직하게, 하지만 자랑하고 싶어 못 견디겠다는 듯 말을 내뱉고는 내 눈을 빤히 들여다본다. 인형 눈처럼 반짝이는 세실의 눈이 점점 가까이 다가오더니 내 귀에 아이의 입술이 와 닿는다.

"인형 가게 언니가 선물로 줬어."

아이의 말이 더 놀랍다. 그게 어떤 인형인지 나도 잘 알고 있어서다. 인형 가게에서 세실이 그 인형을 탐냈을 때 오렌지 머리 점원은 정색하며 그것만큼은 손도 못 대게 했다. 이유는 가격표에 아주 잘 나타나 있었다.

"진짜야. 진짜라니까."

내 눈길에 세실이 지레 예민하게 군다.

그러더니 이내 인형에게로 관심이 옮겨 간다. 갖고 싶은 걸 마침내 손에 넣었다는 사실에 행복해하면서도 나를 신경 쓰는 눈치다. 지난번 피자 사건과 같은 일을 한 번 더 겪는 기분이다. 아니, 그것과는 성격이 완전히 다르다. 나즈의 피자는 주린 배를 채우기 위한 것이었고, 더욱이 그건 누군가 먹다 남기고 간 음식이었다. 생존과 취향은 같은 저울에 놓일 수 있는 게 아니다.

"알러뷰!"

느닷없는 인형의 외침에 내가 화들짝 놀란다.

세실이 그런 나를 보고 깔깔거린다. 이럴 때는 영락없는 철부지다. 어쩌면 세실의 말이 진짜일 수도 있다. 의심이 습관처럼 돼 가는 내가 더 문제인지도 모르겠다.

세실은 사랑스러운 인형을 품에 안고 다시 거처를 뛰쳐나간다. 자랑할 또 다른 누군가를 찾아 나서려는 듯. 자랑할 대상이 식구들 중에서는 유일하게 나였던 모양이다. 아이들도 내게만큼은 뭐든 잘 털어놓는다. 이유야 뻔하다. 실어증인 나를 통하면 어떤 비밀도 새어 나가지 않을 거라고 믿는 것이다. 아이답다. 아이들과는 손짓 발짓 같은 간단한 표현이 전부지만 아델이나 하만과는 중요한 대화가 있을 경우 글로 생각을 나눈다. 말로는 하기 어려운 것도 글로는 훨씬 솔직하고 세세하게 표현할 수 있다. 날이 갈수록 그런 일이 점점 줄어들고 있긴 하지만······.

세실과 단짝이 되어 다니던 나즈도 요즘은 따로 노는 시간이 많아졌다. 곰곰 생각해 보니 아이들 행동반경이 확실히 많이 달라지긴 했다. 전날에는 급히 나즈를 찾아야 할 일이 있어 밖으로 나섰지만 결국 허탕이었다. 인형 가게 옆 게이트 주변의 무빙워크나 엘리베이터, 소품 가게를 잘 돌아다니던 아이들이 그날따라 아무리 찾아도 보이지 않았다.

텔민, 앞으로는 네가 동생들을 한 번씩 챙기고 보살피렴. 아델이 며칠 전 텔민에게 그렇게 일렀다. 아델은 진작부터 텔민에게 동생 돌보는 일을 맡기고 싶었던 모양이다. 실어증인 나보다야 텔민이 그 일에 더 잘 맞는 건 분명하다. 무엇보다 아델은 텔민이 다시 게임에 빠져드는 걸 막고 싶었던 것 같다. 텔민은 언제나처럼 시큰둥한 표정으로 엄마 말을 듣고만 있었다. 거절하지도 않았다. 아델도 크게 기대하지 않는 눈치였지만 일단 텔민이 거절하지 않는다는 건 동의나 마찬가지로 여겼다. 그렇게 아이들 보살피는 일은 텔민에게로 넘어가는 모양새였다. 텔민이 동생들을 잘 보살필 거라는 기대는 나 역시 하지 않지만 크게 염려할 일도 아니다. 아이들도 이젠 이곳에 잘 적응해 보호의 손길이 그리 필요치 않다. 아델도 그 사실을 잘 알고 있다. 그녀가 정리한 역할 분담은 나로서도 나쁘지 않다. 그 일을 넘기고 나면 나도 그만큼 자유로워질 테니까.

"세실, 그거 웬 거야?"

아델의 놀란 목소리다.

새 인형을 안 들키려 조심하던 세실은 이틀 못 가 엄마에게 발각되고 말았다.

"아, 이거? 주운 거야, 엄마. 누가 버리고 갔나 봐."

세실은 나한테 했던 말과는 전혀 다른 말을 능청스럽게 한다.

"새것 같은데……. 버린 게 아니라 누가 잃어버리고 간 거 아냐?"

아델이 목소리를 낮추며 세실의 인형을 이리저리 훑어본다. 그녀 역시 고급스럽고 깜찍한 인형의 모양새에 감탄하는 눈빛이다.

"아냐, 엄마. 35번 게이트 앞 쓰레기통에서 주운 거야."

세실이 주운 장소까지 밝히며 결백을 강조한다.

탑승 게이트 앞 쓰레기통은 늘 사람들이 버리고 가는 것들로 넘쳐 났다. 면세점 제품에서 벗겨 낸 고급 포장지가 제일 많긴 했지만 그 밖에도 헌 옷가지나 책, 신발, 인형, 화장품까지 별의별 게 다 있었다. 텔민이 한동안 빠져 있던 게임기도 이곳에 온 다음 날 주운 것이다. 그건 쓰레기통이 아닌 대기석에 놓여 있던 것이어서, 하만은 버린 게 아니라 누가 잃어버리고 간 것이라고 했다. 그러곤 주인을 찾아줘야 한다며 곧바로 그걸 보안 요원에게 신고했다. 보안 요원은 게임기를 자세히 살펴보더니 버리고 간 물건이 맞는다며 텔민에게 가지라고 도로 돌려주었다. 그가 뭘 기준으로 판단한 건지

72

알 수 없지만 그 멀쩡한 게임기는 그때부터 텔민의 둘도 없는 나쁜 친구가 되었다.

우리의 임시 거처를 에워싼 여행 가방도 대부분 이곳에서 주운 것들이다. 사람들이 면세점에서 산 가방으로 교체하고 버리는 기내용 여행 가방이 더러 쓰레기통 옆에 놓여 있었다. 처음엔 우리도 곧잘 쓰레기통을 기웃거렸다. 나는 영자 신문이나 영문 잡지 같은 읽을거리를 잘 주워 왔고 아넬은 생활용품, 세실과 나즈는 장난감이나 인형이 주된 관심 품목이었다. 하지만 우리 보금자리가 완성되자 하만은 더 이상 쓰레기통 뒤지는 일을 못 하게 했다. 그러면서 하만은 이십일 년간 영국 런던의 빨간 이층 버스를 잠자리로 이용해 온 난민 남자를 예로 들었다. 그 사람이 오랫동안 런던의 이층 버스를 침실처럼 이용할 수 있었던 이유가 뭔지 알아? 하만의 물음에 아이들은 대답할 생각은 않고 아빠의 입만 쳐다보았다. 공중도덕을 철저하게 지켰기 때문이야. 아이들은 공중도덕이라는 개념은 뒷전인 채 이층 버스를 침실로 삼은 그 아저씨를 부러워하며 빨간 이층 버스와 움직이는 침대에 열광했다.

이곳으로 오고 하만은 난민 캠프에서보다 훨씬 더 엄격해졌다. 난민 캠프에서는 남의 것을 가로채거나 새치기하는 일이 흔했고 물건을 도둑맞는 일도 그로 인한 싸움도 다반사였다. 하만은 그런 환경이 마음에 걸렸던지 유난히 아이들 단속에 철저했다. 하만의 결벽증에 가까운 태도는 이웃의 조롱거리가 될 정도였다. 너희는 금수저 집안이라면서? 그런 비아냥도 곧잘 따라붙었다. 우리랑 같은 배급 줄에 서는 거 안 쪽팔려? 원칙과 가문의 명예를 강조하는 아빠를 둔 우리를 그렇게 매도하는 이들도 있었다. 아델도 한 번씩 '상황 파악 못 하는 자존심'이라며 하만에 대해 불만을 드러내곤 했다.

"세실······."

아델이 나직하고 은밀한 목소리로 부르자 세실은 겁먹은 눈으로 엄마를 쳐다본다.

"아빠한테 절대 들키면 안 돼. 알았지?"

아델의 낮은 목소리에 나의 책장 넘기는 소리가 더 크게 들린다.

사락사락. 애써 못 들은 척하기 위해 나는 더 큰 소리로 책장을 넘긴다. 공범이 되고 싶지 않은 이유도 있지만 나를 투명 인간 취급 하는 모녀에 대한 불평도 담겨 있다. 사락사락. 언젠가부터 세실도 아델도 내가 곁에 있다는 걸 전혀 개의치 않는다. 나의 실어증에 내 존재감마저 못 느끼는 건지 아니면 대놓고 무시하는 건지······.

"알았어, 엄마."

세실도 아델 못지않게 목소리를 깐다. 둘 다 내 쪽으로는 눈길을 주지 않은 채 은밀한 말과 눈빛을 서로 주고받는다.

사락사락.

투명 인간으로 전락하는 것과 공범이 되는 것, 둘 중 어느 것이 덜 나쁜 일일까?

사락사락······.

9

"그나저나 화장실 외계인 미스터리는 풀렸어?"

종현이 갑자기 진우에게 관심을 돌렸다.

"그냥, 네 여친 얘기나 계속해. 미스터리 말고 실체가 있는 사람 이야기."

진우는 테이블에 식판을 내려놓으며 되쏘았다.

"내 얘기에 시큰둥해하니 그러지. 지겹기도 할 테고……."

알긴 아는구나, 하는 투로 진우가 눈을 흘겼다.

"외국인이라면, 백인 여자?"

종현의 물음에 진우는 고개만 가로저었다.

"그럼, 흑인?"

"인종도 흑백 논리로구나."

"그럼, 아시아계?"

종현의 물음에 진우는 연신 고개를 저었다.

"아, 외계인이란 걸 깜박했네."

종현은 두 손 들었다는 듯 느릿느릿 수저를 챙겨 들었다. 식판에 담긴 돼지고기 볶음부터 진우 식판에 옮겨 담아 주었다.

"세 살 버릇 여든 간다더니, 어떻게 넌 하나도 안 변했냐. 깨작거리는 것도 그렇고 편식도 그렇고."

진우는 종현이 옮겨 놓은 돼지고기 볶음을 집어 먹으며 한마디 했다. 자기는 못 먹어도 종현은 친구 몫으로 돼지고기를 식판에 담아 오는 걸 잊지 않았다.

"편식은 무슨, 체질상 못 먹는 거지."

종현이 알레르기 핑계를 댔다.

"금수저는 생존에 취약한 체질 맞아."

진우가 받았다. 까다로운 식성인 종현의 옆자리에 앉으면 곧잘 떡고물이 생겼다. 그 떡고물의 오랜 수혜자가 진우 자신이었다. 가끔은 이런 떡고물이 둘을 불가분의 관계로 맺어 주고 있는 게 아닌가 미심쩍기도 했다.

진우는 종현의 말대로 그 주인공이 차라리 외계인이었으면 나을 뻔했다는 생각을 했다. 우연한 일이었지만 그 뒤로도 이상하게 계속 마음이 쓰였던 것이다.

"인도 아니면 아랍, 그쪽 사람 같아."

진우가 혼잣말하듯 그 얘기를 다시 꺼냈다.

"뭐, 아랍? 『아라비안나이트』에 나오는 중동 지역? 너, 베일 둘렀다고 다 신비주의 아니다. 그쪽은 신비보다 극단주의에 가깝지. 이슬람 근본주의, 그게 얼마나 무서운지도 알지?"

수저질을 멈춘 종현이 정색하며 말했다.

"관두자."

진우는 김샜다는 듯 다시 시선을 식판으로 옮겨 갔다. 속내를 털어놓고 싶은 생각이 말끔히 사라졌던 것이다.

"인류 문명의 발상지 네 곳 중 두 군데가 그쪽 동네에 있는 건 사실이지. 그뿐이냐. 유럽의 중세도 따지고 보면 이슬람 세력 때문에 막 내린 거 아냐. 한동안 세계 무대를 주름잡았던 오스만 제국은 어떻고. 지금도 기독교와 쌍벽을 이루는 종교라면 단연 이슬람교 아니냐. 앞으로는 신도 수도 어쩌면 무슬림이 기독교도를 추월할지도 모르고……."

"아, 됐어. 그만해. 나 취준생인 거 일깨워 주려는 거야? 세계사랑 시사 상식 총정리해 주는 취업 학원 강사도 아니고……."

진우가 짜증 섞인 투로 받아쳤다.

한동안 둘은 묵묵히 수저질만 했다.

"맞아, 「알라딘」의 그 공주……."

갑자기 깨달았다는 듯 진우가 말했다.

"디즈니의 그 뮤지컬 영화?"

"응. 그 여자 주인공 있잖아. 공주 역을 맡았던 그 배우."

'그 배우가 왜?'라는 듯 종현이 눈을 치켜떴다.

"그 배우가 인도계 어머니와 백인 아버지 사이에서 태어난 사람이거든. 그 사람을 닮았어."

"나 참, 이젠 담요 타고 사막과 외계 행성을 막 넘나드는구나."

"진짜라니까."

"어쨌든 나는 디즈니 영화라면 딱 질색이야. 나한테 디즈니 트라우마 있는 거 잘 알잖아."

종현의 말에 이번에는 진우가 눈을 치켜떴다. '트라우마'라는 단어가 나온 것부터 신기했다. 아버지 사업 부도로 집안이 풍비박산 했을 때도 종현은 아무 내색 않던 별종이었다. 학교 다닐 때도 부잣집 도련님 티를 낸 적이 없어서 그의 집에 가기 전까지는 종현이 유명 건설 회사 대표의 외아들인 줄 전혀 몰랐던 것이다.

"「톰과 제리」에서 말이야, 톰이 「헝가리 광시곡」 연주하던 장면 기억나?"

"전혀. 근데, 「톰과 제리」가 디즈니 영화는 맞아?"

"어쨌든. 예전에 내가 그거 보고 충격받아 피아노 레슨까지 접었잖아. 내 피아노 실력이 고양이 톰의 꼬랑지도 못 따라가는 정도였거든."

진우는 종현의 집에서 피아노를 본 적은 있었지만 그가 피아노를 쳤다는 것도 레슨을 받았다는 사실도 알지 못했다. 또래와 달리 클래식 음악에 조예가 있었다는 것과 종현의 아버지가 음악광이었다는 사실은 알고 있었다. 대저택 지하에 음악 감상실까지 갖추고 있던 종현의 옛집은 지금도 생생하게 기억났다.

"나 참, 고양이 때문에 트라우마 생겼다는 사내 녀석은 처음 본다."

"넌 톰이 연주하는 「헝가리 광시곡」을 못 들어 봐서 그래."

"설마, 그걸 톰이 연주했겠어?"

진우가 한심하다는 투로 받아쳤다.

"설마 그 여자가 「알라딘」의 그 공주겠어?"

"됐다. 관두자."

"그나저나 우리가 무슨 얘길 하다가 「톰과 제리」까지 왔지?"

종현이 갑자기 제리한테 된통 당하고도 영문을 모르는 톰처럼 눈을 멀뚱거렸다.

진우는 그런 톰이 쌤통이라는 듯 수저질만 계속했다.

"아, 이제 생각났다. 실은 나, 신도시 아파텔로 옮겨 가려고…….
업무 단지 벗어날 짬밥도 됐고."

종현이 마침내 용건을 꺼냈다.

"그 얘길 하려고 지금까지 장황하게…… 지연 씨 때문이냐?"

진우가 어이없어하며 물었다.

"어쨌든 나, 내일 짐 뺀다."

"허, 내일? 그걸 하루 전날 통보해, 룸메이트한테?"

"미안. 물 들어왔을 때 노 저어야지."

종현이 얼버무리듯 대답하고는 휴대폰으로 눈길을 돌렸다.

"여튼 축하해. 잘해 봐."

가시 돋친 덕담을 끝으로 진우는 자리에서 먼저 일어났다. 오후 근무 준비를 위해서였다.

사무실로 돌아와 안경을 닦으려던 진우는 늘 있던 자리에 그것이 없다는 걸 깨달았다. 작업복 주머니는 물론, 책상 서랍까지 뒤져도 손수건은 보이지 않았다. 기억을 더듬다 그날 화장실 사건에까지 닿았다. 임시 베개를 만들 때 썼던 손수건……. 그 여자의 목에 조심스레 받쳐 주던 손의 느낌까지 되살아나며 그때의 상황이 다시 선명하게 떠올랐다. 그 손수건이야말로 미스터리한 사건의 물증이었다. 그래 봤자 이미 물 건너간 일이지만…….

탑승 시간 맞추느라 서둘러 갔나 보죠. 보안 요원의 말대로 문제의 여자는 벌써 자기네 나라로 돌아갔을 터였다. 비밀경찰이나 스파이였다 하더라도 임무 끝내고 원상 복귀했을 테고. 나무꾼이야 선녀의 옷이라도 챙겼으니 뒷날을 도모할 빌미라도 있었지. 룸메이트도 떠나고 여자 주인공도 가 버리고……. 티슈를 뽑아 안경을 닦으며 진우는 기억도 같이 닦아 내기로 했다.

깨끗해진 렌즈로 창밖을 바라보니 유난히 맑은 하늘을 가르며 비행기 한 대가 날아가고 있었다. 그러다 어느새 푸른 하늘을 유유히 날던 비행기가 사라지고 빈 하늘만 남았다. 심장이 통째로 가출이라도 한 것처럼 허전했다.

10

"버샤, 너도 이걸 좀 배우지."

아델이 수예 도구를 챙기며 한마디 한다.

지나가는 말 같지만 내겐 채근으로 들린다. 너도 뭔가 살림에 보탬이 되는 일을 해야 하지 않겠니,라는 힐난이 담긴……. 온종일 내가 책만 들여다보고 있는 데 대한 불만일 수도 있다. 하지만 각자 나름의 역할이 있지 않나. 하만은 무엇보다 내가 외국어 공부를 열심히 하도록 했고 그건 가족 모두를 위한 일이기도 하다. 국경을 넘을 때마다 우리에겐 영어가 필요하니까. 그 사실은 아델도 잘 알고 있다. 책 보는 일에 주로 빠져 있긴 하지만 그렇다고 내가 집안일에 소홀한 것도 아니다. 아이들 보살피는 일도 텔민에게 넘어가기 전까지 내 몫이었고 청소도 빨래도 일정 부분은 내가 맡아 하고 있다.

책 뒤적이는 것보다야 수놓는 일이 더 생산적으로 보이긴 할 것이다. 아델의 수예품은 가끔 우리의 일용품이 돼 주곤 하니까. 언젠가 그녀가 손수 만든 기도용 작은 카펫과 실크 스카프를 혜란 아줌마에게 선물했을 때는 의외의 답례가 돌아왔다. 아줌마가 화장실 청소함 칸을 우리도 같이 쓸 수 있게 해 준 것이다. 아델이 선물한 아라베스크 문양 실크 천이 한쪽 벽에 걸리고 일인용 카펫이 바닥에 깔리니 그곳은 아줌마의 임시 휴식처이자 우리에겐 멋진 기도실이 돼 주었다.

아라베스크 문양이나 아랍어 글자가 수놓인 실크 천은 누구나 탐낼 만한 소품이다. 핸드메이드 수예품에 열광하는 유럽 여성들 취향을 샹젤리제 거리의 앤티크 숍 점원이었던 아델이 모를 리 없다. 이곳에 오고부터 아델의 파리 시절은 추억에서 현실로 자리바꿈했다.

수를 놓고 있는 아델을 보고 있으면 샹젤리제 시절 그녀의 모습이 선히 그려진다. 숍이 한산할 때면 그녀는 유리 진열대 뒷자리에 앉아 직접 수를 놓곤 했다. 검은 베일을 두른 젊은 아랍인 여성이 우아한 손놀림으로 수를 놓고 있는 모습은 손님들 시선을 사로잡기에 충분했는데, 그런 손님 중 하나가 파리에 유학 온 무슬림 청년 하만이었다. 그즈음 하만은 파리 여행을 온 부유한 아랍인 손님들 안내와 통역을 맡아 가끔 그 숍에 들르곤 했다. 그러다 젊은 남녀였던 둘 사이에 자연스레 사랑이 싹터 마침내 하만과 아델 커플이 탄생하게 되었다는 극적인 스토리.

신분을 뛰어넘은 그들의 로맨스가 친인척들 사이에서는 막장 드라마처럼 떠돌았다. 그런 보잘것없는 집안의 딸하고 말이냐? 하만 집안 어르신들은 명문가 아닌 평민 집안 출신인 아델과의 결혼에

극구 반대였다. 가문과 혈통을 목숨처럼 여기는 전통과 젊은 남녀의 사랑이 충돌한 것이다. 당시 이십 대의 열혈 청년이었던 하만은 결혼 승낙을 얻기 위해 그해 라마단이 끝나고 단식에 돌입했다. 처음엔 부모도 아들 고집에 눈 하나 깜짝하지 않았다고 한다. 그러나 단식에 들어간 아들이 이 주 만에 쓰러지자 그들은 당황하기 시작했고, 가까스로 의식을 회복한 아들이 끝까지 음식을 거부하자 결국 두 손 들고 말았다. 그렇게 하만 집안 최초로 평민 집안과 혼사가 이루어진 것이다.

결혼으로 아델의 삶은 완전히 바뀌었다. 더 이상 수놓는 일을 할 이유가 없어진 만큼 수예에 대한 흥미도 사라졌다. 하만 집안의 풍요에 젖어 십수 년을 살던 아델은 그런 삶이 영원할 줄 알았을 것이다. 내전은 그런 생각을 뒤집어 놓았을 뿐 아니라 모두의 삶을 뿌리째 흔들었다. 생존을 위한 길고 험난한 여정의 한 지점인 이곳에서 아델은 다시 젊은 날의 일을 되찾은 것이다. 어떻게 이 재미를 그동안 까맣게 잊고 지냈을까. 아델은 한 땀 한 땀 바늘을 옮겨 가면서 말했다. 수놓는 일은 이제 아델의 둘도 없는 소일거리이자 자존감을 드높이는 일이 되었다. 그런 아델과 달리 나는 수예라면 딱 질색이다. 학교 다닐 때 낙제점을 받았던 유일한 과목이 바로 수예였다. 밑그림을 따라 한 땀 한 땀 바늘을 옮겨 가며 수놓는 일은 아랍 여성의 인생행로 같았다. 손끝에서 마음 깊숙이까지 절대복종의 마음을 길들이기 위한 훈련. 그것이 내겐 수놓는 일처럼 보였다. 그런 내면의 거부감 때문인지 내 손은 끝까지 바늘과 친해지지 않았다.

"이 일은 신께 올리는 예배 같은 거야. 마음이 얼마나 차분하고 경건해지는데."

아델의 말에도 나는 책에서 눈을 떼지 않는다.

"일단 버샤 네가 시작해야 나중에 세실도 따라 배우지 않겠니. 어르신께서두 그러셨잖아. 인간이 쇠로 만든 두 가지 물건이 있는데 그 하나가 칼이고 나머지 하나는 바늘이라고. 칼을 휘두르는 건 남자의 사명, 남자가 휘두른 칼에 찢긴 것을 바늘로 깁고 연결하는 건 여자의 운명이라고."

아델이 말한 어르신이란 집안에서 최고 연장자인 하만의 큰아버지를 일컫는다. 그런 꼰대 같은 발언도 그 어르신이 할 때는 고풍스러웠는데 아델이 옮겨 놓으니 낡고 진부해 보인다.

"하지만 이건 그런 깁거나 꿰매는 단순한 바느질도 아니고 솜씨를 발휘하는 멋진 일이잖니. 돈도 벌게 해 주고."

아델이 정작 하고 싶었던 말이 맨 끝에 나온다. 그녀는 생계용 일에 나와 세실까지 끌어들이고 싶은 것이다. 집안 어른들이라면 아델의 이런 생각에 코웃음 치며 신분과 태생을 들먹일지도 모르겠다. 하만 집안 사람들은 집안일 거드는 일꾼을 바라볼 때도 "먹고 살기 위해 일한다는 건 하나의 저주야."라며 거리낌 없이 말하는 사람들이었다. 세상이 뒤집어진 지금도 그들이 그런 생각을 할지는 알 수 없지만……

하만 집안 사람들의 선민의식이라면 나도 지긋지긋했다. 아델과 나는 그 점에서는 일치했다. 지금 우리 처지를 생각한다면 아델의 말이 십분 옳을 수도 있다. 하지만 나는 굶거나 쓰레기통은 뒤질지

언정 수예만큼은 사양하고 싶다. 그건 내게 운명의 실에 같이 꿰어지는 무슬림 여자 1, 2, 3을 연상시킬 뿐이다. 그런 가느다란 바늘로 수를 놓으며 심신을 단련한다는 건 마치 몸에 노예 문신을 새기는 것처럼 몸서리나는 일이다. 아무리 생계, 아니 생존을 위한 일이라 하더라도 나는 수예용 바늘과 천을 손에 들고 한 땀 한 땀 몸과 마음을 길들이고 싶은 생각은 눈곱만큼도 없다.

아델은 자신의 말이 내게는 당나귀 귀에 쿠란 읊는 격이라는 듯 "인샬라." 하며 거처를 나선다. 그 '인샬라'에는 '신이시여, 저 잘난 척하는 계집애한테 천벌 좀 내려 주세요.'라는 저주가 담겼을지도 모른다. 그렇게라도 하지 않으면 아델 자신의 삶이 너무도 억울하고 불공평하게 느껴질 테니까. 그걸 위안 삼아 그녀가 더 이상 나에게 수예만큼은 강요하지 말았으면 좋겠다. 저주나 악담쯤은 나도 달게 받을 각오가 돼 있다.

아델이 수예를 위해 즐겨 찾는 장소는 유럽행 비행기가 출발하는 몇몇 게이트 앞 대기석이다. 우리의 임시 거처보다 그곳 좌석이 일하기 편한 점도 있겠지만 더 큰 이유는 딴 데 있다. 누군가 그녀의 수예에 관심을 보이기라도 하면 은근슬쩍 완성품을 꺼내 보이며 팔 수도 있기 때문이다. 아주 드물게 일어나는 일이긴 하지만 그 혜택은 우리 모두의 것이 된다. 수예품은 가끔 손님의 고급 초콜릿한 상자와 물물교환이 되어 아이들을 행복하게 해 주는가 하면 때론 십 달러짜리 혹은 오 유로짜리 지폐가 되기도 한다. 그런 달콤한 유혹 때문에 아델은 점점 그 일에 의욕을 보이는 것이다. 구걸인지 노동의 대가인지 구분이 안 되는 그 일을 하만은 아직 허락하지 않고 있다. 현실적인 판단에서인지 하만의 자존심 때문인지는 알 수 없다.

아델이 사라지면서 거처는 오롯이 내 차지가 된다. 텔민이 칩거 성향을 벗은 뒤로 이런 날이 많아졌다. 텅 빈 거처에서 온종일 나는 책을 읽거나 끄적거리며 지낼 수 있다. 스스로 생각해도 신기하다. 지난날의 나는 이렇게 차분하고 얌전한 성격이 아니었다. 친구들과 잘 어울려 다녔을 뿐 아니라 일도 잘 벌였고 때론 어른에게도 잘 따지고 대드는 당돌한 아이였다. 하지만 언젠가부터 한쪽 구석에서 책에 빠져 지내는 차분한 사람이 되었다. 이게 진짜 내 모습인지, 아니면 환경이 나를 이렇게 만든 것인지는 알 수 없다. 분명한 건 그때와 달리 지금은 이런 차분한 일이 좋다는 것이다. 하긴 십대와 이십 대의 취향이 같을 수는 없을 테지…….

돈 안 들이고 시간 보내는 데 책만 한 게 없었어. 어릴 적 우리 집 안에서 유행하던 말이다. 책으로 꽉 찬 우리 집 서재는 우리의 자존심이었다. 일찍부터 아버지는 책장에 쌓인 책들이 현찰 더미나 금궤로 보이도록 아이들을 세뇌시켰다. 그 덕에 우리는 가난에도, 몰락한 가문이라는 불명예에도 꼿꼿이 자존심을 지킬 수 있었다.

이곳 생활을 견디는 데도 책만큼 좋은 건 없다. 재스민에 따르면, 어느 종교 지도자는 감옥에서 책 읽기와 글쓰기는 물론 전언 메시지로 정치까지 하면서 세상을 움직였다고 한다. 아델의 말대로 수예는 손만 바늘 끝을 향하는 게 아니라 온 마음이 그곳으로 쏠리도록 하는 힘이 있을 것이다. 그 쏠림을 가능케 하는 게 그녀에게 수예라면 내겐 책 읽기다. 텔민에겐 그것이 게임이고 하만에겐 그것이 기도일 것이다. 그러니 아델은 수를 놓고 하만은 기도를 하고 나는 책을 읽을 수밖에.

맨들레이가 나의 맨들레이가 예전처럼 조용히 사람의 눈을 꺼리듯 그곳에 서 있다. 회색 바위는 달빛을 받아 빛나고 창에는 푸른 잔디와 발코니가 비치고 있다. (…) 발코니는 잔디밭처럼 경사를 이루고 잔디밭은 바다로 이어지고 있다. 비바람 겪지 않은 호수처럼 바다는 달빛에 고요히 은빛 수면을 펼쳐 보인다. 어떤 파도도 이 꿈의 해면을 출렁이게 하지는 못할 것이다.

문장에 밑줄을 긋는다. 『레베카』의 도입 부분, 맨들레이 저택의 정원을 묘사해 놓은 구절이다. '달빛에 고요히 은빛 수면을 펼쳐 보이는 바다'가 밑줄을 따라 눈에 펼쳐지고 파도 소리가 들리는 것 같다. 멋진 문장을 발견했을 때 습관처럼 하는 이런 밑줄 긋기는 가게에서 마음에 드는 소품을 쇼핑하는 것과 비슷하다. 서랍에 잘 보관해 두었다가 한 번씩 꺼내 보듯 밑줄 친 문장 역시 두고두고 즐길 수 있다. 이 도입 부분을 되풀이해 읽고 있으면 소설 속 주인공이 되어 맨들레이 정원을 걷는 기분이 든다. 아름드리 고목과 온갖 잡초로 뒤엉킨 음산하면서도 신비로운 정원을 가진 대저택, 그것도 바다로 이어지는 저택이라니……. 술탄의 궁전, 또는 황금 지붕의 모스크만큼이나 멋진 저택이 아닐 수 없다.

영문 소설이라 모르는 단어가 나올 때마다 일일이 사전을 찾아야 하는 번거로움은 있지만 공부를 겸한 일이니 어쩔 수 없다. 하만이 학생 시절 샀다는 낡은 영어 사전이 뒤늦게 빛을 보고 있다. 휴대폰만 있으면 간단하게 해결될 일이지만 이곳에서는 종이 사전을 뒤적일 수밖에 없다. 이 초현대식 건물에서 우리는 먹통인 휴대폰 때문에 문명 밖으로 완전히 밀려난 처지다. 하만도 늘 듣던 알자지라 방송을 접할 수 없어 출국장 이곳저곳 발품을 팔고 다니며 귀동냥을 해야 한다. 빨래도 손으로 하고 글도 손으로 쓰듯 단어도 종이 사전을 뒤적여 가며 찾는다. 하긴, 이곳 생활에서는 이런 옛날 방식이 맞는지도 모르겠다.

이 영문 소설책 덕에 나는 한동안 읽을거리를 찾아다니는 수고 만큼은 덜게 되었다. 그동안은 사람들이 읽다 버리고 가는 신문이나 잡지를 찾아 이 게이트 저 게이트 기웃거리며 좌석이나 쓰레기통을 살펴야 했다. 하만도 인쇄물을 얻을 때만큼은 쓰레기통 뒤지는 걸 인정해 주었다. 그중 『레베카』는 『제인 에어』와 함께 하만이 구해 온 수확물 중에서도 로또에 가깝다. 세계 명작 시리즈에서 익히 보아 왔던 이 책들은 모스크바행 비행기를 기다리던 어느 프랑스인 대학생이 탑승 직전 배낭을 정리하면서 하만에게 건넨 선물이다. 그 대학생은 일주일이나 달려야 하는 시베리아 횡단 열차에서 읽을 책만 남기고 나머지를 길 안내를 도와준 하만에게 선물했다고 한다. 그녀가 배낭에 담아 간 책은 세 권짜리 『안나 카레니나』였다고 들었다. 내겐 그 대학생도 『레베카』와 『제인 에어』 작가만큼이나 경이와 존경의 대상이다. 젊은 여자 혼자서 시베리아 횡단 열차에 오를 생각을 하다니…….

그 용감한 대학생 덕에 요즘 나는 영문 소설 읽는 재미에 푹 빠져 있다. 우리의 『아라비안나이트』만큼 이야기가 극적이고 화려하진 않지만 고전다운 깊이와 여자 주인공의 매력을 듬뿍 느낄 수 있는 작품이다. 어떻게 이 대단한 작품을 백 년도 더 전에 살던 여성들이 써 냈단 말인가. 읽으면 읽을수록 그녀들에게 매료된다. 하루하루 죽음의 그림자를 몰아내며 왕의 마음을 사로잡았던 셰에라자드 같은 그녀들에게. 그러니 아델의 수예가 나한테 먹힐 리 없다.

11

디지털 벽시계가 자정을 알렸다.

00:00:00

꼬마 유령 셋이 턱을 괴고 지켜보는 듯한 모양이 일순간 펼쳐졌
다. 낯선 세계로의 진입을 알리는 아이콘 같은 형광빛 숫자에 진우
는 잠시 긴장했다. 잠이 오지 않아 두 시간째 뒤척이던 중이었다.
발코니 창을 통해 들어온 불빛에 옆의 빈 침대가 눈에 잡혔다. 바닷
물 빠져나간 개펄처럼 방 안이 막막하고 횅해 보였다. 칙칙한 개펄
도 종현을 통하면 완전히 다르게 변신하긴 했지만······. 첫날 밤 종
현의 권유에 따라나섰던 해변 산책이 떠올랐다.
　"달나라에 온 거 같지 않냐, 비 내린 뒤의 달나라."
　종현은 달에 첫발을 디딘 우주 비행사처럼 과장된 걸음을 옮겨

놓으며 말했다. 바닷물이 빠진 지 얼마 안 된 듯 개펄은 촉촉이 젖어 있었다.

"우주복만 갖추면 딱 그 아폴로 11호 우주선 선장 같겠다."

진우가 추임새 넣듯 한마디 했다.

"우주복이 우주선보다 더 비싼 거 알지. 몸에 딱 맞춘 초경량 우주선이 우주복이잖아. 그건 비행사 똥오줌 받아 내는 기능까지 갖췄다더라. 앞으로 우주 개척 성공의 실마리는 예전에 우주 비행사가 달나라에 버린 똥을 찾아내 분석하는 거란다."

종현은 우주 탐사 관련 시시콜콜한 얘기를 늘어놓았다.

"근데, 암스트롱인지 마크롱인지 그 사람이 달에 첫발을 딛고 했던 말 있잖아. '지금의 이 작은 한 걸음이 훗날 인류에게는 위대한 도약이 될 거'라는 그 말, 그건 지구에서 준비해 간 멘트일까, 아니면 달 위에서 생각해 낸 걸까?"

진우가 그 일과 관련해 가장 궁금해하던 주제를 꺼냈다.

"나사(NASA)가 그렇게 준비성 없는 조직이면 어떻게 달에 첫발을 디뎠겠냐? 우주선 개발할 때부터 준비해 놓은 말일 거다. 과학이 우연을 얼마나 싫어하는데."

"어쨌든 우리가 이 세상에 나오기도 전에 달나라를 갔다 왔다니, 대단하긴 해."

"우리 꿈에 재 뿌리는 일도 했잖아. 계수나무랑 토끼가 사는 줄 알았던 그 황금빛 땅이 거무튀튀한 재투성이라니……. 달에 비하면 이 개펄이 우리한테 백배 영양가 있는 거지. 진흙에 숨은 이 조개들 좀 봐라."

종현이 발끝으로 흙을 헤집어 보였다. 돌멩이인지 조개껍데기인지 알 수 없는 희끄무레한 것이 진흙 사이로 보였다.

"재투성이 달이나 진흙투성이 개펄이나……."

진우가 불평했다. 푸른 물결 넘실대는 바다를 기대하고 따라나섰다가 거무튀튀한 개펄에 실망해 있던 차였다.

"넌 아직 이 개펄의 진가를 몰라서 그래. 괜히 내가 너를 이 섬으로 불렀겠냐."

"하긴, 고시원 탈출이 어디냐. 거기에 비하면 이 드넓은 개펄도 내겐 감지덕지. 질척거리는 것만 좀 빼면……."

진우가 걸음을 조심스레 떼어 놓으며 말했다. 공무원 시험에 미끄러져 갈피를 못 잡고 있을 때 종현의 '콜'은 탈출구나 다름없었다. 예전처럼 둘이 가까이서 지낼 수 있다는 것도 큰 유혹이었다. 하지만 그런 둘도 없는 절친도 여자 친구 앞에서는 속수무책이었다. 빈 침대의 허전함을 진우는 며칠째 떨치지 못하고 있었다. 진데렐라 수면 공식이 깨진 것도 그날 종현의 부탁으로 했던 야간 근무 때부터였다. 그 뒤로 취침 시간이 들쑥날쑥하더니 급기야 이런 불면증까지 생겨난 것이다. 진우는 여전히 종현의 그늘 아래 있는 자신을 인정할 수밖에 없었다. 되짚어 보면 그 의존성이 떡고물 때문은 분명 아니었다. 그 뿌리는 길고도 깊었다. 초등학교 보이스카우트 시절, 별자리 관측 여행을 갔을 때부터였던 것 같다. 진우가 자정 넘어서까지 깨어 있던 흔치 않은 기억 속 그날 밤…….

진우는 단원들과 함께 자정까지 간신히 버텼지만 나중에는 별과 은하수가 마치 분사하는 수면제처럼 가물거렸다. 너 먼저 들어가

서 자. 종현이 걱정스러워하며 말했다. 하지만 진우는 끝까지 버티기로 했다. 그러다 언제 잠이 들었는지 깨어났을 때는 놀랍게도 숙소 침대였다. 지난밤 별자리 관측조차 꿈이었는지 생시였는지 가물가물했다. 천체 망원경 뒤쪽 벤치에 잠들어 있던 진우를 종현이 업고 내려왔다고 친구들이 알려 주었다. 놀라웠다. 그때만 해도 진우는 종현보다 덩치가 커서 단복도 한 치수 큰 걸 입었다. 더욱이 별자리 관측소에서 숙소까지 이어지는 돌계단은 꽤나 가파르고 길었다. 그 수수께끼 같은 일 이후로 진우는 종현을 친구라기보다 친형처럼 의지하게 되었다.

진우는 잠을 포기하고 베란다로 나섰다. 서늘한 밤공기가 온몸을 감쌌다. 그동안 베란다는 종현의 흡연 구역이라 진우는 얼씬도 하지 않았다. 탁자에 늘 놓여 있던, 꽁초로 수북하던 깡통 재떨이는 이제 보이지 않았다. 그 손바닥만 한 자리마저 휑하게 느껴졌다. 진우는 눈길을 멀리 공항 쪽으로 옮겼다. 공항 청사 건물은 어둠 속에서 홀로 휘황하게 빛났다. 이 업무 단지를 비롯해 공항 인근 건물들은 공항 청사에 왕좌를 내주고 어둠 속에 나직이 엎드려 있는 모양새였다.

육중한 금속성 굉음이 밤공기를 뒤흔들며 가까워졌다. 비행기 불빛이 어두운 하늘을 가르며 공항 쪽으로 날아가고 있었다. 비행기 엔진의 희미한 기름 냄새를 맡으며 진우는 이 야심한 시간에 도착하는 비행기가 가져올 일련의 일을 떠올려 보았다. 착륙 준비로 여념이 없을 조종실 내부와 관제탑 움직임부터 눈에 선했다. 관제사와 기장이 교신을 주고받으며 비행기가 활주로에 안전하게 착륙

할 수 있도록 긴밀하게 협업하는 이 시간이 그들에게는 가장 긴장
된 순간일 터였다. 객실에서는 승무원과 승객도 내릴 준비를 할 테
고, 비행기가 안전하게 착륙하고 나면 승객들이 입국장으로 쏟아
져 나오면서 반대편에는 출국장 탑승객들이 또 다른 흐름을 이루
며 24시간 쉬지 않고 돌아가는 현장이었다.

　밤바람이 온몸을 훑고 갔다. 진우는 이 바람이 바닷물을 지나온
것인지 개펄을 거쳐 온 것인지 구분해 보려 했지만 잘 되지 않았다.
신기하게도 종현은 그 둘을 구분했다. 진우는 그 감별력에 번번이
감탄했다.

　"짬밥의 과학 아니냐. 보초병 때부터 쌓아 온⋯⋯."

　종현은 쌓인 경험을 내세웠지만 진우가 보기에 그 '짬밥'도 종현
이어서 가능한 것 같았다. 어릴 적부터 녀석은 친구들 사이에서 단
연 눈에 띄는 아이였다. 부잣집 외아들이어서 못 할 일도 없었지만
실제로 못하는 게 없을 정도로 다재다능했다. 노래도 잘하고 피아
노와 바이올린 등 악기도 웬만한 건 다 다룰 줄 알았고 그림도 잘
그렸다. 종현의 집에 처음 갔을 때 진우는 영화나 애니메이션 속에
들어선 것처럼 얼떨떨했다. 종현의 아버지가 직접 설계해 지었다
는 집은 엄청나게 넓기도 했지만 지하부터 다락방까지 온갖 물건
으로 넘쳐 집 안이 박물관과 백화점을 합쳐 놓은 것 같았다. 천체
망원경부터 악기, 음반, 책, 그림, 조각품까지 없는 게 없었다. 그때
의 경이로움과 주눅 때문인지 진우는 종현에 대해서만은 부러움도
열등감도 없었다. 높은 곳에 우뚝 서 있는 성 같은 입지는 비교나
경쟁의 대상이 아니었다.

영원할 것 같던 그 철옹성이 무너지는 일도 있긴 했다. 대학 입시 때였다. 학과는 달라도 둘은 같은 대학에 지원했는데 당락이 엇갈렸던 것이다. 진우가 우위를 점했던 건 그때가 유일했다. 엎친 데 덮친 격으로 종현의 집안 형편도 그즈음 몰락 직전이었다. 건설 회사 대표였던 종현의 아버지 사업이 연쇄 부도를 맞으며 집안이 완전히 거덜 나는 바람에 종현은 재수마저 포기하고 쫓기듯 군에 자원했다.

"이 섬에 배치받으면 다들 유배지 같다던데, 나는 신세계를 찾은 기분이더라."

"그래서 눌러앉았구나. 남들은 군 복무한 쪽으로는 오줌도 안 눈다는데."

"내 처지에 찬밥 더운밥 가리게 생겼냐. 그 덕에 이곳에서 삼 년 넘게 임시직으로 일한 거 아냐. 죽은 듯 엎드려 있으니 하늘이 또 기회를 주더라니까."

"하늘도 공평하진 않아. 기회도 사람 가려 가면서 주잖아."

부러워하듯 투덜거렸지만, 진우도 맨 처음 종현을 만나러 왔을 때는 낙도에 유배당한 친구를 찾는 기분이었다. 이곳까지 오는 길부터 그랬다. 강 한 번 바다 한 번, 물을 두 번이나 건넌다는 사실이 결정적이었다. 나중에 안 것이지만 그건 초행길의 느낌일 뿐 실제로는 전철로 한 시간도 안 걸렸다. 그 뒤 진우 자신의 일자리를 찾아 이곳으로 왔을 때는 '서울 탈출'이라는 해방감이 더 컸으니 유배지와 해방구는 종잇장 앞뒷면 차이 같았다.

"여기만큼 별과 달에 가까운 곳이 어딨냐. 우린 꿈을 이룬 거나 다름없어."

하늘에서 개펄로 눈길을 옮기며 종현은 보이스카우트 시절에나 들먹이던 꿈 얘길 했다. 그 시절 둘의 꿈이 각각 천체 물리학자, 우주 비행사였던 기억이 어렴풋이 났다.

"너야 절반의 성공은 기뤘지만, 취순생인 내가 지금 꿈 타령 할 때냐."

"경력 쌓고 있다가 정규 채용 때 시험 한번 봐 보라니까."

종현이 거듭 조언했다.

"셀프 체크 시스템에다 로봇 활보하는 현장을 날마다 오가는데 무슨 기멜 품겠냐. 지구보다 차라리 달나라가 낫겠다."

"공항이 문 닫지 않는 한 그런 일은 없을 테니 염려 말고."

종현이 확신을 담아 말했다.

"이력서로 비행기 접어서 달나라로 날려 보낼까 보다."

농인지 넋두리인지 뱉고 난 진우는 종현이 찍고 간 발자국을 물끄러미 바라보았다. 개펄에 난 발자국이 점점 희미해졌다. 길이 있을 것 같기도 하고 곧 사라져 버릴 것 같기도 한, 불안한 흔적이었다.

오늘따라 그 첫날의 해변 산책도 달나라에서의 일처럼 아득하게 느껴졌다. 밤공기가 점점 차가워졌다. 진우는 실내로 다시 들어왔다. 새벽 2시를 막 넘어선 시간이었다. 옆의 빈 침대를 바라보니 우주선 떠난 달 위에 혼자 남겨진 기분이었다. 우주복도 없이…….

12

바질 향이다. 대체 어디서 바질 향이, 하며 주위를 둘러보니 이탈리아식 카페테리아 앞이다. 이런 멋진 파스타 식당이 이곳에 있었던가 싶도록 오늘따라 유난히 근사해 보인다. 안쪽을 들여다보던 나는 뜻밖의 광경에 놀라 기둥 뒤로 물러난다. 낯익은 얼굴이 구석쪽 테이블에 있었다. 세실과 나즈 그리고 텔민이 그곳에 앉아 있는 게 아닌가. 텔민 건너편에 세실과 나즈가 나란히 있고 테이블 위에는 이탈리아식 정찬이 놓였다. 빵이 담긴 바구니와 샐러드, 파스타 접시가 각자의 자리에 하나씩 놓인 근사한 식단이다. 누가 먹다 남겨 놓고 간 게 아니라 정식으로 주문한 음식이다. 다들 먹는 데 정신이 팔려 시선은 사각의 식탁 안에만 머문다. 라마단 끝나고 갖는 첫 만찬처럼 풍성한 음식 앞에 다들 황홀한 표정이다.

나는 기둥 뒤에 몸을 숨기고 서서 환상적인 식단을 바라본다. 신선한 초록 채소와 까만 올리브와 붉은 토마토, 그 위에 하얀 모차렐라 치즈가 얹힌 샐러드가 유난히 눈길을 끈다. 침이 절로 넘어간다. 하지만 그들 앞에 나설 용기는 없다. 지난번 막내의 조각 피자 사건 때처럼 기꺼이 공범이 되어 주린 배를 채우고 가족애까지 증명해 보이면 될 것을…… 목격만 하고 결국 돌아선다. 여전히 나는 텔민이 껄끄러운 것이다. 같은 동생이어도 녀석은 나즈나 세실만큼 만만하지 않다.

돌아서서 걷는 내내 샐러드가 눈에 어른거린다. 바질 향은 어느새 사프란 향으로 바뀌고 샐러드는 후무스로, 파스타는 양고기 구이로 변신한다. 화려한 식탁에 관심이 쏠리지만 그렇다고 내 식욕을 완전히 사로잡지는 못한다. 호사스런 외양만큼 위험이 도사리고 있다는 걸 잘 알아서다. 값비싼 선물을 받으면 거기에 상응하는 값을 반드시 치르게 되어 있다. 지난 시절, 그 특별했던 식탁에서처럼…….

명문가 어르신께서 초대한 만찬이란다. 그날의 식탁은 내가 그때까지 본 것 중 가장 화려했다. 모처럼 내린 비에 창밖 대추야자나무 이파리가 싱그럽게 빛을 발하던 날이었다. 우리 집안의 명운이 걸린 일이야. 엄마는 시종일관 차분한 어조였지만 나의 임무를 일깨우는 말이라는 걸 내가 모를 리 없었다. 상냥하고 부드러운 표정에 말투는 공손해야 한다. 한 달 내내 엄마는 막내딸을 세뇌하듯 가르쳤다.

격조 있는 전통 음식으로 잘 차려진 기다란 식탁에 다들 자리를 잡았다. 스무 명도 충분히 앉을 수 있는 크기의 식탁이었다. 상석에 앉은 어르신은 술탄이나 칼리프처럼 희끗한 수염에 위엄을 갖춘 모습이었다. 바로 옆자리에는 황금빛 실크 베일을 어깨에 두른 자상한 표정의 노마님이 자리했다. 상석 아래쪽 첫 자리에는 그 집안의 장남, 그 옆으로 그의 아내와 두 자녀가 나란히 앉아 있었다. 그들 건너편에 회색 수염 어르신의 둘째, 셋째 부인이 나란히 앉고 그 옆으로 우리 가족이 자리했다. 아버지와 엄마, 나 순서였다. 가족 관계와 이름이 차례로 소개되면서 가계도가 두루마리 문서처럼 펼쳐졌다. 일일이 눈빛을 교환하며 상냥하고 부드러운 미소로 고개를 조아려 인사해야 했다. 소개와 기도가 끝나자 황금빛 실크 베일의 노마님이 식탁을 향해 운을 뗐다.

"음식이 입에 맞을지 모르겠지만 많이 드세요."

노마님은 친절한 미소로 우리 가족을 바라보았다.

"우선 건배부터 할까요."

상석에 앉은 회색 수염 어르신이 와인 잔을 들었다.

놀라웠다. 무슬림 식탁에 와인이라니……! 그 파격에 긴장이 풀리며 그들 가족에 대한 경계심도 살짝 누그러들었다. 어르신의 건배 제안에 따라 다들 앞에 놓인 잔을 치켜들었다. 그 순간을 놓칠 수 없었다.

"저, 학교 보내 주시는 거죠?"

내가 회색 수염을 향해 또렷한 목소리로 물었다. 차분하고 조심스런 분위기에 쨍하고 금이 갔다. 그리고 이어지는 숨 막히는 고요…….

"허허."

회색 수염의 웃음이 적막을 깼다. 그걸 신호로 다른 이들도 표정이 풀리면서 다시 분위기가 온화해졌다.

"얘야, 식사부터 하고……."

엄마의 나직한 질책이 귓속으로 흘러들었지만 나는 아랑곳하지 않았다.

"정말 학교 보내 주시는 거죠?"

처음보다 더 높은 목소리였고 침묵도 조금 더 오래 감돌았다.

"허허, 듣던 대로 공붓벌레 여학생답군요. 펜대 길이라면 우리 집안도 만만찮은데……."

회색 수염의 농 섞인 말 뒤에 잔잔한 웃음이 따랐다.

"공부라면 입학 때부터 줄곧 일등이었답니다."

수습용 멘트가 우리 쪽에서 조심스레 흘러나왔다.

"교사가 될 아이랍니다. 영어를 잘하니 자제분들 공부에 도움이 돼 줄 거예요."

변명 같은 해명이 계속 이어졌다.

"하하, 누가 들으면 가정 교사 면접 자리인 줄 알겠습니다. 당연히 약속은 지킵니다. 여부가 있겠습니까."

회색 수염이 우리 쪽 사람들을 보며 목소리에 힘을 주었다.

"그러시겠죠, 어떤 가문이신데요. 우리 애가 공부 욕심이 많아서, 정말 면구스럽습니다."

겸양 속에 은근히 과시도 묻어났다.

"내, 약속하리다, 아가씨. 아이샤라 했던가? 공부는 맘껏 할 수 있도록 해 주지. 유대인들처럼 우리 무슬림도 여성들 교육에 힘써야 하고말고. 엄마가 교육을 받아야 자녀들이 똑똑해지는 거 아니겠습니까?"

회색 수염이 우리의 동의를 구했다.

"지당하신 말씀입니다. 가문의 명예는 대를 이어 가는 것이니까요. 무함마드께서도 말씀하셨죠. 학자의 잉크는 순교자의 피보다 신성하다고요."

마무리 멘트로 손색이 없는 말에 이어 쨍하고 유리잔이 부딪쳤다. 그 신호음에 이어 포크와 스푼이 달그락거리며 식사가 시작되었다.

"우리 아들도 유럽에서 공부해서 그런지 이슬람 전통문화와 관습을 벗어나는 언행을 가끔 한답니다. 부자지간에 한 번씩 부딪치기도 하죠."

황금빛 베일 노마님도 식사 도중 넋두리하듯 엄마에게 말했다.

"서양 물 먹은 젊은이들이야 으레 그렇죠. 나이가 들면 나아질 겁니다."

"그래야죠. 가문을 위한 일이니까요."

"우리 집안도 무슬림치고 꽤 개방적이죠. 이렇게 남녀노소가 차별 없이 한자리에 마주 앉으니 말예요."

"여부가 있겠습니까. 조상 대대로 훌륭한 가문이시죠. 전통을 지키면서 새로운 문물에도 아주 개방적인 집안이라 많은 이의 존경과 부러움을 사고 계시답니다."

아부 섞인 찬사는 으레 우리 몫이었다.

"과찬의 말씀입니다. 그 댁 조상분들도 모두 훌륭하셨죠. 돈 문제로 어려움을 겪는 일이야 누구에게든 일어날 수 있죠. 속담에 지성(知性)은 돈보다 낫다는 말도 있지 않습니까. 돈은 우리가 돌봐야 하지만 지성은 우리를 돌봐주니까요."

"그렇게 위로해 주시니 정말 몸 둘 바 모르겠습니다."

"우리도 급할 건 없어요. 아시다시피 우리 아들도 고지식한 여느 무슬림 남자와는 다릅니다. 개방적이고 때로는 무슬림 전통에 비판적이기도 하죠. 따님의 학교 공부가 다 끝나고 스무 살이 되면 정식으로 호적에 올리는 걸로 합시다."

또 하나의 약속이 덤으로 얹혔다. 의외의 성과였다. 나의 성공적인 '딜'에 거식증도 말끔히 가셨다. 허기가 몰려오면서 식탁 위 음식 하나하나가 눈에 잡히기 시작했다. 여전히 김이 오르고 있는 샥슈카(토마토 소스에 채소와 계란을 넣어 만든 스튜)와 화덕에서 노릇노릇 알맞게 구워진 빵이 중간중간에 놓이고 초록, 노랑, 주황의 삼색 후무스에 역시 노릇노릇 알맞게 구워진 양고기가 먹음직스러운 냄새를 풍기는, 명문가다운 격식을 갖춘 상차림이었다. 그런 무슬림식 전통과는 동떨어진 도발적인 색의 레드 와인이 내 눈에는 그 테이블의 꽃으로 보였다.

식탁 건너편에 앉은 어린 남매가 검은 눈동자를 또록또록 굴리며 손님인 우리를 뚫어지게 쳐다보고 있었다. 호기심 어린 눈빛의 여자아이, 그리고 경계의 눈빛을 한 사내아이였다. 그 두 아이의 시선 속에 나는 맨 먼저 대추야자 열매를 포크로 꾹 찍어 입에 넣었다. 그러곤 말린 열매에 농축된 달콤함을 느끼며 처음으로 아이들에게 미소를 지어 보였다.

그날의 무슬림식 만찬 위로 지중해풍 이탈리아 식단이 다시 펼쳐진다. 저토록 멋진 식단을 베푼 이는 동생들 눈길을 한몸에 받고 있는 저 텔민일 테지. 오래전 그날 내 자리 바로 건너편에 앉아 있던, 경계와 경멸의 눈빛을 던지던 사내아이. 그 젖비린내 나던 녀석이 그새 이렇게 잘 차려진 식탁의 주인공 자리에 앉게 될 줄이야…….

가출 사건 이후 텔민의 칩거 성향이 사라진 것도 이와 관련 있는 게 아닐까? 닷새 만에 나타났을 때 녀석의 혈색 좋은 얼굴부터 미심쩍긴 했지만, 그때는 쓰레기통을 뒤졌거나 식당 주변을 기웃거렸을 거라고 생각했다. 하지만 그게 아니었다. 우리의 예상을 뛰어넘는 일이 있었던 게 분명하다. 무슨 일이든 텔민의 수완이 놀라운 건 인정해야 한다. 저토록 멋진 식단을 이 출국장 식당 테이블 위에 펼쳐 보이다니…….

13

"불회부 결정이라뇨. 어떻게 그럴 수가 있어요?"

하만의 눈치만 살피던 아델이 마침내 한마디 한다.

하만은 넋이 나간 표정으로 등받이 없는 로비 소파에 걸터앉아 있다. 출입국 관리소 직원의 호출을 받고 갔다가 돌아온 뒤부터 줄곧 그러고 있다. 거처를 나설 때만 해도 기대에 찬 표정이었건만 돌아올 때는 어깨가 축 처져 있었다. 기도 시간마저 잊은 채 그는 망연자실 생각에 잠겨 있다.

"그러니까 처음부터 내가 이 나라는……. 어휴, 피 같은 돈만 날리고……."

습관적인 넋두리 끝에 아델은 더 이상 말을 잇지 못하고 한숨만 내쉰다.

이 나라에 오기 위해 우리는 남은 재산을 거의 다 털어 넣어야 했다. 하만의 표현대로 '올인'이었다. 알선 수수료 지불과 여섯 식구의 항공권 구입까지…… 우리에겐 마지막 선택이나 다름없었다. 그럼에도 비행기에서 내린 후 지금껏 두 달 가까이 입국도 못 한 채 이 출국장에서 홈리스나 다름없는 생활로 심사를 통과할 날만 기다려 왔다. 그런 우리에게 불회부 결정이 내려졌다는 것이다.

"이제, 그만 접고 돌아가자고요."

아델이 치기 부리듯 말한다. 돌아갈 곳이 없다는 건 철부지 아이들도 알고 있건만. 집도 고향도 아닌, 어쩌면 과거의 행복했던 시절로 돌아가자는 얘기인지도 모르겠다. 마당 분수대에서 물줄기가 반짝이며 솟구치고 아이들은 마당과 거실을 오가며 뛰놀고 주방에서는 양고기 굽는 냄새가 솔솔 풍기던 그 평화로운 시절로…….

처음 입국 거부를 당했을 때부터 아델은 이 나라에 크게 기대하지 않는 눈치였다. 그러나 하만은 무슨 일이 있어도 이 나라에서 살아남아야 한다는 의지가 확고했다. 의견 차가 컸던 만큼 실크 휘장 뒤에서의 다툼도 잦을 수밖에 없었다. 하만이 유대인 브로커 말을 믿고 큰돈을 날린 일도 한몫했다. 유대인에 대한 거부감이 있긴 했어도 하만은 그들의 수완만큼은 굳게 믿었다. 입소문 난 그 유대인 브로커가 가장 안전한 방법의 독일행을 제안했을 때 하만은 우리가 가진 전 재산의 절반을 그에게 선뜻 건넸다. 돈을 들인 만큼 우리는 여러 안전한 경로를 거쳐 마침내 이스탄불에 도착하는 데 성공했다. 하지만 거기서부터 일이 어긋났다. 마지막 약속 장소였던 이스탄불 선착장에서 브로커와 연락이 닿지 않은 것이다. 차가운 바닷바람을 맞으며 우리는 다리 아래에서 홈리스나 다름없는 생활을 이 주일이나 해야 했다. 뒤늦게 우리는 그 유대인 남자가 체포되었다는 사실을 알게 됐다. 전 재산의 절반인 여섯 식구 목숨값에 해당하는 돈을 보스포루스 해협에 쏟아부은 셈이었다. 우리는 다리 난간에 등을 기대고 앉아 멍하니 바다만 바라보았다. 푸른 물결 넘실대는 지중해도 보스포루스 해협도 사막처럼 아득하고 막막하긴 마찬가지였다.

"엄마, 불회부 결정이란 게 뭐야?"

텔민이 불쑥 끼어든다.

"우릴 못 받아 주겠다는 얘기지 뭐."

아델이 짧게 대꾸한다.

"그럼 여기서 쫓겨나 딴 데로 또 가야 해?"

텔민의 한마디에 등골이 서늘해진다.

이곳에 오기까지 우리가 겪었던 악몽이 단번에 살아난다. 폭격 소리, 화약 냄새, 총 든 군인의 위협, 발에 와 닿던 뜨거운 모래, 먼지바람, 끈질기게 달라붙는 파리 떼, 뙤약볕, 단백질 썩는 냄새, 갈증, 아이들 울음소리, 악다구니……. 생각만 해도 숨이 막힌다.

"누가 우릴 쫓아낸다고 그래!"

하만이 자리에서 벌떡 일어나며 소리친다.

"무슨 일이 있어도 우린 여기서 반드시 살아남을 거니까 걱정 말라고!"

하만의 단호한 외침이 끔찍한 기억들을 단번에 잘라낸다.

"난 여기서 살래. 여기가 좋아!"

세실이 고집스럽게 말한다.

"나도!"

막내도 세실을 따라 외친다.

처음 이곳으로 왔을 때 아이들은 놀이동산에라도 온 듯 눈이 휘둥그레졌다. 그러고는 엄마 아빠에게 우리가 이곳에 살게 되는 것이 정말이냐고 몇 번이나 물으며 기뻐했다.

하만은 큰소리쳤던 일을 해결하러 나서듯 우리 거처를 벗어난다. 해결사처럼 보이는 그의 걸음도 결국은 이 출국장 안에서 맴돌 뿐이라는 걸 다들 잘 알고 있다. 이 거대한 대기실에서 우리는 그저 호명을 기다리는 신세일 뿐이라는 사실도…….

그동안 우리는 이 나라에 정착할 수 있으리라는 희망에 부풀어 있었다. 심사 절차가 복잡해 시간이 걸릴 뿐이지, 기다리기만 하면 돼. 그렇게 하만은 우리를 안심시켜 왔다. 다들 가장인 그를 믿었다. 하만은 이 나라가 유엔 협약을 맺은, 아시아에서 하나뿐인 난민 인정국이라고, 그럼에도 접근이 어려워 난민들이 가기 쉽지 않은 곳이라고, 그래서 우리에겐 오히려 기회가 많은 나라라고 했다.

무엇보다 이 나라는 유엔 사무총장을 배출한 나라이기도 하거든. 하만은 오래전에 임기가 끝난 유엔 사무총장까지 들먹였다. 전직 유엔 사무총장 할아버지가 공항 출국장 한쪽 구석에 있는 우리의 존재를 알기나 할까. 나는 의아해하면서도 한편으론 '유엔'이라는 단어가 불러일으키는 감흥에 사로잡혔다. 접었던 꿈에 대한 기억에 가슴이 아릿해졌다.

이 나라는 국민들 교육 수준도 높고 인권 의식도 높은 데다 일자리도 많고 치안도 세계적 수준이래. 하만의 찬사는 꽤 길게 이어졌다. 그런 나라라면 죽음을 무릅쓰고 찾아온 우리 같은 난민에게 최소한 추방 명령은 내리지 않을 거라는 게 그의 기대 섞인 논리였다. 선택의 여지가 없으면 모래알 같은 희망도 바위처럼 단단해진다.

너희 아빠 말이 맞나 보다. 미심쩍어하던 아델은 송환 대기실에서 이 출국장으로 옮겨 오게 되었을 때 비로소 하만의 선택을 인정하는 듯했다. 심사대에서 입구을 거부당했던 우리가 맨 처음 보내진 곳은 송환 대기실이었다. 그곳은 우리가 거쳐 온 난민 캠프보다 더 숨 막히는 곳이었다. 좁은 공간에서 부대끼는 것도 힘들었지만 끼니마다 나오는 치킨버거는 더 고역이었다. 이 끼니도 전략인가 봐. 이 퍽퍽한 치킨버거가 더 고향 생각이 나게 만드네. 배급을 받아 든 누군가의 불평이나 넋두리가 매번 따랐지만 남기는 이는 아무도 없었다.

우리는 다행히 그곳에서 지낸 지 일주일 만에 이 출국장으로 옮겨 올 수 있었다. 아이가 많다는 이유로 내려진 결정이었다. 특혜의 이유에 우리는 어리둥절했다. 집안 어르신들이 우리 집을 방문할 때마다 아이가 적다며 걱정스러워했을 정도로 고향에서는 단출한 식구였기 때문이다. 아프리카 난민 캠프에서도 다른 가족들에 비하면 우리 집은 아이가 적은 편이었다. 살다 보니 이런 일도 다 있네. 아이들 덕을 다 보고. 아델은 송환 대기실을 벗어나면서 너무도 신기해했다.

이 출국장으로 옮겨 오던 날, 우리는 난민 인정을 받기라도 한 것처럼 들떴다. 끝도 없이 이어지는 면세점을 보면서 세실과 나즈는 놀이공원이나 백화점에 놀러 온 아이처럼 굴었고 나 역시 해외여행이라도 온 듯 착각에 사로잡혔다. 난민 아닌 여행객 사이에서 살게 되었다는 사실부터 신기하고 흥미로운 일이었다.

있는 돈 없는 돈 다 털어 넣었더니, 역시……. 하만도 모처럼 양미간의 주름이 펴졌다. 국경을 넘을 때마다 우리의 비상금이 쑥쑥 줄어든 만큼 늘 수심 가득한 얼굴이었던 것이다. 이번엔 '올인'이야. 하만의 말대로 이곳에 오면서 남은 돈을 거의 다 털어야 했다. 든든한 금고이자 뒷배였던 부모와도 연결이 끊긴 참이라 하만의 올인은 간단한 결정이 아니었다. 출국장 생활은 그 비장한 결심이 가져온 선물 같기도 했다. 카지노처럼 화려한 이곳에 우리가 들어앉게 되다니…….

*

아델은 실크 휘장을 향해 앉아 기도를 올리고 있다. 휘장은 우리의 거처를 기도실과 거실로 나누는 벽이자 모스크의 상징으로, 그곳을 향해 앉으면 우리의 거실은 기도실이 돼 주기도 한다. 휘장 안쪽에 있는 내밀한 공간인 기도실은 남자 전용이다. 이 임시 거처에서도 기도실은 남녀를 구분한다.

나는 아델이 향하고 있는 휘장을 바라본다. 달과 별을 중심으로 넝쿨무늬가 어우러진, 거대한 천체를 연상시키는 그 아라베스크 문양을 들여다보고 있으면 우주의 미아가 된 기분이다. 같은 미아라 해도 우주를 떠도는 미아라면 차원이 다르다. 공포나 불안 역시 중력의 지배를 받는 이 지구에서의 일일 뿐 대기권을 벗어나면 그런 감정도 범우주적 버전으로 바뀔 테니까.

사람들이 왜 달과 별을 동경하는지 알아? 재스민의 물음에 아무도 선뜻 나서지 않았다. 우리에게 질문이란 늘 낯설었다. 그럼에도 재스민은 묻는 걸 포기하지 않았고 우리는 습관처럼 그녀의 답을 기다렸다. 이 지구가 불편해서지. 딛고 선 이 땅의 진실이 불편하니 저 먼 곳으로 시선을 돌리는 거라고. 이 실크 휘장의 아라베스크 문양을 볼 때마다 그녀의 목소리가 어른거린다. 그때는 잘 와닿지 않던 그 말이 국경을 넘을 때마다 가슴에 사무쳤다. 거대한 우주에서 보자면 한낱 벽촌에 지나지 않을 이 지구 위에 살고 있는 우리 인간은 신의 눈에 얼마나 가련하고 가소로운 존재일까. 한쪽에서는 테러와 전쟁으로 울부짖고 다른 쪽에서는 축제와 파티로 환호하는, 어수선하고 모순투성이인 이 행성이 말이다. 엄밀히 따지면 우리는 기껏 지구의 껍데기에 달라붙어 아등바등 살아가는 가련한 피조물 아닌가.

휴우, 휘장을 향해 앉은 아델에게서 간간이 한숨과 탄식이 흘러나온다. 이제 우린 어떻게 되는 걸까? 하만은 우리가 쫓겨날 리 없을 거라고 큰소리쳤지만, 돌아앉은 아델의 뒷모습은 그 말이 희망 사항에 지나지 않음을 실감케 한다. 이곳에 오기로 했을 때에도 둘의 의견은 좀체 좁혀 들지 못했다. 우리에게 남은 마지막 기회였기 때문이다. 아델은 끝까지 유럽에 미련을 버리지 못했고 하만은 그런 아델에게 현실을 일깨우느라 장황하게 설명을 늘어놓아야 했다.

원래 우리가 가려고 했던 곳은 파리였다. 아델과 하만이 젊은 시절을 보낸 자유와 톨레랑스의 도시……. 그들은 자신들에게 제2의 고향이나 다름없는 파리에서 새롭게 시작할 생각이었지만 현실의 벽은 높았다. 유럽도 예전의 유럽이 아니야. 알자리라 방송 뉴스를 접할 때마다 하만은 굳은 표정으로 고개를 가로저었다. 그럴 때면 아델도 목소리를 높였다. 그래도 우린 프랑스 아니면 프랑스령인 나라에라도 가야 해요. 아델의 프랑스 사랑은 집착에 가까웠다.

처음에 하만이 고국을 떠나기로 결정했을 때, 아델도 완전히 반대하진 않았다. 국경을 넘는 일이 아델에겐 하만 집안 시집살이에서 풀려나는 일이기도 했던 것이다. 둘의 결혼을 탐탁지 않게 여겼던 집안 어른들 냉대에 아델은 마음고생이 심했다. 겉으로는 교양인인 척해도 다들 꼰대 그 자체야. 그놈의 잘난 가문 유세 떠는 것 좀 봐. 아델은 곧잘 그런 푸념을 내게 쏟곤 했다. 라마단 뒤에 이어지는 명절은 일 년 중 아델의 스트레스가 극에 달하는 때였다. 가문의 명예를 목숨처럼 여기는 친인척들 방문이 실크로드의 카라반 행렬처럼 끝도 없이 이어지다가 일주일이나 열흘 뒤, 친인척들이 다 돌아가고 나면 아델은 내게 그들에 대한 불만을 거침없이 털어놓았다. 나 역시 가문 집착증을 보이는 그들에 대한 반감과 혐오가 아델 못지않았다. 오죽했으면 내전 소식을 처음 접했을 때 내심 반기기까지 했을까. 나는 그 반군들이 뿌리 깊은 무슬림 악습을 내몰고 새로운 세상을 만들어 주었으면, 하고 바랐던 것이다. 하지만 그건 순진한 생각에 지나지 않았다. 정부군도 반군도 각자 이해관계에만 집착할 뿐 그들에게서 진정한 혁명 정신은 찾아볼 수 없었다.

유럽은 이미 비집고 들 틈이 없어. 하만이 아델의 고집을 문제 삼으며 현실을 일깨웠다. 몇 년 전 도심 한복판에서 일어난 IS의 자살 폭탄 테러, 그 악몽이 아직도 생생하게 남아 있는 도시가 바로 파리라고 했다. 평화와 예술, 무엇보다 톨레랑스의 도시 한복판에서 폭탄 테러라니……. 그 사건에서 우리 같은 무슬림은 피해자였다. 국제적 테러 단체 IS는 이슬람 세계 안에서도 공공의 적이다. 그럼에도 그런 극악무도한 단체와 우리 같은 평범한 무슬림을 한 부류로 보는 사람이 여전히 많다.

하만의 설득에도 아델의 유럽 집착증은 꺾이지 않아 우리는 한동안 정착할 나라를 찾아 떠돌아야 했다. 의외로 쉽게 들어갈 수 있었던 유럽의 한 나라는 내전의 나라 못지않게 혼란스러웠다. 국가 부도를 맞았다는 그 나라 도심은 밤이면 시위자들로 무법천지였고 화염병이 날아다녔다. 국가 부도의 나라와 내전의 나라, 위험한 건 둘 다 마찬가지였다. 내전의 나라에서는 무장 군인이 두려웠다면 국가 부도의 나라에서는 민간인도 폭도로 돌변해 선량한 시민을 위협하곤 했다. 격리 생활이 지루하긴 했어도 유엔 구호 단체들이 오가는 난민 캠프가 오히려 질서 있고 평화로웠다. 몇 차례의 시도와 실망 끝에 아델도 유럽행을 완전히 포기했다.

보스포루스 해협을 바라보며 하만이 마지막 카드로 이 나라 얘기를 꺼냈을 때 아델은 탐탁지 않아 했다. 거긴 너무 먼 데다 말도 안 통하고 이슬람 문화권도 아니잖아요. 이 나라가 차라리 낫지. 모스크도 많고. 멀리 소피아 성당 돔을 바라보며 아델이 체념하듯 말하는 동안 우리 주변에서는 홈리스와 실업자 들이 다리 아래쪽 그늘진 자리를 두고 사생결단으로 다투고 있었다. 그쪽을 바라보며 아델이 한숨을 내쉬자 하만은 준비된 정보를 흘렸다. 우리한테 익숙하고 편한 나라는 이미 포화 상태야. 특히나 유럽은 이젠 접근조

차 쉽지 않아. 하지만 아시아의 그 나라는 이 나라와는 비교도 안
돼. 일자리도 많고 치안도 좋고⋯⋯. 하만의 설명에 따르면 그곳은
우리에게 완벽에 가까운 나라였다.

난 코리아 좋아! 가장 먼저 하만을 지지하고 나선 건 텔민이었
다. 일찍부터 텔민은 한국 출신의 세계적 게이머와 비보이, 그리고
K팝을 훤히 꿰고 있었고 나 역시 K팝과 K드라마에 익숙했다. 미스
터 권도 거기 사람이잖아, 엄마. 텔민이 결정적 사실을 아델에게 일
깨웠다. 그렇게 미스터 권은 한국을 대표하는 인물로 다시 우리에
게, 아니 내 앞에 등장했다. 그는 우리가 만난 최초의 한국인이었
다. 아프리카 난민 캠프에서 아이들에게 영어와 성경을 가르치던
젊은 선교사. 아델과 하만도 미스터 권이 기독교인이라는 사실만
빼고는 그를 마음에 들어 했다. 주말에는 성경 교실이 열렸는데 그
시간엔 캠프 아이들이 절반으로 줄었다. 부모들 단속으로 무슬림
가정 아이들은 그곳에 얼씬도 하지 않았기 때문이다.

미스터 권은 컴퓨터 수리부터 응급 환자 치료까지 캠프에서 일
어나는 모든 일의 해결사였다. 눈코 뜰 새 없이 바쁘게 일하면서도
난민촌 사람들 개개인의 문제까지 관심을 보였다. 젊고 친절한 그
는 남녀노소 모두에게 인기가 있었다. 수업이 끝나면 그는 K팝을
들려주며 아이들과 어울려 흥겹게 춤도 추고 노래도 하곤 했다. 때
론 그가 유튜브에서 막 튀어나온 인기 아이돌 그룹 멤버처럼 보일
때도 있었다. 실제로 그의 인기는 난민촌 사춘기 여자아이들 사이
에서 아이돌 못지않았다.

세실의 언니 맞지? 교실 앞에서 동생들 수업이 끝나기를 기다리

고 있던 나에게 다가와 그는 한 번씩 다정스레 말을 붙이곤 했다. 세실은 착한 언니를 두어 좋겠네. 그 관심과 친절의 의미를 나는 잘 알고 있었다. 캠프의 난민 누구에게나 지어 보이는 신의 사랑이 담긴 미소, 그중에서도 실어증 여자에 대한 안쓰러움까지 묻어 있는 미소라는 걸…….

미스터 권은 어떤 문제든 발 벗고 나섰다. 하만과 아델이 아이들 아토피 문제로 노심초사할 때도 그는 직접 나서서 약을 구하고 의료진을 물색하기도 했다. 우리가 그 캠프에 더 오래 머물렀다면 그는 분명 내 실어증도 해결하려 들었을 것이다. 그는 내게 밤하늘의 별이나 달 같은 존재였다. 동경의 눈으로 바라보기만 할 뿐 감히 닿을 수 없는 곳에 자리한 드높은 존재. 그에게 나란 피조물은 자신이 보살펴야 하는 수천 명 난민 가운데 한 사람, 멀쩡해 보여 더 안쓰러운 실어증 소녀에 지나지 않았을 터였다. 우리가 그곳에 머문 기간이 길지 않았다는 게 나로서는 차라리 다행이었다. 그렇지 않았다면 나는 그곳 생활 내내 가슴앓이로 힘들었을 것이다.

세실과 나즈의 아토피가 심각해지자 우리는 프랑스령이었던 그 나라에 더는 머물 수 없게 됐다. 나쁜 수질이 가져온 풍토병 아토피였다. 나즈와 동갑내기 친구였던 캠프의 아랍인 남자아이와 인도인 여자아이가 아토피로 목숨을 잃었다. 피부병처럼 보이는 그것이 나중에는 속살을 파고들어 장기까지 괴사시킨다고 했다. 이곳은 도저히 안 되겠어. 아델이 공포에 질린 목소리로 말하자 하만도 고개를 끄덕였다. 그 일이 있고 얼마 뒤, 우린 다시 국경을 넘어야 했다.

14

우리의 임시 거처에 창을 하나 낸다. 실크 휘장 건너편 벽, 그러니까 여행 가방으로 담을 이룬 한쪽 벽에 손수건을 내거는 것이다. 푸른 바탕천 한가운데 비행기 한 대가 날고 있는 그림이 그려져 있다. 화장실 사건 때 임시 베개를 감싸 내 머리를 받쳐 주었던, 정체불명 남자의 손수건이다. 주인을 찾아 줄 수도 없고 그렇다고 버리기는 아까웠다. 비행기 그림이 마음에 들어 깨끗이 빨아 말렸다. 푸른 바탕에 손수건 가장자리의 넝쿨무늬 라인이 창문틀 모양을 이룬다. 창밖, 푸른 하늘 한가운데 떠 있는 비행기를 바라보고 있으면 가슴이 후련해지다가 어느 순간 비행기에 올라 하늘을 날게 된다. 우리를 자유의 나라로 데려다줄 마법의 비행기! 그렇게 믿으면 된다. 결국은 믿음이 마술을 부리는 법이니.

집 안에는 온종일 긴장과 고요가 감돌고 있다. 하만은 아직 돌아오지 않고 있다. 불회부 결정에 대한 해결의 실마리를 찾느라 동분

서주하고 있을 것이다. 아랍행 비행기 탑승 게이트에서 고국 소식을 알고 있는 사람들을 수소문하고 있을 수도 있다. 운 좋게 우리 처지를 딱하게 여기고 누군가 휴대폰이라도 빌려준다면 하만은 어김없이 부모나 친인척과 연결을 시도하려 들 것이다. 아프리카 난민 캠프 때부터 가족들과 연결이 안 되고 있지만 그는 여전히 희망을 버리지 않고 있다.

아버님께 한번 말씀드려 보지. 문제가 생길 때마다 하만이 내미는 첫 카드는 아버지 아니면 큰아버지였다. 그들이 가장 확실한 해결사였다. 우리 앞에서는 가장으로서의 위신과 책무를 당당하게 내세우면서도 하만은 늘 가문의 힘에 기댔다. 난 파리에 사는 것도 괜찮다고 생각했어. 대학 졸업 후 하만은 그곳에서 충분히 괜찮은 직업을 갖고 살 수도 있었거든. 아델은 시댁 식구들에게 넌더리를 내며 파리 시절을 그리워하곤 했다. 파리 대신 귀향을 택한 건 일찍부터 누려 온 가문의 권세와 영화를 하만이 포기하려 들지 않았기 때문이야. 나 역시 낡고 좁은 파리의 아파트보다는 정원을 가진 대저택의 고향 집이 탐났던 거고. 파리를 떠올릴 때 아델의 목소리에는 언제나 동경과 회한이 공존했다.

"어떡하니. 이제 우린 어디로 간단 말이냐."

세실을 안고 누운 아델의 한숨 섞인 말이다. 여느 때 같으면 수를 놓으며 마음을 달랬을 그녀가 오늘은 계속 망연자실 한숨만 내쉬고 있다. 아델은 어린 딸이라는 조각배에 간신히 몸을 의지하기라도 하듯 세실을 안고 있다. 군데군데 앙상한 뼈의 실루엣이 잡히는 몸으로. 입버릇처럼 되뇌던 파리에서의 청춘도 부유한 명문가 며느리로서의 여유도 지금은 찾아볼 수 없다. 지금 그녀는 기약도 없고 희망도 조금씩 사라져 가고 있는 이 낯선 땅 공항의 한쪽 구석에 누운 가련한 난민 여자일 뿐이다.

"아, 간지러워. 하지 마."

아델은 어린 딸의 손을 밀어내며 웃음을 터뜨린다. 세실이 손으로 엄마를 자꾸 간질이며 장난을 치고 있다. 모녀의 다툼과 웃음이 번갈아 난다.

내 눈길은 새로 낸 창에 내내 머문다. 하늘의 비행기가 내 머리 위를 가로질러 건너편 실크 휘장 주위를 맴돌고 있다. 행여 놓칠세라 나는 재빨리 비행기에 올라앉는다. 비행기는 지구에서 가까운 별과 달을 지나 광대한 우주로 날아간다. 까르르까르르하는 모녀의 웃음소리를 뒤로한 채⋯⋯.

*

"알러뷰! 알러뷰!"

세실이 내 눈앞으로 인형을 바싹 들이밀며 다가온다.

"알러뷰! 알러뷰!"

커다란 눈을 깜박이며 내뱉는 인형의 외침이 어린 맹수가 으르렁거리는 소리 같다. 나는 겁먹은 표정으로 움찔움찔 뒤로 물러나는 몸짓을 해 보인다.

"키키키, 키키키."

세실이 내 모습을 재미있어하며 자지러지게 웃는다. 아이의 웃음소리도 인형의 '알러뷰!'만큼이나 소름이 돋는다. 이제 세실은 나를 완전히 벙어리 취급하기로 한 것 같다. 내가 점점 더 바보 같은 몸짓을 해 보이자 아이는 더 크게 웃으며 즐거워한다.

"세실!"

어느새 나타난 텔민이 눈을 부라리며 세실에게 주의를 준다.

웃음을 뚝 그친 세실은 겁먹은 표정으로 오빠 눈치를 살핀다. 요즘 들어 세실의 눈치 보기가 부쩍 심해진 것 같다. 동생에게 존재감을 확실히 내보인 텔민은 휭하니 거처를 나가 버린다. 게임에 빠져 임시 숙소에 죽치고 있던 일이 언제였느냐는 듯 텔민은 요즘 거의 밖으로만 나돈다. 아델이 텔민에게 맡겼던 동생 보살피는 일도 반은 아이들 다잡기, 반은 방치하는 식이다. 그럼에도 아이들은 텔민을 곧잘 따른다. 아무래도 떡고물 때문인 것 같다. 그날의 이탈리아식 정찬처럼 이 메리다 인형도…….

"이거 텔민 오빠가 사 준 거 아니다!"

세실은 다시 인형을 내게 들이밀며 말한다. 비밀 누설을 위해 고른 속 편한 대상이 내가 되면서 진실도 드러난다. 인형 가게에서 세실이 늘 탐내던 그 값비싼 인형. 그나저나 텔민은 돈이 어디서 났길래 세실에게 비싼 인형까지 선물한 걸까? 가출 기간 내내 녀석에게 무슨 일이 있었던 게 분명하다. 거의 온종일 바깥에서 지내는 것도 그 돈 때문이 아닐까. 나름대로 아이들 입단속도 단단히 시킨 것 같지만 언제까지 철부지들에게 그 비밀이 지켜질 수 있을지는 모를 일이다.

불회부 결정 통보 이후 집 안은 계속 침울한 분위기다. 부모의 소홀한 시선을 틈타 아이들은 자기들 세계에 빠져 있다. 하만은 경황이 없고 아델도 하만 눈치를 보느라 아이들의 변화를 알아채지 못하고 있다. 아이들은 어느새 텔민을 따르며 은밀하고 위험한 탐욕에 빠져 있다.

알러뷰! 알러뷰!

인형의 외침이 자꾸 나를 일깨운다.

오렌지 머리 점원의 인형 가게가 눈에 선하다. 가게 진열장에는 러시아 인형부터 테디 베어, 바비와 마론, 디즈니 시리즈까지 없는 게 없다. 그런 다채로운 인형들로 채워진 가게가 꼭 이 출국장의 축소판 같다. 진열장 속 인형들을 보고 있으면 꼭 우리를 보는 느낌이다. 환하게 열려 있는 것 같지만 절대 넘어설 수 없는 유리 벽, 어떤 충격에도 끄떡없을 것 같은 튼튼한 콘크리트 벽체와 매끈하고 안정적인 대리석 바닥, 온도 변화도 거의 없는 실내 공기까지……. 인형의 집으로 최적화된 그 가게에서 보듯 우리도 이 출국장이라는 보호 구역에 유폐되어 있는 셈이다. 누군가의 선택으로 유리 진열장을 벗어날 그날을 꿈꾸며 알러뷰, 알러뷰, 공허한 외침을 쏟아 내는 인형처럼…….

15

"버샤, 손님 오셨어. 잠깐 나와 봐."

하만의 목소리에 가벼운 흥분이 묻어 있다.

손님…… . 얼마 만에 들어 보는 말인가. '손님은 신이 보낸 선물'
이라는 무슬림식 표현을 굳이 떠올리지 않더라도 이 낯선 땅에서
우리에게 손님이라니! 하만의 들뜬 목소리가 무얼 뜻하는지 이미
알고 있는 나는 필기구부터 챙긴다.

"우리를 도와주실 이 나라 변호사님이셔."

하만은 곁에 서 있는 첫 손님을 내게 소개한다. 밝은 회색 양복
차림에 귀 주변 머리가 희끗희끗한 중년 신사다. 그의 등장은 불회
부 결정 통보를 받고 난 일주일 내내 하만이 도움의 손길을 애타게
찾아 헤맨 성과다.

"아, 이렇게 장성한 따님이 있으시군요."

손님이 의외라는 듯 나를 보며 말한다. 하만이 젊어 보인다는 뜻

으로 한 말이라는 걸 알면서도 나는 살짝 긴장한다.

"맏딸, 버샤, 나이, 열일곱."

하만이 영어 단어를 떠듬떠듬 늘어놓으며 굳이 나이까지 밝힌다. 내가 열일곱 살짜리로 보일 리 없겠지만 외국인이라 그런지 다들 별다른 의심 없이 넘어간다. 하만은 프랑스어는 유창해도 영어는 초보 수준이다. 그래서 이런 중요한 일에는 꼭 나를 필요로 한다. 하만이 내 역할을 떠듬떠듬 설명하자 변호사는 가족에 대한 기본적인 정보는 대강 알고 있다는 듯 고개를 끄덕인다.

"멋지네요. 실어증 통역사라니!"

감탄 섞인 그의 말대로 나는 '실어증 통역사'로서, 전해 들은 말을 영어나 아랍어로 번역해 글로 옮긴 다음 상대에게 전달하는 일을 맡고 있다. 동시통역에 비해 더디고 번거롭지만 하만은 글이 말보다 정확하다며 내 역할을 과소평가하지 않았다. 알라께서는 천천히 하는 걸 좋아하시지. 빠른 건 악마의 짓이라잖니. 하만은 격언까지 들어 가며 나의 역할을 추켜세우곤 했다. 더욱이 중요한 협상 때는 생각할 시간까지 버는 셈이니 더 낫다면서 말이다. 그것 말고 중요한 이유가 있음을 나는 알지만 아무도 그 점을 언급하지는 않는다.

하만은 손님이 앉을 자리부터 마련하느라 우리의 임시 거처 앞쪽 벽을 이루고 있는 여행 가방을 하나씩 끌어다 기도실 앞에 놓는다. 임시 벽은 상황에 따라 쉽게 변신이 가능하다. 해체와 복구가 금세 이루어져 이내 세 사람이 앉을 좌석이 마련된다. 작은 기내용 가방은 손님이 앉을 의자, 책으로 가득 채워진 큰 가방은 하만과 내가 나란히 걸터앉는 좌석이 된다.

"김, 만, 겸,이라고 합니다."

변호사는 또박또박 자신의 이름을 소개하며 명함부터 건넨다.

"킴, 만, 켐."

하만이 명함을 들여다보며 변호사의 발음을 따라 하자 ㄱ 변호사는 자신을 '미스터 김'으로 불러 달라고 한다.

명함 앞면에는 영어로, 뒷면에는 이 나라 언어로 미스터 김의 이름이 표기돼 있다. Kim. 미스터 '권'이나 'K팝'처럼 그의 이름도 K로 시작한다. 우리의 알리, 후세인, 무함마드처럼 이 나라 사람들 이름에도 관습적으로 쓰는 글자가 있는 모양이다.

미스터 김은 시민 단체에서 자원봉사로 일하는 인권 변호사라고 자신을 소개하며 우리 가족의 사연을 전해 듣고 도움을 주러 왔다고 친절하게 말한다.

인사 겸 짧은 덕담이 오가고 나자 하만은 절박한 우리 문제부터 꺼낸다.

"불회부 결정은 이 나라 정부가 우리 가족에게 내린 사형 선고나 다름없습니다."

하만의 첫마디가 자못 비장하다.

나는 '불회부 결정'이라는 말부터 막히는 바람에 당혹스럽다. 고민 끝에 '이번 결정'으로 대신하니 김은 전문가답게 금세 내용을 이해한다. 정확한 영어 단어가 그의 대답에 실려 전해진다.

"심사 자체를 거부당하는, 그런 일이 어떻게 있을 수 있습니까? 이 나라는 난민 인정국이잖아요. 엄연히 유엔 난민 기구와 협약을 맺은······."

하만이 유엔까지 들먹이며 따지고 든다.

"공항에서 한 난민 신청은 아직 법적 효력이 없답니다. 이 구역
은 엄밀히 말해 이 나라 영토에 해당하지 않거든요."

김의 설명이 차분하게 따른다.

"이 공항의 활주로가 이 나라 땅이 아니란 말인가요? 우리가 앉
은 이 발밑도 이 나라 땅이 아니고요? 그럼 우린 지금 허공에 붕 떠
있다는 거네요?"

하만이 발로 바닥을 몇 번 치고 천장을 가리키며 흥분한 채 중얼
거리자 김은 그의 말을 충분히 이해한다는 표정을 짓는다. 이런 대
화에는 굳이 내가 끼어들 필요가 없다. 표정과 말의 뉘앙스, 몸짓만
으로도 소통이 이뤄지기 때문이다.

"그럴 거면 왜 우리를 송환 대기실에서 이 출국장으로 옮겨 오도
록 해 주었을까요?"

하만이 미심쩍어하며 묻는다.

"인도적 차원의 배려와 법적 문제는 엄연히 다릅니다."

"그러니까 희망을 가졌던 건 순전히 우리 착각이었군요."

"법이 원래 이런저런 허점이 많죠. 그렇다고 방법이 없는 건 아
니에요. '쥐구멍에도 볕 들 날이 있다'는 우리나라 속담처럼요."

미스터 김은 실의에 빠진 우리에게 희망을 북돋우려 애쓴다.

"쥐구멍 아니라 바늘구멍이라도 있으면 찾아야죠."

하만은 이내 마음을 추슬러 대꾸한다.

김이 차분한 어조로 '이의 신청'이라는 방법을 대안으로 내놓는

다. 용어가 전문적일수록 나는 긴장할 수밖에 없다. 김은 내 고충을 헤아린 듯 천천히 또박또박 말하며 어려운 단어는 자신의 휴대폰 구글 번역기를 이용해 적절한 단어를 찾아 내게 보여 주기도 한다.

하만이 가끔 흥분한 어조로 얘기를 장황하게 늘어놓는 반면 미스터 김은 시종일관 간결하고 쉽게 설명해 준다. 그는 말의 길이와 속도까지 조절해 가며 내가 최대한 글로 옮기기 쉽도록 배려한다. 내가 쓴 문장 가운데 더러 틀린 영어 단어나 철자가 나오면 선생님처럼 펜으로 손수 고쳐 주는 세심함까지 보인다.

"글씨가 꼭 하늘을 나는 새들 같네……."

노트에 휘갈겨 쓴 내 글을 들여다보며 김이 중얼거린다.

김의 비유에 미소 짓자 그는 내 필체가 멋지다는 듯 엄지를 치켜세워 보인다. 영어와 아랍어 문장이 서로 다른 줄무늬처럼 번갈아 나 있는 노트를 나도 유심히 들여다본다. 물 흐르듯 이어지는 영어 필기체가 나는 마음에 들지만 김은 아랍어 서체가 더 흥미로운 모양이다.

"글씨체도 멋지지만 버샤 씨 영작 실력도 대단하네요."

인사치레인 줄 알면서도 나는 그 칭찬에 한껏 고무된다. 학생 시절로 돌아간 기분이다. 자존감이 하늘을 찌를 듯 높던 그 시절로……. 오, 제법인데. 당차고 재기발랄한 데다 비판 의식도 살아 있어. 재스민은 내 작문을 볼 때마다 칭찬을 아끼지 않았다. 학교에서 유일한 여자 선생이었던 그녀는 교육자이자 운동가로서의 열정이 대단했다. 그녀는 휴일에 자신의 집으로 몇몇 아이를 불러 공부 모임을 하기도 했는데 그 멤버 중 하나가 나였다. 다들 똑똑한 아이들이었지만 아랍의 역사와 제국주의와 여성 해방에 관한 이야기에 흥미를 보인 여학생은 나 말고는 없었다. 일찍부터 나는 아빠의 서재에서 뒹굴며 들춰 본 책들이 밑바탕에 깔려 있었던 것이다. 영어가 목적이었던 다른 친구들은 재스민의 가르침을 낯설어하거나 부담스러워했다. 결국 비밀 모임은 석 달 만에 막을 내렸다. 그 뒤로 그 시간은 재스민과 나의 일대일 과외처럼 돼 버렸다. 유엔 국제기구 알지? 거길 목표로 공부해. 이 나라엔 아내와 엄마의 삶밖에 없지만 여길 벗어나면 여자도 남자와 똑같이 능력 인정받으면서 살 수 있는 나라가 많단다. 그녀는 내게 꿈이란 걸 갖게 해 준 최초의 선생이었다.

"일단 희망을 갖고 좀 더 기다려 보십시다."

미스터 김이 하만을 안심시키며 두 시간에 걸친 대화를 마무리한다.

하만은 신의 이름으로 김을 축복하고는 그를 포옹하며 신께 우리를 도와 달라고 간곡하게 부탁한다.

"참, 따님이 선천적으로 말을 못 하는 건 아니죠. 실어증 상태인 거죠?"

돌아서기 전 김은 재차 확인하듯 하만에게 묻는다.

"그럼요. 우리 딸, 버샤 노래, 아주, 잘했어요. 피아노도, 잘 쳤고요……."

하만이 나를 흘끗 돌아보며 떠듬떠듬 지난 기억을 늘어놓는다. 그가 꺼내 놓는 영어 단어 하나하나가 내게는 지난날 온 집 안을 맴돌던 피아노 선율과 노랫소리를 떠올리게 한다. 반짝이며 공중으로 흩어지던 마당의 분수, 바람에 물결치던 대추야자 나무 이파리, 분홍 담장 아래 눈부신 양귀비꽃과 히비스커스꽃까지 피아노 선율과 노래에 젖어 들었다.

"이 모든 게 그 빌어먹을 내전 때문이죠. 끔찍하고 지긋지긋한……."

하만은 북받치는 감정에 말을 얼버무리고 만다.

딸의 불행을 털어놓아야 하는 아빠의 심정을 헤아린 듯 미스터 김은 자신의 질문을 후회하는 눈치다.

"따님 노래를 들어 볼 날이 하루속히 오면 좋겠네요."

그 덕담을 마지막으로 우리의 손님은 돌아선다.

나는 멀어져 가는 그의 뒷모습을 멀거니 바라보고 섰다. 긴 인터뷰가 가져온 긴장과 피로에 온몸이 녹아내릴 것 같다.

"버샤, 수고했어."

하만은 잠시 멍하니 서 있는 나를 일깨우고는 의자로 썼던 가방을 원래의 자리로 옮겨 놓는다. 마지막 가방을 옮기던 하만이 내 앞에서 잠시 걸음을 멈춘다.

"그런데 말이다, 다음부터는 통역에만 충실하도록 해, 아이샤."

훈계조 지적에 나는 정신이 번쩍 든다.

놀란 눈으로 그를 쳐다보지만 그는 더 이상의 언급 없이 가방을 다 옮겨 놓고는 기도실로 들어가 버린다. 뒤를 한 대 얻어맞은 것 같다. 서툴긴 해도 나는 최선을 다해 맡은 일을 해냈고, 시종일관 두 사람 말을 옮기는 일에 몰두했을 뿐 아무리 되짚어 봐도 하만의 오해를 살 만한 일은 없었다. 미스터 김이 친절하게 나를 도운 것, 그리고 그의 친절에 내가 표한 예의가 하만의 심기를 거스른 것일

126

까? 머리 희끗한 중년 신사가 난민 여자애한테 보이는 친절이 오해를 살 만한 일일까.

손님은 선물일 수도 때론 마음의 짐일 수도 있다. 하지만 이 나라 인권 변호사 미스터 김은 우리에게 너무도 값진 선물 아닌가. 그의 도움을 얻기 위해 하만도 그동안 얼마나 애써 왔던가. 이런 소중한 만남을 두고 왜 내게 근거 없는 의심의 눈길을 보내는 걸까. 문제는 내가 아니라 하만 자신에게 있다. 모처럼 떠올린 딸의 기억 때문일까. 끔찍했던 기억에 그의 신경이 날카로워졌을지도 모른다.

기억을 들추고 나면 후유증이 꼭 남는다. 이전에도 그랬다. 첫 국경을 넘고 난민 캠프로 향하기 전 초소에서 신원 조회를 할 때였다. 우리가 고국에서 겪은 불행과 국경을 넘을 수밖에 없었던 이유를 담당관에게 설명할 때 아델이 했던 진술을 하만은 나중에 문제 삼았다. 딸에 관한 솔직하고 세세한 설명 때문이었다. 아델은 울먹이면서 말했지만 하만의 표정은 싸늘해졌다. 나중에 하만은 부적절한 표현을 지적하며 아델을 나무랐다. 딸에 관한 한 그는 순수한 기억만 간직하고 싶은 모양이다. 편집이라도 해서…….

신의 선물인 손님을 맞는 일의 뒤끝에는 늘 피로감이 남는다. 라마단 끝난 뒤에 맞는 명절 바이람만 봐도 그렇다. 온 국민이 손님이 됨과 동시에 집집마다 손님을 맞는 주인 역할도 동시에 해내야 하는 바이람 내내, 줄을 잇는 친인척들로 집 안이 화기애애하기만 할까. 명절이 마냥 즐거웠던 것도 내겐 철부지 어린 시절 한때였다. 어른들, 특히나 결혼한 여자들은 몸도 마음도 혹사당하는 시간이 공포의 명절 바이람이다.

신께서 우리한테는 매번 선물을 불량품으로 보내 주시나 봐. 손님이 가고 나면 아델은 쌓였던 불만을 거침없이 쏟아 냈다. 친인척이 모이면 으레 이 집 저 집 혼사 이야기가 나왔고 그때마다 가문 이야기도 어김없이 등장했다. 아델은 그런 낌새가 조금이라도 비치면 일찌감치 자리를 피했다. 친인척들이 다 돌아가고 나면 아델은 어김없이 몸살을 앓았는데 그때마다 그녀는 내게 그동안 쌓였던 집안 사람들에 대한 불만을 하염없이 늘어놓았다. 그렇게 스트레스를 풀고 나야 기력이 회복되는 모양이었다.

이번 일도 그 경우와 별반 달라 보이지 않는다. 하만은 지난 기억을 떠올리면서 받았던 스트레스를 나에게 전가하려는 것이 분명하다. 월경통에 시달릴 때의 나도 그러지 않나. 참기 힘든 통증이 몰려오면 어김없이 주변 물건을 쥐어뜯거나 신음을 내뱉게 되는 것처럼.

*

미스터 김의 명함을 꺼내 본다. 반듯하고 단정한 모양의 이 나라 문자가 인쇄돼 있다. 외국어를 배운다는 건, 보물섬에 가기 위해 지도를 익히는 일 같은 거예요. 재스민은 첫 영어 수업 시간에 말했다. 세계 지도를 보물 이상으로 좋아하던 나는 그녀의 말에 훅 끌렸다. 이 나라 문자는 점과 선으로 이루어진 우리 아랍어와는 많이 다르다. 영어와 아랍어는 철자가 일렬로 펼쳐져 있는 데 비해 이 나라 문자는 한자처럼 철자가 구조물을 이루고 있다. 미스터 김이 내가 휘갈겨 쓴 아랍어를 보고 감탄하던 것도 이해가 간다. 무엇보다 글씨체를 새에 빗대다니……! 나 역시 흘려 쓴 글씨체를 바라보고 있으면 '내가 새인지 새가 나인지'라는 루미의 시구가 절로 떠오른다. 하늘을 나는 새처럼 흐르는 물처럼 자유로운 글씨체, 그게 아랍어다. 우리 문화유산 가운데 가장 마음에 드는 걸 꼽으라면 나는 이 아랍 문자와 아라베스크 문양 그리고 이슬람 사원을 꼽겠다. 다른 건 끔찍한 게 너무 많다. 특히 나 같은 여자들에겐 말이다. 신이 이런 자유로운 아랍 문자를 닮았으면 얼마나 좋을까. 아니, 신은 원래 우리 모두에게 자유를 주었을 거다. 술탄이나 칼리프 혹은 이맘이 신과 율법을 자신들 구미에 맞게 해석했을 뿐…….

"알라후 아크바르……."

하만은 기도실에 머물고 있다. 다시 갖게 된 희망이 신의 축복이라 믿으며 예배를 올리고 있다. 어떤 상황에서도 흔들리지 않는 그의 믿음이 때론 부럽다. 그런 확고한 믿음은 어쩌면 무슬림 남자들이 누리는 혜택 때문이 아닐까. 신의 이름으로 그들은 많은 걸 누릴 수 있으니 말이다. 쿠란에 '신 앞에 모든 인간은 평등하다'는 말이 엄연히 나와 있는데도 그들은 '남녀유별'이라는 이름으로 여자들을 소외시키는 걸 당연시한다. 무슬림의 딸들은 일찌감치 괄호 밖으로 내쳐진 존재였고 지금도 마찬가지다. 억울해하느니 괄호 밖의 떡고물이라도 누리는 게 현명한 일일까. 태어나서부터 그런 풍토에 적응해 살았기에 무슬림 딸들은 현실을 당연하게 여긴다. 정의와 자유를 모르니 불의와 구속도 자각하지 못한다. 내 아버지의 서재와 재스민이 없었더라면 나 역시 그들처럼 순응하며 살았을 것이다.

하만이 신에게 희망을 건다면 나는 차라리 저 문명의 아이콘 같은 비행기에 기대를 걸겠다. 내게 신은 저 비행기에 비하면 너무나 막연하고 어렵고 멀다. 미스터 김이 다녀간 뒤, 하만은 다시 희망을 품기 시작한 게 분명하다. 우리의 첫 손님은 결과적으로 '신의 귀한 선물'이 되었다. 다음 인터뷰 때는 가족사에 초점을 맞추는 게 나을 겁니다. 미스터 김은 대화가 마무리될 즈음 하만에게 그렇게 조언했다. 조만간 우리를 취재하러 기자가 찾아올 수 있다는 얘기도 덧붙였다. 그때가 되면 우리의 비극이 더 적나라하게 드러날 것이다. 출입국 관리소 직원이든 취재 기자든 그들이 하는 질문이야 뻔하다. 나이? 이름? 종교? 가족 사항은? 조국을 등진 이유는? 버샤는 왜 말을 못 하죠……? 국경을 넘을 때마다 되풀이되는 판에 박힌 물음에 일일이 성실하게 답해야 한다. 그럴 때마다 끔찍한 기억이 살아나는데, 그런 기억일수록 더 생생하게 증언해야 한다.

과거를 솔직하게 털어놓는다 한들 그것이 다 진실인 것도 아니다. 감정이 북받쳐 말을 잇지 못하기도 하고 때론 격정적으로 억울함을 토로하기도 하지만 어떤 때는 우리 모두가 연극을 하고 있는 것 같다. 가슴 속에 묻어 놓았던 것이 봇물 터지듯 쏟아져 나올 때도 있지만 때로는 극적인 목소리, 더 과장된 표정을 연출해 보일 때도 있다. 그런 모습이 가증스럽게 느껴지다가도, 결국 우린 살기 위해 몸부림치는 가련한 피조물에 지나지 않는다는 생각에 이르면 처량하기 그지없다. 그러니 나의 실어증은 얼마나 큰 축복인가?

내 증상에 관한 진실을 아는 이는 아무도 없다. 가족 누구도 그것을 알려고 하지 않았다. 군이 듣지 않아도 안다고 생각했거나 그들 역시 불편한 진실과 마주하고 싶지 않은 것일 수도 있다. 아니면 더 끔찍했던 불행에 나의 실어증 따위 사소한 문제로 보였을지도. 어떤 진실은 모르는 게 차라리 낫다. 들춘다고 진실이 밝혀지는 것도 아니다. 사실과 진실은 어차피 같은 게 아니니까.

16

"이제는 상황이 바뀌었어. 불회부 결정에 이의 신청을 하기로 했거든."

하만이 아침 식사가 끝난 자리에서 용건을 꺼낸다. 결기 어린 목소리로 그는 집 안에 드리웠던 먹장구름을 걷어 내려 한다.

"그런다고 뭐 달라지는 게 있나요?"

대뜸 텔민의 냉소가 튀어나온다. 다시 결과를 기다려야 하는 건 마찬가지 아니냐는 현실적인 지적이지만 아빠의 의욕에 찬물을 끼얹는 반문인 건 분명하다.

"이전과는 차원이 달라. 이 나라 인권 전문 변호사까지 우리를 도우러 나섰으니까."

하만은 미스터 김을 내세우며 자신의 말에 힘을 싣는다.

"예전에 파리에서 접했던 그런 뉴스 같네요. 이라크의 걸프전 난민 얘기였는데, 이젠 우리가 이 나라에서 그런 경우가 되었단 말 아닌가요."

아델이 하만의 말을 반기며 나선다. 텔민을 의식해서인지 남편 말에 힘을 실어 주려는 것 같다.

"그리고 이제부터는 굳이 우리 처지를 감추려고 애쓸 필요도 없어. 난민 캠프에서처럼 편하게 지내면 된다고."

하만은 김의 조언을 전한다.

미스터 김은 우리가 처한 삶을 그대로 보여 주는 것이 난민 인정을 받는 데 유리할 거라고 했다. 지금껏 겪었던 불행이나 상처도 감추지 말고 '솔직하게 드러내' 보이는 게 나을 거라는 말도 덧붙였는데, 그 대목에서는 꼭 나를 염두에 두고 하는 말처럼 들려 순간 얼굴이 화끈거렸던 기억이 난다.

"그러니까 우리가 이제 이 출국장 탑승객처럼 보일 필요는 없단 말이죠? 쓰레기통 물건 재활용하는 것도 괜찮고, 수예품도 이젠 당당하게 돈 받고 팔아도 되고……."

아델이 활기 있는 목소리로 자신의 관심사부터 꺼낸다.

"눈치껏 하면 된다는 얘기지."

에둘러 하는 하만의 허락에 아델의 표정이 환해진다.

"이의 신청 결과가 나오기까지 얼마나 걸릴까요?"

"그건 생각보다 길어질 수도 있어."

하만이 아델의 흥분에 제동을 걸고는 이젠 장기전에 대비해야 할 거라고 강조한다. 결정이 내려지기까지 시간이 적지 않게 걸릴 거라는 얘기다.

"돈도 다 떨어져 가는데……."

아델의 습관적인 푸념이 따라붙는다. 돈 얘기만 나오면 분위기는 썰렁해진다. 하만은 이런 경우 아예 입을 닫아 버린다. 한마디 더 보태면 말싸움으로 번질 게 뻔해서다.

"돈……? 텔민 형아 돈 많아, 엄마!"

나즈가 두 팔로 원을 크게 그려 보이며 뜻밖의 말을 내뱉는다.

"나즈!"

세실이 경고하듯 외치자 나즈는 화들짝 놀라며 손으로 입을 가린다.

둘의 반응만으로도 뭔가를 짐작할 수 있다. 어른들 눈길은 나즈와 세실이 아닌 텔민에게로 쏠린다. 텔민이 집으로 돌아오고 난 뒤 다들 변화의 낌새를 채고 있었지만 지금껏 아무도 그걸 문제 삼지 않았다. 아델도 하만도 텔민을 자극하지 않으려고 애썼다. 나는 이런 상황을 예견하고 있었다. 세실의 인형, 그리고 지난번 이탈리아 식당에서의 일까지 언젠가 불거질 문제다.

하만이 아델에게 눈짓하자 그녀는 이내 하만의 뜻을 알아챘다.

"얘들아, 너희는 이제 나가 놀아도 돼. 멀리 가진 말고."

아델의 말에 세실과 나즈가 기다렸다는 듯 튀어 나간다.

하만의 눈길이 내게도 잠시 머물지만 나는 단호한 표정으로 이 자리에서 절대 물러날 생각이 없음을 내비친다. 집안 사정을 알 권리는 내게도 있으니까. 내 생각을 읽어 낸 하만은 이내 눈길을 거둔다. 요즘 들어 그는 유난히 내 존재를 껄끄럽게 생각하는 것 같다. 정확한 이유는 모르겠으나 굳이 알고 싶지도 않다. 그의 냉대는 달리 생각하면 나를 인정하고 있다는 방증이기도 하다. 나를 전혀 개

의치 않는 아델의 반응은 어쩌면 나를 투명 인간 취급하기 때문일
수도 있다.

*

"잘 찾아보면 여기서 돈 버는 방법 많아요."

자신에게 쏠린 눈길이 부담스러워진 텔민이 마지못한 듯 운을
뗀다.

"이 고급 쇼핑가에서야 사실 돈 벌 방법이 널렸지. 그동안 우리
가 난민 티 안 내려고 얌전히 숨죽이고 살아서 그렇지, 내가 수예품
만 제대로 팔았어도……."

아델이 눈치 없이 끼어들어 텔민의 말을 끊어 놓는다.

"그런 푼돈 얘기하는 게 아냐, 엄마. 누군가가 숨겨 놓았거나 아
니면 분실한 돈도 있다니까, 화장실 같은 데 잘 살펴보면……."

텔민이 엄마에게 쏘아붙이듯 말한다.

"검색대 통과해야 하는 이 출국장에 큰돈 가진 사람이 어디 있
다고."

하만이 출국장 시스템을 떠올리며 텔민의 말에 반박한다.

"아빠도 참, 이곳 하루 이용객이 얼만데요. 탑승객만 있나요? 면
세점 직원만 해도 수백 명이에요. 공항 관련 직원들까지 하면 수천
명이고요. 그 사람들이 다들 이곳 규정을 백 퍼센트 지킬 거라고 생
각하세요?"

텔민이 아빠의 순진함을 비웃듯 대꾸한다. 목숨 걸고 국경을 몇

차례 넘나들었으면 그 정도는 상식 아닌가, 하는 투다. 늘 틀어박혀 있던 텔민이 언제 이곳에 관한 정보를 수집했는지 놀라울 정도다.

"세실 인형도 텔민 네가 사 줬어?"

아델이 따지듯 묻고는 아차 싶은지 하만의 눈치를 살핀다. 세실에게 인형을 아빠한테 절대 들키지 말라고 일렀던 사실을 뒤늦게 깨달은 모양이다.

"화장실만 잘 살피고 다녀도 의외의 것들이 있다니까요. 일단 거긴 CCTV도 없잖아요."

텔민은 엄마의 질문에는 일언반구도 없이 아빠에게 하던 말을 계속한다.

"그러니까 화장실에서 주운 거란 말이지……. 어디서?"

아델이 목소리를 깔며 또 끼어든다.

"여기서 멀어, 엄마. 화장실에서 옷 갈아입으려는데 변기 뒤쪽 난간에 쓰레기봉투 같은 게 놓여 있더라니까. 버거킹 봉투라 난 그게 먹다 남은 햄버거인 줄 알고……."

다들 텔민이 얼버무린 뒷얘기는 충분히 짐작이 간다는 표정을 하고 있다.

"여기 일하는 사람들 빼고 순수하게 하루 이용객만 십만 명이래요. 그 많은 사람을 어떻게 완벽하게 통제해요. 아무리 최첨단 시스템을 갖춘 곳이라 하더라도."

"맨날 게임에만 빠져 있는 줄 알았더니…… 제법이구나, 우리 아들."

아델이 텔민의 정보력에 감탄한다.

"텔민, 그 백팩 한번 내려놔 봐."

묵묵히 듣고만 있던 하만이 불쑥 나선다.

아빠의 위압적인 말에 텔민은 반사적으로 몸을 뒤로 빼며 벽에 바싹 붙어 앉는다. 가방만큼은 절대 내놓을 수 없다는 듯 방어 자세다. 부자간 눈싸움이 한동안 먹이를 두고 겨루는 야생 동물처럼 살벌하다.

"아빠 말씀 들어, 텔민."

엄마의 다그침에도 텔민은 어림없다는 표정이다.

"내 말 안 들려?"

하만이 버럭 소리를 지르자 그제야 텔민은 마지못한 듯 어깨에서 가방을 벗어 내린다. 동작이 느릿느릿 거북 움직임 같다. 초록 백팩이 등에서 떨어져 나오자 텔민이 민달팽이처럼 왜소해 보인다. 그동안 내가 녀석에게 주눅 들어 있었던 게 저 가방 때문이 아니었을까 싶을 정도다.

"한번 열어 봐!"

하만의 다그침에 텔민이 가방 여는 시늉을 한다. 텔민의 미적거리는 동작이 마음에 들지 않는지 하만은 손으로 가방을 휙 잡아챈다. 단번에 가방 입구가 열리고 내용물이 바닥에 쏟아진다. 쿠란과 낯선 게임기 하나, 그리고 햄버거 포장용 종이봉투가 둘둘 말려 있다. 판도라 상자쯤으로 생각했건만 사내 녀석이라 그런지 생각보다 내용물이 단순하다.

하만이 버거킹 종이봉투를 펼쳐 내용물을 바닥에 쏟는다. 달러 지폐가 쏟아져 나온다. 의외로 큰돈이다. 백 달러짜리와 오십 달러짜리 고액권 수십 장과 자투리 돈과 동전이 뒤섞여 있다.

"어머, 어디서 이렇게 큰돈이?"

아델의 눈이 휘둥그레진다.

"아까 얘기했잖아, 엄마. 여기 구석구석 잘 살펴보면 쓸 만한 것들 꽤 있다고."

텔민이 못 이긴 척 대꾸한다. 자신의 분신이나 다름없는 백팩을 강제로 뺏기고 속이 다 털린 데 대한 불만이 잔뜩 배어 있다.

하만은 텔민의 반응 따위엔 아랑곳없이 돈을 챙기기 시작한다. 어림짐작으로도 이곳에서 우리의 몇 달 치 생활비는 될 것 같다.

"여긴 게이트마다 화장실 구조도 조금씩 다르고, 구석구석 잘 살펴보면 의외로 사람들이 흘리고 가는 것들 많아요. 마음이 들떠서인지……."

텔민은 그동안 자신이 파악한 이곳 건물 구조와 구역별 특성까지 들먹이면서 가출 이야기를 모험담으로 바꿔 놓는다. 녀석의 가출이 닷새나 이어질 수 있었던 것도 결국 돈의 힘이었다.

"돈을 어디에 어떻게 썼어?"

하만이 사용처를 추궁하자 텔민은 게임기 산 것 말고는 거의 먹고 마시는 데 다 썼다고 털어놓는다.

"우리가 그동안 이곳 식당을 얼마나 빠짐없이 훑고 다녔는데 어떻게 한 번도 못 봤지?"

아델이 고개를 갸웃하며 말한다.

"탑승동으로 옮겨 간 출국장 식당을 이용했거든."

텔민이 새로운 사실을 털어놓는다. 우리의 허용 구역을 과감하게 벗어난 곳에 있었던 것이다.

"어쩐지, 그렇게 샅샅이 훑고 다녔는데 코빼기도 안 보인다 했더니."

아델이 비로소 이해가 간다는 듯 말한다.

"우리가 속 끓이는 내내 너는 축제였구나."

하만의 한마디에 부모와 반항아 아들의 그간 행동이 대비되듯 내 눈에 펼쳐진다. 텔민은 우연히 굴러 들어온 돈을 맘껏 써 대면서 그동안 쌓였던 불만과 스트레스를 날려 보낸 것이다. 컴백 홈 이후의 변화도 그 축제의 연장이었던 모양이다. 세실의 메리다 인형은 물론 화려한 이탈리아식 정찬도 그 행운의 떡고물이었던 게 분명하다.

"이건 어떻게 샀어?"

하만이 새 게임기를 들여다보며 묻는다. 백 달러가 넘는 그런 비싼 제품은 여권 없이는 살 수 없기 때문이다.

"어느 튀르키예인 아저씨한테 부탁했어요. 십 달러짜리 한 장에 금방 해 주던데요."

텔민의 수완에 하만도 아델도 혀를 내두른다.

"일단 이건 내가 보관하마."

하만은 돈을 챙겨 종이봉투에 다시 담는다.

"안 돼요, 아빠!"

텔민이 펄쩍 뛰며 하만에게서 돈을 되찾으려 하지만 이내 아빠의 억센 손길에 나가떨어진다. 낙타에게 달려든 염소처럼 아직은 체급부터 비교가 안 된다.

"이 일은 우리에게 없었던 거야."

하만은 돈 봉투를 압수하고 백팩을 텔민에게 다시 돌려주며 쐐기 박듯 말한다.

텔민은 절대 빼앗기지 않겠다는 듯 자리에서 일어나는 아빠의 다리를 붙잡고 늘어지지만 결과는 마찬가지다.

"기도부터 드리자, 텔민. 신께서 이 모든 걸 헤아려 주실 거다."

하만이 진지하게 말한다.

"이미 신께 허락받았어요. 그건 엄연히 내 돈이라고요, 아빠!"

텔민은 필사적이다.

"가문의 명예를 위한 일이다, 텔민!"

하만의 엄중한 한마디에 텔민이 주춤한다.

그건 텔민이 지난날의 참담한 사건 앞에서 했던 말 아닌가. 텔민도 그 일을 잊을 수는 없을 것이다. 사랑하는 누나의 죽음 앞에서 가문의 명예를 들먹인 사실을. 나뿐 아니라 하만도 아델도 그 일을 또렷이 기억하고 있을 것이다. 물론 텔민 자신도……

백기 투항한 아들과 아버지는 마침내 기도실로 향한다. 부자간 견고한 성이라고 할 수 있는 저 기도실만 통하면 갈등은 눈 녹듯 사라질 것이다. 신의 자리에 올라앉으며 존재감을 드높이는 무슬림 남자들의 정해진 수순 아닌가. 저 높은 달과 별의 위치에 신과 그의 아들들은 굳건하게 자리 잡는다. 신은 내려앉고 싶어도 아들들이 원치 않으니, 높고 외로운 그 자리에 머물 수밖에 없다. 그동안 베일에 싸여 있던 텔민의 가출에 얽힌 이야기는 일단 그렇게 정리된다.

내게 텔민의 일은 신선한 충격이었다. 온종일 한쪽 구석에 틀어박혀 있던 녀석이 가출 한 번에 활동 영역을 그토록 넓혀 놓을 줄이야. 셔틀 트레인을 타고 건너간 탑승동이 텔민의 주 활동 무대였을 거라곤 상상도 못 했다. 거기서 텔민은 기도실은 물론 유료 샤워실까지 이용하며 쾌적하고 풍족한 생활을 누렸던 것이다. 그런 배짱과 용기는 돈이 있으면 절로 생기는 걸까. 현금 두둑한 백팩을 메고 출국장을 누비는 기분은 어떨까. 탑승객의 전유물인 줄로만 알았던 일이 우리의 일이 될 수도 있다는 생각만에 벌써 가슴이 설렌다. 한껏 모험심을 발휘한 텔민의 가출에 나는 점수를 주지 않을 수 없다.

17

"나 부탁이 하나 있는데……."

진우가 갓 뽑아 온 원두커피를 종현에게 건네며 운을 뗐다.

평소 안 쓰던 조심스러운 말투에 커피 호의까지 보이자 종현은
미심쩍어하는 표정이었다. 아무리 친구 사이라도 사무실에서 자판
기 커피 아닌 고급 원두커피가 건네지면 그다음에 꼭 청구서가 따
라붙는다는 걸 잘 알고 있어서다.

"내 담당 구역 말인데, 2터미널 대신 1터미널로 바꿔 주면 안 될
까. 근무도 야간 근무조로 좀 바꿔 주고."

종현은 뜻밖의 부탁에 눈을 치켜떴다. 열악한 조건으로 바꿔 달
라는 말을 이렇듯 간곡하게 하는 것부터 미심쩍었다. 2터미널 근무
가 훨씬 편하다는 걸 누구보다 잘 알고 있는 종현은 처음부터 진우
를 그곳에 배치시키려고 신경을 많이 썼다. 더 놀라운 건 야간 근무
로 바꿔 달라는 두 번째 요구였다. 어릴 적부터 '진데렐라'가 별명

인, 별난 체질을 타고난 진우 아닌가.

"이참에 체질 한번 바꿔 보려고. 사회생활 계속하려면 필요할 거 같기도 해서."

진우가 서둘러 설명을 덧붙였다.

"웬 철 지난 극기 훈련 같은 걸……. 혹시 너 여기다 뼈 묻기로 작정한 거야?"

반신반의하면서도 기대 섞인 어조로 종현이 물었다.

"아니, 아직 결정한 건 아니고……. 인생이 걸린 문제가 그리 간단하겠어."

진우가 신중하게 받았다.

"시험 준비는 계속하고 있는 거지?"

"물론. 이쪽이든 저쪽이든 준비는 늘 하고 있어야지. 스펙 쌓는 일이야 일상 아니냐."

"어쨌든 염두에 두고 있다니 다행이다. 내가 괜히 너한테 이 일을 권하겠냐."

종현이 처음부터 권해 왔던 이곳 채용 시험을 일컫는 거였다.

"너처럼 직장 만족도 높은 녀석은 내 주변을 통틀어 유일하다. 대통령 빽이 따라 주면 그렇게 되는 모양이지?"

"물론. 그 망극한 성은이 충성심을 분출시키지. 우리처럼 엄마, 아빠 찬스 한번 못 써 보고 인생 종 칠 가련한 중생에게 하늘이 통크게 나라님 찬스 한번 주신 거 아니겠어."

종현은 진우의 빈정거림도 개의치 않았다.

"그래. 네 말의 핵심은 '기회도 준비된 자에게나 온다.' 그거 아니냐. 어쨌든 꼭 좀 부탁한다."

"뒷일은 책임 못 진다."

"물론이지! 그나저나 너, 파스타는 성공했어?"

목적을 이룬 진우는 종현의 문제로 관심을 돌렸다. 아파텔을 구해 나간 견정적 이유가 여자 친구에게 맛있는 스파게티를 만들어 주기 위해서라고 했기 때문이다.

"월계관 만드는 이파리까지 준비해 놨는데 지연이가 바쁘다고 아직 방문을 미루고 계신단다. 아직까지는 정진우가 유일무이한 방문객이다."

"야, 혹시 너, 헛물켠 거 아냐?"

진우가 갑자기 심각하게 물었다.

"아, 교대 시간 다 됐네. 나 먼저 간다!"

종현이 서둘러 일어났다.

"침대 깨끗하게 관리하고 있으니, 언제든 돌아와라!"

진우가 종현의 등에 대고 외쳤다.

"내가 얘기했지. 비행기는 후진 기능 자체가 없다고."

종현은 뒤도 돌아보지 않은 채 외치고는 가 버렸다.

근무 구역과 시간대를 바꿔 달라는 부탁의 이유는 사실 딴 데 있었다. 종현에게 털어놓지 않은 건 뜬구름 잡는 일처럼 여겨질 것 같아서였다. 지난번 야간 근무 때 있었던 화장실 사건의 열쇠가 전날 밤 풀린 것이다. 인터넷 포털 목록에서 '공항'이라는 단어가 눈에 띄어 기사를 클릭하면서였다.

'한국판「터미널」, 공항에 살아요.'

출국장에서 몇 달째 살고 있다는 난민 일가족 사연이었다. 이곳에서 반년 넘게 일하면서 진우도 전혀 몰랐던 사실이다. 1터미널, 2터미널로 나뉘어 있는 공항이 워낙 넓은 데다 출입 금지 구역은 또 얼마나 많은가. 24시간 주기적으로 들고나는 인파와 함께 직원들도 삼교대 근무여서 부서가 다르면 같은 회사 직원도 모르는 경우가 있었다. 기사를 읽어 내려가던 진우는 중간쯤에 실린 가족사진을 보게 되었다. 출국장 한쪽 벽에 여행 가방을 의자 삼아 일렬로 죽 앉아 있는 아랍인 부부와 네 명의 자녀까지 모두 여섯 식구였다. 독립 영화 포스터 같았다. 요즘 보기 드문 대가족 사진을 자세히 들여다보던 진우는 낯익은 얼굴을 발견하고 놀랐다. 그제야 지난번 야간 근무 때의 미스터리가 풀렸다. 화장실에서 맞닥뜨린 그 여자가 분명해 보였다. 사진을 확대해 보았더니 가무잡잡한 피부에 또렷한 이목구비의 여자가 겁에 질린 듯한 눈으로 정면을 보고 있었다. 가족 모두가 아랍계 특유의 시원스런 이목구비 유전자를 나눠 가진 데다 어린아이 둘은 천진난만하게 웃고 있어 외양으로만 보면 이들이 정말 난민 일가족이 맞나 싶을 정도였다.

기사 내용은 가슴 아팠지만 진우는 화장실 미스터리가 풀렸다는 점, 그리고 그 사건의 주인공이 여전히 이곳에 머물고 있다는 사실이 이상하게도 위안으로 다가왔다. 사진 위로 그날 밤 화장실 사건의 기억이 밀려들었다. 익숙지 않은 야간작업이 가져온 피로감에 텅 빈 화장실의 안락해 보이는 비밀 공간을 발견하자마자 그 자리에 쓰러져 잠들었던 일, 잠결에 들리던 세찬 물소리, 여자 화장실이라는 사실을 깨닫고 난 뒤의 당혹감, 그리고 소리의 주인공과 맞닥뜨렸을 때의 충격 등등. 그 뒤에 이어진 일도 떠올랐다. 의식 잃은 여자에 당혹해하며 뒤처리를 하던 것, 여자의 감았던 눈꺼풀이 번쩍 떠지면서 드러난 크고 검은 눈동자……. 그때는 놀라 경황이 없었지만 그 뒤로 한동안 여자의 안부가 궁금했던 건 사실이다. 기사를 접하면서 그녀의 신체를 알고 난 진우는 그날의 우연을 그저 스쳐 간 일로 여기고 싶지 않았다. 종현에게 근무지 변경을 부탁한 것도 그 때문이었다.

*

"버샤, 이 나라 말 좀 배워 두도록 해."

하만이 내게 책을 하나 건넨다.

『외국인을 위한 한국어 첫걸음』. 미스터 김이 첫 방문 때 선물로 주고 간 책이다. 하만은 왜 이제야 이걸 내게 건네는 걸까. 이 나라 언어를 정말 배워야 할 필요가 있을지, 있다면 이 책을 누구에게 주는 게 나을지 고민하느라 그랬던 것일까. 며칠 전 첫 인터뷰를 하고 난 다음에야 확신이 생겨 내게 주기로 한 것일까.

이유야 알 수 없지만 책은 뒤늦게나마 내게로 왔다. 공부 머리로는 텔민보다 내가 조금 낫겠지만 나의 증상을 놓고 본다면 텔민이 이 나라 말을 익히는 게 나을 텐데도 하만은 결국 나를 택했다. '실어증 통역사'라는 별난 존재감이 더 먹힐 거라는 판단 때문이 아닐까. 외국어를 배운다는 건 '보물섬을 찾아 나서기 위해 지도를 익히는 일' 같은 거라고 했던 영어 선생의 말을 굳이 떠올리지 않더

146

라도 새로운 무언가를 배운다는 건 설레는 일이다. 내겐 지도 자체가 보물섬보다 더 소중하지만 발품 팔며 낯선 섬을 뒤지고 다니는 일도 흥미로울 것 같다. 더 열심히 발품을 팔면 『레베카』에 나오는 맨들레이 저택 정원이나 『제인 에어』의 손필드 저택 정원 같은 영국식 정원 깊숙한 곳까지 발을 들여놓을 수 있을지도 모른다.

첫 장을 펼치며 나는 맨들레이 저택 정문을 통과하듯 그곳으로 들어간다. 『레베카』든 『외국인을 위한 한국어 첫걸음』이든 책의 첫 장을 펼치는 일은 늘 설렌다. 책 속에서는 내가 떠나온 곳도 말끔히 잊을 수 있다. 예전에는 학교가 그랬다. 교문만 들어서면 우울한 집안일을 잊을 수 있었다. 학교는 내게 엄지 공주가 태어난 그 작은 꽃봉오리 같은 곳이었다. 향기롭고 부드러운 꽃잎에 겹겹이 싸여 있던 아늑한 보금자리이자 마음의 고향 같은 곳. 거기서 재스민을 만나기까지 했으니 얼마나 큰 행운이었나. 그 시절 그곳을 떠올리면 지금도 가슴에서 손끝까지 뜨거운 피가 빠르게 온몸을 돌아다니는 것 같다.

그날, 하만이 나를 오해한 것도 분명 그와 관련이 있었을 것이다. 하만은 낯선 손님인 미스터 김 앞에서 학생 때처럼 행복해하는 나를 목격했을 것이다. 그때의 내 환한 표정은 국경을 넘고 처음 접하는 것이었을 터였다. 김의 칭찬이 나를 단번에 그 시절로 돌아가게 했다. 굳어 있던 얼굴 근육이 풀리고 꿈꾸듯 행복해하던 눈빛, 그런 표정의 변화가 하만의 오해를 샀을 테지.

다음부터는 통역에만 충실하도록 해, 아이샤. 하만은 분명 내게 그렇게 말했다. '버샤'가 아니라 '아이샤'라고 또렷이 말했다. 한 번씩 그는 아이샤의 이름으로 나를 일깨운다. 이미 무의미해져 버린 과거로 나를 다잡으려 한다. 프랑스 유학파라는 화려한 이력이 따라붙어도 결국 하만은 무슬림 남자다. 어머니든 딸이든 아내든, 여성에 대한 고정관념은 쉽게 변할 수 있는 게 아니다. 이런 내 추측이 맞는다 하더라도 그건 하만의 문제일 뿐 나와는 상관없다. 지금 이곳에서 그와 나는 아빠와 딸이라는 법률상의 가족 그 이상도 이하도 아니니 말이다. 아이샤는 더 이상 이곳에 존재하지 않는다.

책 표지를 본다. '외국인을 위한 한국어 첫걸음'이라는 제목 아래 활짝 웃고 있는 사람들 얼굴이 모자이크처럼 배열돼 있다. 여러 인종과 국적, 다양한 직업군의 남녀노소가 보이지만 우리 아랍계는 찾아볼 수 없다. 그동안 우리가 빠져들어 훤히 꿰고 있던 K드라마, K팝과는 달리 정말 이 나라는 하만의 지적대로 이슬람 문화와 무슬림에 아무런 관심이 없는 것일까. 하긴, 관심이 있기는커녕 혐오한다고 했었지. 동력의 에너지원인 석유를 아랍권에서 거의 수입해 쓴다는 이 나라 사람들이 왜 우리 같은 아랍인들을 혐오하는 것일까. 미스터 권과 K드라마, K팝을 너무도 잘 알고 좋아하는 우리와는 왜 이토록 생각의 차이가 심할까. 불회부 결정을 받은 우리에게 이 나라 말을 써먹을 기회가 올지 의심스러운 것도 사실이다. 이 책을 건네면서 하만은 우리가 이 나라에 정착해 살아갈 수 있을 거라고 낙관했지만 이의 신청이 받아들여지고 우리가 난민 인정을 받을 확률은 얼마나 될까? 미스터 김이 우리를 도와주긴 하겠지만 승산을 장담할 수 있는 건 아니지 않나. 의심과 회의를 반복하면서도 내 손은 계속 책장을 넘기고 있다.

초보자용이라 글자도 큼직큼직하고 그림도 많이 실려 있는 책이다. 미스터 김의 명함 속 활자와는 또 다른 느낌이다. 자음과 모음이 퍼즐처럼 상하좌우 페어 맞춰져 글자를 이룬다니 신기하다. 아랍어가 날아가는 새를 연상시킨다면 이 나라 글자는 새장을 떠올린다고나 할까. 새를 보호해 주는 집이 새장인 만큼 안정적이고 단단해 보인다. 글을 써 나가는 방향도 아랍어와는 반대다. 영어를 처음 접할 때도 글을 쓰는 방향이 달라 황당했던 기억이 난다. 새 언어를 익힌다는 건 문턱을 넘는 수고가 따르긴 해도 도전해 볼 만한 일임엔 틀림없다. 이 지도를 잘 익혀야 보물섬을 제대로 여행할 수 있다. 우리가 이 나라에 정착해 살 수 있게 된다면……. 아직 기대일 뿐이지만 희망은 분명 있다. 이 마법의 언어가 힘을 발휘해 줄 것이다.

18

"스마—일."

기자는 카메라맨 옆에 서서 사람들 표정을 이끌어 내려 애쓴다. 두 손을 양 뺨에 대고 날갯짓을 해 보이거나 원숭이처럼 익살스런 동작을 해 보이자 세실과 나즈가 웃음을 터뜨린다. 화르르 웃음이 도미노처럼 번진다. 카메라맨은 웃음소리 하나까지 놓치지 않으려는 듯 연신 셔터를 눌러 댄다. 촬영은 쉽게 끝나지 않고 있다. 내 표정 때문이 아닐까. 도미노처럼 번지던 웃음도 내 앞에서는 벽을 만난 듯 뚝 멈춘다. 다른 식구들 표정은 자연스러운데 나만 어색해 보일 게 분명하다. 미소 지으려 할수록 굳어 있던 얼굴 근육이 자꾸 일그러지는 느낌이다. 똬리 튼 뱀처럼 마음이 뒤틀려 있으니 표정이 살아날 리 없다. 김의 첫 방문 때 하만의 오해를 샀던 건 그만큼 내 표정이 평소와 달라서였을 것이다. 마음이 열리면 얼굴 근육도 무의식중에 부드러워진다는 걸 그때 깨달았다. 하지만 지금은 아무리 학생 시절을 떠올려도 표정이 살아나지 않는다. 첫 인터뷰의 기억이 좋지 않아서일 수도 있다. 다음에는 차라리 베일을 두르는 게 나을 것 같다.

"일차 촬영은 끝났습니다. 특집이라 사진이 많이 필요하다네요. 잠깐 쉬었다 장소를 옮겨서 한 번 더 할 예정이랍니다."

다들 지쳐 갈 무렵 통역사가 기자의 말을 전한다. 이번에는 아랍어 전문 통역사가 따라붙어 소통은 수월한데 촬영이 만만치 않다. 컬러 화보 잡지에, 그것도 특집 기사여서 사진이 많이 필요하다는 것이다. 그래서인지 지난번 인터뷰에 비해 시간도 힘도 확실히 많이 든다. 이번에도 하만은 프랑스어 통역사를 원했으나 결국 아랍어 통역사로 정해졌다. 인터뷰 요청 때마다 하만은 아랍어보다 프랑스어 통역사를 우선적으로 원했다. 자신의 유창한 프랑스어가 난민 심사에 도움이 될 거라고 생각하기 때문이다. 하지만 지금까지 영어 아니면 아랍어 둘 중 하나였다.

"꿈이 뭐예요?"

기자가 막내 나즈에게 다가가 묻는다. 기자는 젊은 여성으로 이십 대 후반, 아니면 삼십 대 초반쯤으로 보이지만 정확히는 알 수 없다. 이 나라 사람들 나이는 가늠이 잘 안 된다. 카메라 장비를 신기해하며 지켜보고 있던 나즈는 기자의 질문을 정확히 이해하지 못한 듯 눈을 멀뚱거린다.

"나중에 커서 뭐가 되고 싶어요?"

기자가 다시 질문을 바꾸어 묻는다.

그제야 나즈는 겸연쩍어하며 손가락으로 카메라맨을 가리켜 보인다.

"아, 저 카메라맨 아저씨처럼 되고 싶다고요?"

그 말에 나즈가 고개를 크게 끄덕여 보이자 주변 사람들이 한바탕 웃는다.

기자는 이번에는 세실에게 다가서며 똑같은 질문을 한다. 그러자 세실은 기다렸다는 듯 답한다.

"인형 가게 점원이요."

세실의 꿈은 여전히 변함이 없다.

젊은 기자는 휴식 시간에도 쉴 생각이 없는 것 같다. 통역사도 휴식은 포기한 채 기자 옆을 그림자처럼 따르며 자기 역할에 여념이 없다. 이 나라 사람들은 웬만해서 지치지 않는다. 지난번 팀도 인터뷰와 촬영이 끝나자 사무실에서 할 일이 있다며 서둘러 짐을 챙겨 가 버렸다. 동작도 빨랐다. 팀원 모두가 눈 깜짝할 새 사라졌다.

기자가 이번에는 텔민에게 다가간다.

"이 집 큰아들 맞죠? 장래 희망이 뭔가요?"

아이들에게 해야 할 가장 중요한 질문이 그것이라고 생각하는지 기자는 같은 질문을 반복한다. 내가 재스민에게서 처음으로 받았던 질문, 그리고 난민 캠프에서 미스터 권이 아이들에게 곧잘 하던 질문도 그것이었다.

텔민은 기자의 질문에 동생들과 달리 쉽게 대답을 하지 못하고 머뭇거린다. 텔민에게도 이런 질문은 익숙지 않은 것이다. 명문가 자제들은 굳이 직업을 가질 이유가 없으니 말이다. 기자가 미소 띤 얼굴로 참을성 있게 텔민의 답을 기다린다.

"경찰이요. 가족을 보호해야죠. 저는 이 집 큰아들이니까요."

텔민은 고민 끝에 내린 결론처럼 말한다.

"무슬림 전통에서는 장남이 가족을 보호해야 하나요?"

"그럼요. 장남은 가장인 아버지 다음이니까요."

집안에서 자신의 서열을 확인시키듯 텔민이 답한다.

"그럼, 이 집 맏딸인 버샤 씨는 꿈이……?"

기자가 이번에는 내게로 관심을 돌리며 영어로 직접 묻는다.

질문을 받고 굳어지는 내 표정에 기자도 긴장한다. 내 상황을 알고 있는 그녀가 펜과 종이를 조심스레 내밀지만 나는 고개를 가로 젓는다. 내 의중을 파악한 그녀는 일단 한 걸음 물러난다.

"우리 버샤는요……"

아델이 서둘러 기자와 나 사이에 끼어든다.

"원래 피아니스트가 꿈이었어요. 노래도 잘하고 음악에 재능이 많았죠."

아델의 말에 기자의 눈이 다시 빛난다.

"지금 몇 살인가요, 따님이?"

"우리 버샤요? ……열여덟, 아니 열아홉이요."

아델은 잠시 생각을 더듬는 듯하다가 나이를 정정한다.

지난번 하만이 미스터 김에게 답했던 나이보다는 더 실제에 가깝다. 여권에 나와 있는 생년월일을 기준으로 한 답변이다. 그 일이 있은 후 해가 두 번 바뀌었으니 열아홉이 맞는다. 아델의 기억에서 딸은 계속 살아 있고 하만은 그때의 기억에 멈춰 있다는 것이 다르다면 다르다고 할까. 두 사람이 기억하는 딸의 나이가 각자 다르니,

실제 내 나이까지 하면 나는 세 가지 나이를 갖게 된 셈이다.

"수아드 마씨가 롤 모델이었죠. 우리 버샤는……."

말끝에 아델은 결국 울먹인다. 수아드 마씨와 딸 얘기만 나오면 여전히 감정이 북받치는 모양이다. 그건 우리 모두 마찬가지다. 이 대목에서는 누구든 고개를 돌리거나 손으로 얼굴을 가릴 수밖에 없다. 맑고 고운 그 애 노랫소리가 생생하게 되살아나 귓속을 지나 가슴을 파고들기 때문이다.

이야기꾼이여, 옛이야기를 들려주세요.

노인들 얘기도 『아라비안나이트』도 좋아요.

이야기꾼이여, 옛이야기를 들려주세요.

도깨비 딸 이야기도 술탄의 아들 이야기도 좋아요.

노래를 부를 때의 그 아이는 수아드 마씨, 아니 수아드 마씨보다 『아라비안나이트』의 셰에라자드에 가까웠다. 난 셰에라자드처럼 지혜로우면서도 용감한 그런 여자가 좋아. 나의 페르소나의 말이었다. 그럴 때마다 나는 재스민이 내게 일렀듯 그 아이에게 말했다. 아이야, 넌 혁명가가 되기에는 너무 여리고 예뻐. 혁명가 말고 가수가 되렴. 혁명은 아름다운 목소리로도 할 수 있거든, 저 수아드 마씨처럼…….

나의 페르소나는 수아드 마씨를 거쳐 셰에라자드로, 그 셰에라자드는 다시 비운의 열일곱 소녀로, 그 소녀는 다시 수아드 마씨로 바뀌어 가며 무대에 오른다. 무대에 서면 이상하게 힘이 솟구치는 거 있지, 정말 신기해. 군중 앞에 선 해방군 지도자 같다니까. 아이는 눈을 빛냈다. 조명과 관객들 눈빛, 그 온갖 빛이 내 몸에 옮겨붙어 활활 타오르는 것 같아. 그 말처럼 무대에 서면 나의 페르소나는 거침이 없었다. 길고 가느다란 손가락이 건반 위에서 춤추듯 날아다녔다. 그 애를 보고 있으면 가슴 저 밑바닥에서부터 해방과 자유의 기운이 샘솟았다. 그 일이 우리에게 닥치기 전까지는……

그런 날이 다시 올까, 아이샤? 아이의 물음에 나는 선뜻 대답을 못 했다. 그 일 이후 모든 게 달라졌으므로. 그래도 나는 그날은 반드시 온다고 단호하게 답해야 했다. 오로지 한 가닥 꿈에 의지해 벼랑 끝에 서 있던 아이에게……. 아무리 그런 저주받을 일이 있었다 한들, 그따위가 어찌 우리의 미래를 앗아 갈 수 있단 말인가. 물론이지, 버샤, 넌 될 수 있어. 그딴 건 아무것도 아냐. 그렇게 나는 확신을 담아 말했어야 했다. 하지만 그러지 못했다. 난 망설였고 확신이 없었고 비겁했다. 죽을죄를 지었어, 버샤. 그 애만 떠올리면 스멀거리는 죄의식과 솟구치는 분노, 그리고 회한의 눈물…….

"나중에, 목소리 돌아오면 들어 볼 기회가 있을 거예요."

아델의 말로 기자의 질문은 자연스럽게 수습된다.

둘이 얘기를 나누는 내내 나는 한쪽 벽만 바라보았다. 지난 기억, 특히 그 이야기가 흘러나올 때면 우리는 각자 눈길을 돌린다. 어느 누구도 지난 일을 증언하는 사람에게 시선을 두지 않는다. 우리 사이에서 그건 이제 불문율로 자리 잡았다.

그 옛날, 골목 어귀 카페에서 들려오던 이야기꾼의 만담처럼 수아드 마씨의 노래가 계속 귓전에 맴돈다.

이야기가 시작되면 우리는 현실에서 멀어져요.
우린 모두 저마다의 이야기를 가슴에 품고 있어요.
우리가 어른이란 사실은 잊어요. 우린 아직 어린애예요.
천국과 지옥의 이야기를 들려주세요.
한 번도 날지 못했던 새의 이야기도.

카메라맨은 한발 물러난 곳에서 계속 작업 중이다. 아뎰의 증언
내내 등을 돌리고 앉은 나까지 그가 카메라에 담은 게 아닐까. 그
의 렌즈에 담긴 식구들 각자의 표정은 어떨까. 아이들의 거침없는
웃음에서부터 느닷없는 침묵과 눈물까지 감정의 굴곡은 얼마나 클
것인가. 우리 식구들은 물론 취재 기자와 카메라맨 할 것 없이 그
감정의 소용돌이에 빠져들었다. 비극을 더 비극적으로 만들기 위
해 협업하는 작업자들 같다. 우리가 견뎌 내야 하는 현실은 무대 위
에 펼쳐지는 이야기가 된다.
 미스터 김이 다녀간 뒤로 취재는 이제 우리 일상의 하나로 자리
잡아 가고 있다. 김의 소개로 어떤 신문사의 첫 취재 요청이 잇었
고, 그 기사가 나간 후 인터뷰 요청이 잇따랐다. 하만이 그중 일부
만 택했음에도 이번이 벌써 네 번째다. 지난번처럼 이번에도 기자
는 나, 아니 버샤의 얘기에 유독 관심을 보이고 있다. 첫 취재 때 내
가 인터뷰 요청에 꺼리는 기색을 보이자 아뎰과 하만은 한동안 나
를 집요하게 설득했다. 다잡았던 마음도 막상 때가 되면 움츠러드

156

는 걸 어쩔 수 없다. 세 번째 취재에서는 인터뷰 직전에 화장실 간다고 빠져나가서는 돌아오지 않았다. 그럼에도 기사는 완성되었다. 인터뷰 주인공이 달아나 버려도 기사가 된다는 것, 아니 그래서 더 기삿거리가 된다는 것도 알게 되었다. 기자는 어떤 식으로든 기사를 써 내는 사람이었다.

"오케이!"

카메라맨이 손가락으로 원을 그려 보이며 외친다. 그걸로 이번 인터뷰는 마무리되는 모양이다. 그저 카메라 앞에 서기만 했을 뿐인데도 피로가 몰려든다. 취재에 응하는 것도 쉬운 일이 아니다. 우리에게 취재란 사진 촬영과 인터뷰로만 끝나는 게 아니다. 끔찍했던 경험을 기억 속에서 되풀이해 겪어야 하는 일이다.

"정말 수고 많으셨습니다."

기자가 대표로 우리에게 감사 인사를 전한다.

통역에 카메라맨, 카메라 보조까지 네 사람이 손발을 맞춰 가면서 해 나간 일이다. 그들 중 가장 젊은 기자가 감독처럼 진두지휘했다. 놀라웠다. 미국 영화나 K드라마에서 보던 커리어 우먼 모습을 바로 옆에서 지켜보게 되다니. 더 놀라운 건 남자들 모두 자기보다 어린 그녀의 말을 선선히 따른다는 사실이었다. 처음에는 그 기자가 존경스럽다가 그다음에는 그녀의 말을 묵묵히 따르는 남자들이 신기해 보이더니 급기야 이 나라의 자유로운 문화가 부러워졌다. 언젠가 재스민이 했던 말이 피부에 와닿는 시간이었다. 더 넓고 자유로운 세상이 있어. 그곳으로 나아가. 여자도 남자와 똑같이 능력을 인정받을 수 있는 곳으로……

19

"헬로! 하우 아 유."

웬 남자가 아는 척을 해 온다.

당황한 나는 남자의 눈길을 최대한 피해 목례와 함께 빠른 걸음으로 그 앞을 지나친다. 이렇게 아는 척을 하거나 거처 주변을 기웃거리는 사람이 가끔 있다. 우리 기사가 인터넷에 뜨는 바람에 많은 사람이 우리 사연을 접했다고 지난번 취재 온 기자가 알려 주었다. 우리 존재가 알려진 건 다행이지만 이렇게 직접 맞닥뜨리는 경우는 정말 피하고 싶다. '나는 네가 누군지 알고 있어. 너희 가족과 너에 얽힌 비밀도.' 생판 모르는 낯선 사람에게서 그런 시선이 느껴진다고 생각해 보라. 많은 이가 우리에게 연민의 눈길을 보내지만 경멸 섞인 눈빛도 있다. 대놓고 '너희 나라로 꺼져!'라고 외치는 이도 드물긴 하지만 분명 있었다.

이럴 때를 대비해 하만은 미리 우리를 단련시켰다. 가시덤불을 씹어 삼키면서도 낙타는 사막에서 살아남는다는 둥, 도마뱀의 꼬리 자르기 생존법이나 카멜레온의 변신술을 예로 들며 어떻게든 살아남아야 한다고 강조했다. 그 세뇌 덕인지 아닌지는 알 수 없지만 어쨌든 우리는 이곳에서 그럭저럭 버티며 살아가고 있다.

히잡이 절실하게 그리울 때도 바로 이런 순간이다. 검은 베일은 나를 손쉽게 숨길 수 있는 수단이다. 하만은 처음부터 이곳에서는 히잡을 안 쓰는 게 나을 거라며 아델과 내게 베일을 멀리하도록 권했다. 이 나라 사람들이 이슬람 문화에 거부 반응이 있다는 게 이유였지만 아델은 맨 처음 정색을 했다. 히잡 없이 어떻게 나다녀요. 벌거벗고 다니는 거랑 뭐가 다르다고…….. 한동안 그녀는 히잡을 포기하지 못했다. 파리 시절에도 히잡만큼은 늘 썼다고 했다. 이곳에 오고 아델이 결정적으로 마음을 바꾼 건 어느 날 화장실에서 혜란 아줌마와 맞닥뜨리면서였다. 바닥 청소 중이던 아줌마가 화장실 변기 칸에서 나오던 아델을 보고 화들짝 놀라며 청소기 손잡이를 떨어뜨렸다는 것이다. 하만의 설명에 따르면 이 나라 사람들의 그런 반응은 무슬림에 대한 거부감 탓이기도 하지만 검은 베일 자체가 죽음이나 저승사자를 연상시키기 때문이라는 것이었다. 그 뒤로는 아델도 더는 히잡을 고집하지 않았다.

나는 일찍부터 히잡을 싫어했다. 어릴 적에는 답답해서 싫었고 여학교 시절에는 실크 천이 아니어서 싫었다. 재스민을 통해 무슬림 여성의 전형적인 삶을 알고 나서는 더더욱 거부감이 생겼다. 이집트의 여성 운동가 후다 샤아라위 이야기를 접하고 나서는 그녀처럼 모두가 보는 앞에서 히잡을 벗어던지고 싶은 충동도 느꼈다.

무슬림 여성을 오랫동안 '여자'로 길들여 온 결정적인 수단이 히잡이라는 생각 때문이었다. 그 생각이 변한 건 아니지만 지금은 내 얼굴을 가려 줄 베일이 무엇보다 절실하다. 쓰임새야 상황에 따라 달라지게 마련이니까.

"잠깐만요, 저 모르시겠어요?"

빠르게 걸음을 옮기는데 다시 남자가 내 앞을 막아서며 영어로 물었다. 그제야 나는 시선을 고정시켜 그를 본다. 엷은 비둘기색 유니폼에 검은 뿔테 안경을 쓴, 이 젊은 남자는 정말 어딘가 낯이 익다. 하긴 이 나라 남자들은 다 비슷비슷해 보이긴 한다. 구레나룻이나 콧수염을 기른 사람도 거의 없고 백인만큼 희지는 않지만 그래도 아랍인보다는 밝은 피부인 데다 짧고 단정한 머리와 아담한 체구, 거기에 안경을 썼거나 안 썼거나, 대부분 그런 얼굴이다. 미스터 권이나 변호사 김처럼…….

"지난번, 화장실에서 마주친…….."

남자의 말에 나는 놀라 탄성을 내지를 뻔했다.

"그때 많이 놀랐죠? 요즘은, 컨디션, 괜찮아요?"

머쓱해하며 그는 간단한 영어로 안부를 묻는다. 찬찬히 기억을 되짚어 보니 지난번 화장실에서 맞닥뜨린 그 남자가 맞는 것 같다. 유니폼과 목에 걸린 파란 줄의 신분증, 안경 너머로 비치는 선량한 눈매, 바로 그 손수건의 주인이다. 반가움보다 그날의 화장실 광경이 적나라하게 떠올라 얼굴이 화끈거린다.

"기사 봤어요. 어떤 상황인지 잘 알아요."

그는 나를 안심시키려는 듯 말한다.

나는 고개를 끄덕이며 그를 기억하고 있다는 표현을 해 보이고
는 주위부터 살핀다. 다행히 주변엔 아는 얼굴이 없다. 오해를 살
일은 아니지만 그래도 식구들 눈치를 안 볼 수 없다. 지난번 미스터
김의 첫 방문 때 하만이 보였던 반응 이후 나도 확실히 예민해진
것 같다.

"기사 읽고 반가웠어요. 실은, 많이 걱정되고 궁금했거든요."

화장실 사건을 생생하게 기억하고 있다는 듯 그가 말한다.

"뒤따라온 게 결례라면 미안해요. 그쪽 문화를 잘 몰라서……."

난감해하는 내 표정을 읽은 그가 양해를 구한다. 그러고는 자신
도 일하다 왔기 때문에 가 봐야 한다며 이내 작별을 고하고 돌아선
다. 몇 걸음 옮기던 그가 뭔가를 빠뜨렸다는 듯 다시 뒤돌아본다.

"참, 내 이름은 진우예요. 정진우. 그쪽 이름은, 기사에서 봤는데,
버, 샤, 버샤 맞죠?"

그의 물음에 나는 그저 바라보고만 있다.

"그럼 안녕, 버샤."

그는 인사말 뒤에 내 이름을 덧붙이고는 멀어져 간다. 빠른 걸음
으로 사라지는 뒷모습을 바라보며 나는 그가 내게 베푼 친절에 감
사 표시도 하지 않은 걸 떠올린다. 하지만 늦었다.

그의 이름을 떠올려 본다. 진우. 정진우. 그의 이름에는 K가 하나
도 들어 있지 않다. K 대신 알파벳 J가 두 번이나 들어가는 부드러
운 발음의 이름이다. 한글로 그의 이름을 그려 보지만 역시나 이 나
라 말은 발음도 철자도 어렵다. 그냥 'J'로 하기로 한다. J가 완전히
사라지고 얼떨떨함이 가라앉은 뒤에야 나는 그가 나의 손님이었음

을 깨닫는다.

*

"어쩐지, 수상한 부탁을 하더라니……."

진우의 얘기를 듣고 난 종현이 그제야 의문이 풀린 듯 말했다.

"그때는 실체를 모르니 털어놓을 수도 없었지."

진우는 뒤늦게 사실을 밝히는 이유를 설명했다. 종현과는 원래 어떤 얘기든 스스럼없이 주고받는 사이였으나 이번 일만큼은 왠지 조심스러워서 그럴 수 없었다.

"그나저나 스토리가 「알라딘」에서 「인어 공주」로 넘어간 느낌이네. 넌 21세기형 로맨스가 왜 이리 동화 분위기냐?"

"내 정신 연령이 딱 그 정도인가 보지."

"웬만하면 좀 기다려 봐. 나중에 지연이한테 면세점에서 제일 인기 많은 애 소개해 달라고 할게. 아무리 관심이 가는 여자면 뭐 하냐, 말이 안 통하는데."

"실어증이니 언젠가는 돌아오겠지."

"하긴, 눈빛으로도 마음은 통하지. 말 많으면 쓸데없이 다툼만 많아지고……."

말끝에 종현이 한숨을 길게 내쉬었다.

"너, 혹시 지연 씨랑 다퉜어?"

진우가 미심쩍어하며 물었다. 한동안 종현에게서 여자 친구 얘기가 없어 궁금하기도 하던 차였다.

"요즘은 만나면 헤어질 때까지 티격태격이다."

종현이 고개를 절레절레 흔들며 말했다.

"부럽다. 친해야 다투기도 할 거 아냐."

진우가 받았다.

"그나저나 너, 진로 문제는 어떡하고…… 낯선 여자한테 관심 가질 여유나 있어?"

종현이 갑자기 현실을 지적하고 나섰다.

"로맨스가 여유 있는 자의 전유물이냐."

진우가 되쏘았다.

"당연하지. 그런 일에는 마음의 여유는 물론, 물질적 여유도 있어야지."

"점점 더……. 사실, 나, 이곳에 온 게 너 때문이라고 생각했는데 아니었어."

진우가 통기듯 말하자 종현은 무슨 얘기냐는 듯 눈을 멀뚱거리며 다음 말을 기다렸다.

"더 큰 인연이 프로그래밍 돼 있었던 거였어. 각설하고, 네 말대로 이곳 채용 시험 보기로 했다."

진우가 깜짝 발표나 다름없는 선언을 했다.

"오, 브라보! 내 그럴 줄 알았어. 내가 괜히 너한테 권했겠냐."

종현이 박수까지 치며 환영했다.

속을 털어놓고 나니 진우는 한결 마음이 편해졌다. 그동안 진로 관련 고민이 이만저만 아니었다. 채용 시험은 종현이 일찍부터 권해온 일이지만 선뜻 받아들이기 어려웠다. 근무 조건은 좋았지만 현장을 알아갈수록 회의가 생겼던 것이다. 그렇다고 달리 뾰족한 수도 없었다. 오히려 이곳 경력이 더 쌓여 가면서 저울질은 이쪽저쪽이 팽팽하게 수평을 이루었다. 그즈음 버샤 관련 기사를 접하게 된 것이다.

"그러니까, 더 큰 인연의 프로그램이란 게 그 여자 문제?"

종현이 아까 했던 진우의 말을 되짚어 보며 물었다.

진우는 시침을 뚝 뗀 채 어깨만 으쓱해 보였다.

"사랑과 우정 사이에서 저울 안 기울게 하느라 애쓰는구나."

"저울추 균형 잡는 것 이상으로 힘들었던 게 시험 고민이었다."

진우에겐 가장 현실적인 고민이었다. 채용 시험에 영어 비중이 높다는 것, 기술 관련 자격증을 필요로 한다는 것까지 승산이 있어 보였다. 팽팽하던 저울에 버샤의 등장이 완전히 한쪽으로 기울게 한 셈이었다.

"하긴, 네 일이니 어련히 알아서 하겠냐. 잘해 봐라."

종현이 덕담하듯 한마디 던졌다.

20

"우리 버샤 말인가요?"

아델의 목소리가 갑자기 낮게 깔린다.

내 귀가 더 솔깃해지며 실크 휘장 너머로 관심이 쏠린다. 잠시 침묵이 이어지더니 아델의 말이 다시 흘러나온다.

"엄청난 충격이었겠죠. 여자로서는 더더욱 떠올리고 싶지 않은……."

그 말에서 그들이 나를 빼놓은 이유가 분명해진다. 이번 인터뷰는 장소도 여느 때와는 달리 기도실로 정해졌고 아델과 하만 둘만 참석하기로 했다. 인터뷰에 내가 빠지는 일은 처음이다. 전문 통역사가 따라붙어 나의 어설픈 메신저 역할이 필요치 않은 이유도 있겠지만 더 결정적인 건 나에 얽힌 불편한 얘기를 털어놓기 위해서인 것 같다.

"우리가 돌아왔을 때는 이미 일이 끝난 뒤였어요."

아델은 한동안 말을 잇지 못한다. 그날 일을 떠올리는 게 쉬울 리 없다. 감당하기 힘든 건 모두 마찬가지다. 그럼에도 아델이 그 일을 털어놓기로 한 이유야 분명하다. 미스터 김의 조언에 따라 우리는 이런 일의 중요성을 아주 잘 알게 되었다. 그러니 그 뒤에 이어질 아델의 이야기도 충분히 짐작할 수 있다. 그녀가 실제로 목격한 장면 하나가 사건에 대한 추측과 상상을 낳으며 만들어진, 누구나 예측 가능한 이야기일 것이다. 사건의 전모를 아는 사람은 아무도 없다. 피해자는 사라졌고 가장 밀접한 관련자인 나 역시 그때 다른 방에 있었다. 내가 알고 있는 사실조차 지금까지 단 한 번도 밝힌 적이 없다. 아니, 밝힐 수가 없었다. 그 사건과 함께 실어증이 왔으니…….

누구도 예측 못 한 일이었다. 입에 담기도 어려운 그런 일이 우리가 살고 있는 집, 그것도 하만 가문의 집 안에서 일어나리라고는. 거실에 깔린 고급 페르시아 카펫을 군홧발로 짓밟으면서 침입한 무장 군인들이 집안 구석구석을 헤집으며 온갖 것을 약탈하고 침실까지 들이닥칠 줄이야. 난생처음 겪는, 광포한 군인들 총 앞에서 어린 여학생이 무엇을 할 수 있었겠는가. 겁에 질려 비명을 지르거나 이불을 뒤집어쓰는 것 외에…….

그 집에서 절규와 비명 소리는 처음이었다. 맨 꼭대기 층에 있는 내 방으로 올라오는 것이라곤 피아노 선율이나 노랫소리, 사프란 향 같은 기분 좋은 것들이었다. 여유와 나른함으로 가득 찬 집이었다. 포탄 소리나 총소리조차 딴 세상 일처럼 느껴졌다. 바로 옆집이 폭격을 당했다 해도 우리가 살고 있는 집은 끄떡없을 것 같았다. 구조와 크기부터 다른 집과 달랐다. 겹겹의 안전장치를 두른 집, 정부군이든 반군이든 절대 넘볼 수 없는 하만 가문 사람들이 사는 집이 그 집이었으니……. 그런 익숙한 생각이 착각에 불과했음이 드러난 날이었다.

그날은 처음으로 내가 학교를 조퇴한 날이기도 했다. 지긋지긋한 월경통 때문이었다. 아랫배를 감싸 쥔 나는 간신히 집에 돌아왔다. 여느 날과 달리 집 안이 거의 비어 있었다. 기사나 가정부도 아델과 하만을 따라나섰는지 아무도 눈에 띄지 않았다. 피아노 소리로 미루어 나의 페르소나인 그 아이만 집에 있다는 걸 알 수 있었다. 그 아이의 방문 틈으로 흘러나오는 피아노 소리도 무시한 채 나는 꼭대기 층에 있는 내 방으로 직행했다. 가방도 옷도 바닥에 팽개치고 바로 침대에 쓰러졌다. 아래층에서 들려오는 피아노 소리를 진통제 삼아 나는 비몽사몽 잠들었다 깨어나기를 반복했다. 얼마나 지났을까. 여든여덟 개의 피아노 건반을 동시에 내려치는 듯한 굉음에 놀라 잠을 깼다. 그 난폭한 소리에 이어 집 안 구석구석을 오가는 거친 발소리와 문 여닫는 소리가 남자들 웅성거림과 함께 들렸다.

다시 밀려든 월경통에 나는 새우처럼 웅크린 채 침대 위에서 이리저리 뒹굴 뿐이었다. 아래층에서 찢어지는 듯한 비명이 들려오는 듯했다. 하지만 나는 침대에서 꼼짝도 할 수 없었다. 그러다 발소리가 들렸다. 계단을 하나씩 오르며 점점 가까워지더니 갑자기 문 앞에서 멈추었다. 숨 막히는 고요가 엄습하는가 싶더니 벌컥 방문이 열렸다. 겁에 질린 내 눈에 들어온 건 오랑우탄이었다. 문 앞에 떡하니 버티고 서 있는 군복 차림의 오랑우탄! 거구의 남자는 시커먼 구레나룻으로 뒤덮인 얼굴에, 머리는 양털처럼 풍성한 검은 곱슬머리였다. 총구를 앞으로 내민 채 그는 침대를 향해 다가왔다. 총구와 부리부리한 검은 눈이 나를 뚫어지게 쳐다보며 한 걸음 한 걸음……

*

"우린 시간이 지나면 나아질 거라 생각했죠. 언젠가는 그날의 끔찍한 기억도 잊히고……."

아델의 목소리가 조금씩 안정을 찾아 가고 있다. '그 일'의 당사자가 바뀔 시점이기 때문이다. 피해자가 버샤에서 제2의 버샤로 옮겨 가고 나면 아델의 목소리도 안정을 되찾는다. 그 사실은 아델 자신도 모를 것이다. 오직 나만 알 수 있다.

그날 일을 아델의 목소리로 듣는 건 무의미하고 불편하기도 하지만 호기심이 일지 않을 수도 없다. 짜 맞춘 기억의 증언이 흘러나오다 나중에는 예측 가능한 결말로 끝나는 스토리, 밑에 깔린 신파까지 삼류 드라마를 닮은 이야기였다. 추측이나 상상도 틀을 벗어나는 게 얼마나 어려운지 아델의 얘기를 듣다 보면 실감할 수 있다. 그럼에도 아델의 이야기가 실제였던 것 같은 착각에 나도 빠지곤 했다. 사실 자체는 오히려 더 극적이지만 그 진실이 불편한 사람은 익숙한 이야기에 감정 이입하며 스스로 그걸 믿어 버린다. 누구든 익숙한 것에 감정 이입을 잘하는 법이니까. 그러니 진실은 묻어 두는 게 나을지도 모른다. 나와 나의 페르소나가 각자의 꿈을 둘만의 비밀로 간직하기로 약속했던 것처럼…….

아델의 증언을 더 들을 이유는 없다. 나는 가방 저 깊숙한 곳에서 베일을 꺼낸다. 가끔 이 베일이 요긴할 때가 있다. 매끄럽고 시원한 실크 감촉을 손으로 느끼며 나는 아델과 하만의 인터뷰를 뒤로하고 불편한 현장을 벗어난다. 저승사자를 떠올리게 한다는 이 검은 베일을 두른 채 말이다. 그러니 베일은 퇴장의 이미지와 얼마나 잘 어울리나. 조명이 꺼지고 음악이 끊기고 주인공도 무대를 내려와야 하는 시간임을 암시하는, 나의 페르소나가 세상을 등지면서 남겨 놓은 그런 이미지 말이다.

그 아인 끝내 그날의 기억을 떨치지 못했다. 왜 그런 극단적 선택을 했을까. 그저 인생에 잠깐 스쳐 지나간 간이 무대쯤으로 생각할 수는 없었을까. 당당하게 살아남아 자신을 짓밟았던 놈들에게 정의가 무엇인지 똑똑히 보여 줄 수도 있지 않았을까. 그런 다음 다시 무대에 올라 자신의 꿈을 펼치며 보란 듯 주인공이 될 수도 있지 않았을까. 누구보다 사려 깊고 똑똑했던 그 아이가 왜 그런 선택을……. 우리 모두를 대신해 스스로 신의 제물이 되리라 결심했던 걸까. 바보처럼 자신을 어린 양으로 착각했던 것일까. 그 일만 떠올리면 가슴이 무너져 내리다가 화가 치밀다가 마지막엔 생각을 포기하고 만다.

이곳을 떠나자. 마침내 하만이 결기 어린 목소리로 말했다. 정부군과 반군이 번갈아 가며 탱크를 앞세워 동네를 오가고, 이웃들이 너도나도 짐을 싸서 떠나고, 빈집이 늘어도 그는 단 한 번도 집을 떠날 생각은 하지 않았다. 하만이 반군을 지원하는 나라의 유학생이었다는 과거 사실까지 트집 잡는 일이 닥쳤을 때도 하만은 눈 하나 깜짝 하지 않았다. 아무리 내전이 치열해도 가문의 명예와 권위에 금이 갈 일이 오리라곤 상상조차 할 수 없었을 터이니. 친인척들마저 국경을 넘고 뿔뿔이 흩어졌을 때도 꿋꿋이 버티던 그였다. 하지만 사랑하는 딸을 잃고 그는 무너졌다. 그 아이에 대한 기억은 우리 모두의 가슴에 문신처럼 남았다. 앵무새처럼 어여쁘고 낙타처럼 꿋꿋하고 이맘처럼 사려 깊었던 그 아이가…….

아이샤, 잘 들어. 하만이 조심스럽게 말을 꺼냈다. 결단을 내리기 전 매듭지어야 할 일이 있었던 것이다. 너와 나의, 아니 우리 가족의 관계는 여기까지야. 만약 그걸 원치 않는다면 방법은 하나밖에 없어. 뜻밖의 말에 나는 가슴 졸이며 그를 쳐다보았다. 하만은 눈을 내리깔더니 목소리에 힘을 주었다. 일단 우리에겐 시간이 없어. 하루라도 빨리 이곳을 벗어나 낯선 나라에서 살아가려면 아이샤가 버샤가 되는 방법밖에 없어. 그게 싫으면 지금 우리와 헤어지는 게 나아. 선택은 자유야. 양자택일의 선택권을 내 앞에 던져 주고 그는 나의 답을 기다렸다.

해방의 순간이 노예에게 닥쳤을 때, 그 노예는 자유의 기쁨만을 느꼈을까. 주인의 대저택과 화려한 정원을 떠나 자신의 초라한 움막으로 돌아가는 걸 노예는 진정으로 반겼을까. 무엇보다 나는 이 하만 가문으로 나를 보내기로 결정한 내 부모의 집으로 돌아가고 싶지 않았다. 집을 떠나올 때 이미 나는 내 가족과 영원히 작별하기로 마음먹었다. 고향 집을 찾거나 과거를 돌아보는 대신 오로지 앞으로만 나아갈 거라고 마음을 굳혔던 것이다. 그런데 이젠 그런 다짐조차 의미 없을 정도로 많은 것이 바뀌어 있었다. 고향 집이 온전할 리 없었고 그들이 나를 반길 거라는 확신도 없었다. 그들과는 이미 연락이 끊긴 상태였다.

우리랑 같이 가길 원해? 하만이 한 번 더 내 생각을 물었다. 나는 계속 침묵했다. 단호하게 고개를 젓지 못하는 나를 보며 그도 내 의중을 짐작한 것 같았다. 그는 버샤의 여권을 내 앞에 꺼내 놓았다. 아이샤를 버리고 버샤가 되는 것. 그러니까 하만의 미래의 아내 자리를 버리고 그의 법적인 딸로 자리바꿈하는 것이었다. 전자는 처음부터 내가 원치 않았던 일이니 다행이었고 후자는 한 번도 생각해 보지 않은 일이라 당혹스러웠다. 하지만 여권 속 버샤는 나를 보며 환하게 웃고 있었다. 어서 자신의 자리로 옮겨 와 앉으라고 말하는 듯했다. 망설일 게 뭐가 있느냐고……. 나는 고개를 끄덕였다. 버샤로 옮겨 앉는 일에 동의할 수밖에 없었다. '아집과 독선의 아이샤'를 버리고 '속 깊은 버샤'가 되기로, 아이샤 아닌 버샤가 결정한 일이었다. 나로서는 거절할 용기도 이유도 없었다. 일찍부터 버샤와 아이샤는 공범이자 동지였으니…….

난 스무 살이 되면 파리로 갈 거야. 수아드 마씨처럼 파리의 무대에 설 거라고. 버샤는 자신의 비밀스런 꿈을 내게 곧잘 말했다. 부모의 바람인 피아니스트가 아니라 대중 가수가 될 거라는 꿈을 그애가 털어놓았을 때 의외이긴 했지만 나는 기꺼이 고개를 끄덕였다. 착한 여자는 천국에 가지만 나쁜 여자는 어디든 갈 수 있대. 내 말에 버샤는 환호했다. 그럼, 우린 나쁜 여자가 되자! 좋아. 난 때가 되면 뉴욕으로 갈 거야. 유엔에서 이슬람 여성들의 자유와 해방을 위해 일할 거라고. 결혼 따윈 낙타 등에 실어 죽음의 사막으로나 보내 버려야지. 나의 당찬 계획에 버샤 역시 한껏 박수를 보냈다. 그러고 보니, 아이샤는 자유의 여신상을 닮았어. 오른손에 햇불이 활활 타오르고 있는 게 보인다니까. 버샤가 내 오른팔을 치켜세우며 말했다. 버샤, 넌 에펠 탑 아래에 무대를 만들고 거기서 공연해. 내가 이 햇불로 너를 환하게 비춰 줄 테니까.

각자 당차고 불온한 꿈을 간직한 채 우리는 자매처럼 친구처럼, 아니 무엇보다 공범자로 지냈다. 그러니까 아이샤가 버샤로 옮겨 앉는, 지극히 현실적이면서도 꿈같은 제안을 내가 받아들이는 건 그리 어렵지 않았다. 공범자가 늘어난다는 건 보호벽이 하나 더 생기는 거나 다름없는 일이다. 그렇게 우리는 새로운 가족 관계가 되어 집을 나섰고 국경을 넘었다. 그리고 법적인 가족으로 지금 이곳에 있는 거다.

"익스큐즈 미."

검색대를 통과해 출국장으로 막 들어선 남녀 커플이 급히 내 앞을 지나친다. 그들이 휘저어 놓은 공기에 그들이 품어 온 바깥 공기 냄새가 묻어난다. 출국 시간에 쫓기는 탑승객들한테는 바깥 기운이 더 많이 배어 있는 것 같다. 거리의 자동차 매연, 가로수와 아스팔트 냄새, 고된 일 끝에 오는 겨드랑이의 땀 냄새 같은 것……. 내겐 이런 바깥의 기운이 더없이 반갑다.

황급히 출국장 안으로 들어선 두 남녀는 벽 쪽으로 다가서더니 웬일인지 각자 가방을 내려놓고 깊은 포옹을 한다. 위험을 피해 도망쳐 온 남녀 같다. 잠시 뒤 서로의 품에서 떨어져 나온 그들은 다시 가방을 챙겨 들더니 각자 반대 방향으로 달려간다. 그제야 이해가 간다. 일행이면서도 목적지는 다른 모양이다. 부부거나 연인이거나, 아니면 직장 동료? 어쩌면 호텔이나 공항으로 오는 리무진 안에서 만난 옆 좌석 사람이거나, 그도 아니면 공항 로비에서 만나 극히 짧은 시간에 인연을 맺은 남녀일 수도 있다. 우연한 만남으로 급속히 가까워졌지만 서로 갈 길이 달라 지금 이곳에서는 부득이 헤어질 수밖에 없는 애틋한 감정에 사로잡힌 이방인들……

그런 애틋한 인연을 상상하며 걷고 있자니, 숍에서 흘러나오는 인공 향은 매혹의 꽃향기가 되고 사람들 웃음소리는 새들의 지저귐이 돼 주고 굴러가는 여행 가방은 흐르는 강물이 돼 준다. 언젠가는 바다에서 만날 날을 꿈꾸는 미래의 커플들처럼 흐름은 경쾌하게 이어진다. 기사 봤어요. 어떤 상황인지 잘 알아요. J의 말이 떠오른다. 참, 내 이름은 진우예요. 정진우. 그쪽 이름은 버, 샤, 버샤 맞죠? 떠듬거리며 늘어놓던 말……. 비약일지도 모른다. 잊자. 이건 오버다.

이 줄기 도로를 걷는 일은 그때 그때 어떤 감정의 필터를 입히느냐에 따라 다르다. 어떤 날은 대추야자 나무숲을 거닐거나 별이 총총한 사막을 넘는 카라반이 된 것 같은 기분이 들 때도 있고 때로는 어린 시절 모스크에 이르는 기나긴 수크를 지나는 기분에 사로잡히기도 한다. 반대편에서 몰려오는 사람들과는 바람처럼 스치고 가는 인연이다. 피를 나눈 가족과의 인연도 돌이켜보면 아주 짧았던 순간으로 여겨지는 것처럼……. 하긴, 우주의 역사를 일 년짜리 달력으로 치면 인류의 역사도 마지막 일 분에 불과하다지 않나.

아이샤, 넌 명문가의 딸이다. 넌 팔려 가는 게 아니야. 내 아버지
는 말했다. 넌 공부를 포기할 수 없고, 우리는 널 계속 공부시킬 힘
이 없고, 그러니 넌 결혼이 아니라 네가 그토록 원하는 공부를 택한
거나 다름없어. 허술한 삼단논법 같은 아버지의 설명은 당신의 선
택을 합리화하는 변명에 지나지 않아 보였다. 결혼만큼은 사랑하
는 두 사람의 자유 의지에 따라야 한다고 일찍부터 가르쳐 왔던 아
버지가 내세운 명분치고는 너무도 옹색했다. 가난한 명문가의 가
장이 열일곱 살 딸을 위해 떠올린 묘안이 권세 있는 집안의 둘째
부인으로 딸을 보내는 일이라니⋯⋯. 얼마나 좋은 조건이니? 신랑
감이 늙은이도 아니고, 유럽에서 유학까지 한 엘리트지, 거기다 어
르신들은 공부가 완전히 끝난 뒤에 결혼식을 올리도록 배려하셨
지. 어르신도 맏아들도 생각이 깊고 개방적인 사람들이래. 그 덕분
에 우리 집안도 덩달아 격이 높아지니 얼마나 좋아. 엄마도 상대 집
안의 좋은 점을 일일이 열거하며 만족해하던 혼사였다. 정작 당사
자인 딸의 생각 따윈 끼어들 여지도 없었다.

　아이샤가 버샤의 자리로 옮겨 앉는 건, 두 가문의 명예에 누를 덜
끼치는 일이기도 하지. 하만은 나의 선택이 양쪽 집안을 위한 배려
이기도 하다는 사실을 일깨웠다. 이국땅의 난민으로 전락하는 마
당에 무슨 얼어 죽을 가문 타령인가 싶었지만 나는 속 깊은 버샤로
이미 자리를 바꿔 앉은 채 선선히 눈을 내리감았다. 하만에게는 새
로운 가족 설정이 국경을 넘는 보증 수표였고 내게는 새 출발을 위
한 차선의 방법이기도 했다. 내가 버샤의 일을 덮어쓰고 제2의 버
샤가 되면 나도 하만으로부터 안전할 수 있었다. 순결 잃은 여자를

미래의 아내로 여길 명문가의 무슬림 가장은 없으니 말이다. 나를
향해 한 번씩 그윽한 눈길을 보내는 일 따윈 그도 더 이상 하지 않
을 터였다. 실제로 그날 이후 하만의 눈길은 확실히 달라졌다. 그
전에는 가끔 맨 꼭대기 층 내 방을 찾아와 관심을 보이며 침대에
걸터앉아 한 번씩 은근한 눈길을 보내곤 했다. 그런 시선이 부담스
러워 나는 일찍부터 버샤를 나의 방패막이 삼았다. 밤이면 우린 자
매처럼 한 침대를 썼다. 버샤가 내 침대를 찾지 않을 때는 내가 버
샤의 침대를 찾았다. 그렇게 우리는 서로를 지키는 수호신이었다.
내가 버샤의 자리로 옮겨 앉는다는 건 또 하나의 굴레로부터 자유
로워지는 일이었다. 그뿐인가. 집안을 통틀어 가장 고결하고 빛나
는 존재였던 버샤가 된다는 건 나로선 더없는 영광이었다.

21

산책길이 어느새 해변에 닿았다. 진우는 전망대가 있는 나무 덱
에 올라섰다. 바닷물은 오간 데 없고 잿빛 개펄만 보름달 아래 드넓
게 펼쳐져 있었다. 도무지 물때를 가늠할 수 없었다. 지난 보름밤의
이 시간에는 분명 바닷물이 넘실거렸는데……. 한껏 기대에 부풀
어 나선 중요한 약속에 바람맞은 기분이었다. 달빛에 홀려 이곳에
이른 자신처럼 바닷물도 저 달빛의 꾐에 이끌려 어딘가로 가버린
모양이었다.

　나무 덱 위 벤치에 앉아 진우는 개펄을 물끄러미 바라보았다. 적
나라한 물의 밑바닥을 보고 있는 셈이었다. 개펄 군데군데 고여 있
는 물에 달빛이 반사돼 반짝였다. 종현의 말대로 달 표면이 물에 젖
으면 꼭 이런 모습일 것 같았다. 풀풀 먼지처럼 날리던 잿빛 흙이
물에 젖어 차분히 가라앉아 있는 모습……. 진우는 자리에서 일어
나 나무 덱 계단을 따라 개펄로 내려갔다. 손으로 바닥의 흙을 한

줌 집어 질척거리는 그것을 코끝에 대보았다. 찝찔한 갯내가 훅 끼쳤다. 기분 좋은 냄새는 아니지만 그래도 비릿하면서도 고소한 냄새가 여운처럼 남았다. 자신과 이곳의 인연을 떠올리게 하듯…….

요즘도 작업 도중 짬을 내어 버샤를 만난 곳 근처와 화장실 주변을 수시로 살피지만 우연을 가장한 만남은 쉽게 이루어지지 않았다. 며칠 전에는 65번 게이트 앞에서 우연히 그녀를 발견했다. 베일 두른 여러 여자들 틈에서였다.

버샤? 진우의 호명에 놀란 듯 여자는 고개를 돌렸다. 실수였나 싶어 진우도 순간적으로 당황했다. 자신이 버샤 생각에 골몰한 나머지 착각한 것일 수도 있었다. 사과를 하려고 머뭇거리는 사이 여자는 고개를 다시 그에게로 향하며 베일을 살짝 젖혀 보였다. 엷은 미소가 깃든 낯익은 얼굴……. 아, 버샤! 진우는 짧게 탄성을 발했다. 반가움 이면에는 단번에 그녀를 알아본 자신의 직감에 스스로 놀라기도 했다. 베일 쓴 여자가 아무리 많아도 눈만 보면 난 당신을 알 수 있어요. 감흥에 젖어 반사적으로 나온 말이었지만 우리말 아닌 영어로 하니 전혀 쑥스럽지 않았다. 그 우연한 만남이 둘 사이의 벽을 허문 것 같았다.

이곳에서 가장 필요한 세 가지만 꼽아 봐요. 헤어지기 전 진우는 펜과 수첩을 버샤에게 내밀며 말했다. 그녀는 잠시 생각에 잠기는가 싶더니 작은 수첩에 또박또박 글을 써 나갔다.

여기서 가장 그리운 것…….
—흙냄새

—바닷바람

—비행기 이륙 소리

그녀의 답은 진우의 예상을 완전히 벗어나 있었다. 목록을 들여다보며 진우는 역시 자신과 그녀는 차원이 다르다고 느꼈다. 자신은 기껏 생필품이나 떠올렸던 것이다.

버샤를 위해서라면 내 기꺼이 이것들을 해결할 수 있는 능력을 길러 보죠. 진우는 호기롭게 말하며 그녀의 메모를 받아 챙겼다.

개펄을 스쳐 온 바람이 진우를 감쌌다. 이전에 접하던 바람과는 결이 확실히 달랐다. 버샤의 희망 목록이 가져온 영향 같기도 했다. 이 시간에 혼자 이곳에 나와 서성이는 것도, 개펄을 스스럼없이 걷는 것도 얼마 전까지만 해도 상상할 수 없는 일이었다. 이전에는 존재하지도 않던 밤의 세계에 눈을 떴다는 사실 자체부터 엄청난 변화였다. 숙소를 향해 걸어가면서 진우는 스치는 바람에서 희미하게 갯내가 맡아지는 것 같기도 했다. 경험치가 더 쌓이면 자신도 종현처럼 개펄을 지나온 바람인지 바닷물 위를 스쳐 온 바람인지 구별해 낼 수 있을 것 같았다. 보름달만큼이나 가슴이 한껏 부푼 밤이었다.

*

"웬 명품 커핀가, 했더니."

종현이 진우를 흘겨보며 혀를 찼다.

178

"명함 하나 만들어 달라는 게 무슨 큰일이라고."

"직함 넣고 회사 로고 넣으면 그거 정직원 사칭이지. 누구 잘리는 꼴 보고 싶냐."

"내가 정규직으로 입사하면 되는 거 아냐. 어차피 그때 찍어 줄 거 미리 필요할 때 좀 챙겨 주면 어때서."

"뭔 말이, 막걸린지 막사발인지 참……. 내가 직접 만들어 주마. 맥으로 디자인해서."

"관둬라, 맥 빠지게. 맥 다루는 거야 내가 낫지. 디자인 감각도 그렇고 편집 기술도 그렇고. 아예 더 때깔 나게 핸드메이드로 해야겠다. 이왕이면 한정판으로 하지 뭐. 됐다. 해결!"

진우가 단칼에 정리하고는, 비싼 커피만 날렸다며 구시렁댔다.

"금박도 넣지 그래?"

"바탕에 아라베스크 문양도 깔 거야. 글로벌하게 한글과 영어 이름 옆에 아랍어 이름도 넣고."

"다국적 명품 컨셉이네. 그나저나 그 여자 이름이 뭐라고 했지, 인터뷰 기사에는 이름은 안 나와 있던데……."

"됐다."

"본명이 뭐냐니까? 관심 가져줄 때 얘기해."

종현의 다그침에 진우는 휴대폰을 뒤적이더니 액정을 상대 눈앞에 들이밀었다.

Vershah.

"베르사체?"

종현이 고개를 갸웃하며 말했다.

"여친이 면세점 직원이라는 사실을 그렇게 티 내고 싶어? 잘 봐. 버샤!"

진우가 또렷한 발음으로 종현의 착오를 바로잡았다.

"아, 버샤! 요샌 영어만 보면 왜 자꾸 명품 브랜드가 연상되는지, 원."

종현이 머리를 긁적였다.

"직업병도 아니고, 입만 벙긋하면 이젠 명품이란 말이 그림자처럼 따라붙는구나."

"건 그렇고, 버샤는 너한테 뭐 바라는 거 없던?"

"왜 없겠어. 취향도 아주 독특해. 일 순위가 '흙'이란다."

"흙? 그런 명품 브랜드도 있나?"

"나 참, 이건 남북회담 하는 것도 아니고…… 아무리 지연 씨가 명품 면세점 직원이라 해도 그렇지. 저 개펄 바닥에 널리고 널린 흙 말이다!"

"설마 너, 그 말을 곧이곧대로 믿는 건 아니겠지. 그런 걸 전문용어로 은유라고 하는 거야. 그러니까 달을 가리킨다고 달만 보면 안 되고 손가락도 같이 봐야 한다는 거지."

종현의 말에 코웃음 치던 진우는 휴대폰을 뒤적여 버샤가 썼던 문장을 보여 주었다.

"그러니까 '흙냄새가 그립다.' 그런 뜻 아니야?"

종현의 반문에 진우는 고개를 깊이 끄덕였다.

"아무리 흙냄새가 맡고 싶다고 해도 여자가 그런 말을 했다면, 그게 흙이 아니라 꽃향기일 수도, 진흙 속의 진주일 수도 있다니까. 여자들은 절대 남자들처럼 말을 단순하게 안 해."

"너는 나보다 현실 감각이 있긴 하다만, 버샤의 격은 못 따라간다."

'격'이라는 말에 자극을 받았는지 종현은 진우의 휴대폰을 다시 유심히 들여다본다.

"어쨌든 말 대신 이렇게 글로 대화를 나누는 건 신선하네. 영어도 꽤 잘하나 보다. 글씨체도 멋진 걸 보니. 이래저래 생산적인 만남이겠는걸."

종현이 수긍이 간다는 듯 말했다

"실은, 헛물켜고 있는 건지도 몰라. 그 여자는 나를 공항에서 일하는 친절한 아저씨 정도로 생각하는 것 같아. 공항 노동자. 그 지역 사람들한테 일꾼이 어떤 의미인지 알지."

이번에는 진우가 한발 물러나며 말했다.

"오일 머니 넘쳐나는 중동 사람들이라면 그럴 수 있지. 그 사람들이 왜 허드렛일을 하겠어. 일꾼도 거의 외국인 노동자 쓰잖아. 하긴, 조상 대대로 천 년 넘게 사막에서 낙타 몰이꾼 일을 해 왔으면 이제 좀 쉴 때도 됐지."

"그 노고를 높이 사 알라께서 엄청난 자원을 선물로 안겼나 보지. 앞으로는 펑펑 나는 석유로 유유자적 즐기며 살도록."

"일이야 돈 벌러 온 가난한 나라 노동자들이 하면 되지. 그래야 골고루 잘 살지. 우리처럼 척박한 땅을 가진 나라 사람한테나 땀 흘려 일하는 게 미덕이지 자원 풍부한 나라 사람들은 베짱이처럼 사는 게 미덕이야."

한때 외국인 노동자들과 같이 일한 경험이 있는 종현이 그쪽 정서를 잘 알고 있다는 듯 말했다.

"중동이라고 다 기름 펑펑 나는 것도 아니잖아. 부자 산유국에서야 난민이 나올 리도 없지."

진우가 산유국과 내전 중인 나라를 구분 지었다.

"그나저나 너, 헛물켜면서도 시험 준비는 잘하고 있겠지?"

종현이 불쑥 진우의 현실을 일깨웠다.

"초 치는 것도 한두 번이지, 넌 잘 나가다 꼭 형님 노릇이더라."

진우가 짜증스럽게 말했다.

"형님 아니라 직장 상사!"

22

손님이 왔다. 이제 손님은 더 이상 신의 선물이 아니라 신이 내미는 외상 장부 같은 것이 돼 버렸다. '데스 노트'에 익숙했던 우리에게 '외상 장부'라면 그나마 행운으로 여겨야 할지도 모른다. 우리는 출입국 관리소 난민 신청 담당 직원이 희소식을 갖고 오기를 애타게 기다리지만 그런 일은 오늘도 일어나지 않는다. 대신 언제나처럼 우리를 취재하러 온 사람들이다. 우리에게 도움이 되는 사람들인 건 맞지만 나는 더 이상 취재에 응하지 않을 생각이다. 표정 관리도 어렵고 얼굴이 알려지는 것도 싫어 다시 베일을 꺼내 쓰기 시작했지만 이젠 카메라 렌즈 자체가 싫어졌다. 그 너머에 도사리고 있는 수십만의 호기심 어린 눈길 때문이다. 아델과 하만은 언젠가부터 인터뷰에서 내 얘기를 거침없이 펼쳐 놓기 시작했다. 어느새 나는 가족을 대표하는 끔찍한 불행의 아이콘이 돼 버렸다.

"기자님이 오늘은 버샤와 단독 인터뷰를 하고 싶다는데요."

이 나라 통역사가 하만에게 그렇게 전하자 하만은 눈길을 먼저 내게로 돌린다.

나는 단호하게 고개를 저으며 하만의 기대를 저버린다. 지난번 어느 기자의 노골적 표현으로 받은 충격이 채 가시기 전에 또 인터 뷰 요청이라니……. 내 앞에서 거리낌 없이 당시의 사고 얘기를 늘 어놓는 기자에 나는 완전히 질려 버렸다. 그동안 나를 빼놓고 했던 아델과 하만의 인터뷰에서 나왔을 증언의 수위를 충분히 짐작할 수 있는 말이었다. 인터뷰 도중 나는 뛰쳐나왔다. 놀라 뒤따라온 아 델에게 나는 이제 어떤 취재에도 응하지 않겠다고 분명히 내 생각 을 알렸다. 그럼에도 아델은 또 나를 설득하느라 눈치도 염치도 없 이 나선다.

"버샤, 우리 모두의 생존이 걸린 문제라는 건 너도 잘 알잖아. 이 번엔 이 나라를 대표하는 큰 신문사에서 온 기자래. 둘도 없는 기회 라고. 그동안 잘해 왔으면서 왜 갑자기 그러는 건데? 하루라도 빨 리 여길 벗어나 자리를 잡아야 너도 제대로 된 치료를 받고 목소릴 되찾지. 의료 기술 하나는 이 나라가 끝내준대. 버샤, 제발. 우리가 언제까지 이 감옥 같은 데서 비참하고 비굴하게 살아야겠어. 제발 이번 한 번만……."

아델의 간청도 나는 뿌리친다. 지금까지 참을 만큼 참았다. 아델 과 하만이 둘만의 인터뷰에서 나를 전면에 내세우기 위한 전략을 짰을 거라는 의심이 사실로 드러났을 때도 최대한 협조했다. 하지 만 나도 더는 어쩔 수 없다. '배은망덕한 년'이라 욕해도 할 수 없 다. 추측과 상상으로 만들어진 버샤 이야기가 두 사람의 증언을 통해 나오면 그걸로 끝이 아니다. 그 얘기를 전해 듣는 사람들은 또 그들대로 자신들의 추측과 상상을 한껏 덧붙여 받아들일 게 아닌가. 온갖 속된 추측과 상상으로……. 그 끔찍한 이야기의 중심에 내가 있다는 사실만으로도 소름이 끼친다. 인터뷰 때마다 나는 발가벗겨진 채 광장 한가운데 내던져지는 기분이다.

내가 그들의 피를 물려받은 친딸이어도 그들이 나를 그런 식으로 사람들 앞에 내세우려 할까. 이슬람 사회에서 딸 가진 집안으로서는 최고의 치욕이자 불명예나 다름없는 그 일을……. 더욱이 당사자는 여자, 아니 인간으로서 생명이 끝나는 거나 마찬가지다. 최악의 경우 명예 살인으로까지 이어질 수 있는 일이다. 어떤 부모가 자기 딸을 이런 식으로 사람들 앞에 내세우려 하겠는가.

하만의 이중성이야 이미 알고 있다. 끔찍한 일련의 사건 이후 그가 나의 자리를 분명하게 정리하려던 것에서부터……. 아이샤, 넌 이제 자유야. 법적으로도 우리가 얽힌 게 없으니 그나마 다행이라고 해야겠지. 이젠 각자 자신의 길을 가면 되는 거야. 그 말을 들었을 때 나 역시 내심 다행으로 여겼다. 애당초 나는 그의 둘째 부인이 될 생각이 없었고 그는 순결을 잃은 여자를 아내로 맞아들일 생각 따윈 당연히 없는 무슬림 남자였으니 말이다. 내 문제는 둘째 치더라도 딸의 사건을 끔찍하게 겪고도 하만이 결국 여느 무슬림 남자들과 다름없는 태도를 보이는 것에 나는 실망을 넘어 배신감까지 들었다.

해방의 기쁨은 순간에 지나지 않았다. 어디로 갈 것인지 떠올리면서 나는 바로 좌절했다. 온 나라가 내전의 소용돌이인 데다 내 가족들과도 연락이 끊긴 내가 무엇을 택할 수 있었겠는가. 좌절 끝에 분노가 일었다. 내가 할 수 있는 게 아무것도 없다는 스스로의 무능에 대한 분노. 받아만 준다면 군대를 택하고 싶었다. 정부군이든 반군이든 어디든 들어가 치열하게 싸우다 깨끗이 전사하고 싶은 심정이었다.

아이샤, 우리와 함께 가려면 말이야. 다행히도 하만은 새로운 제안을 해왔다. 우리에겐 버샤 문제를 마무리할 시간도 여력도 없다는 현실을 그도 깨닫고 난 뒤였다. 그가 내게 펼쳐 보인 건 버샤의 여권이었다. 웃는 모습이 나와 너무도 닮았다는 버샤……. 사진 속 버샤는 지상이 아닌 곳에서 행복해 보였다. 받아든 여권처럼 그 아이는 수호천사가 되어 내 속으로 들어왔다. 버샤를 떠나보내지 않아도 된다는 사실에 나는 얼마나 안도했던가. 아니, 버샤가 나를 품어 주어서 얼마나 다행이었던가.

버샤의 여권으로 국경을 넘던 그날부터 지금까지 나는 아델과 하만의 맏딸 버샤였으니 우리는 남들이 보기에 번듯한 가족이었다. 이 비정상적인 상황만 끝나면 나는 이 위장 가족을 벗어나 나 자신으로 돌아갈 것이다. 버샤는 버샤의 자리로, 나는 원래의 내 자리를 찾아가면서 모두가 해방되는 날을 기다려 왔다. 이곳에 오고 처음으로 '그날'에 대한 희망의 기운이 느껴지던 날도 있었다.

버샤? 가족 아닌 낯선 이의 호명을 듣던 순간, 나는 반사적으로 얼굴을 돌렸다. 우리를 알아보는 사람들이 늘면서 과민 반응이 생긴 것이다. 베일 사이로 나를 호명한 사람이 언뜻 비쳤다. J였다. 화장실 사건에서 내게 친절을 베풀었던, 그리고 그 뒤로 또 한 번 나와 맞닥뜨리면서 자신의 이름까지 알려 주었던 J였다. 언제나처럼 작업용 유니폼에 명찰을 목에 걸고 손에는 작은 연장 통을 들고 있었다. 그는 베일로 가려진 내 앞에서 자신이 실수한 건 아닐까, 당혹스러워하는 표정이었다. 망설이던 나는 그가 돌아서기 전, 베일을 내렸다. 당혹해하던 그의 얼굴이 안도와 반가움으로 환하게 펴졌다. 그 미소에 내 마음의 벽도 허물어졌다.

베일 두른 여성이 아무리 많아도 난 눈만 보면 버샤를 찾아낼 수 있어요. J가 자신감 어린 목소리로 말했다. 그 말을 증명해 보였으니 의심의 여지도 없었다. 더욱이 그곳은 아랍 탑승객이 많은 게이트여서 나처럼 베일 두른 여성이 여럿이었다. 그때부터였다. J가 신이 보낸 선물인 나의 '손님'으로 자리 잡은 건……. 아니, 그다음, 그가 떠나기 전 들려준 얘기 때문인지도 모른다. 그가 내게 선물처럼 들려주었던 이야기……. 재밌는 얘기 하나 해 줄까요? 자신의 눈썰미를 입증한 뒤라 그의 목소리에도 생기가 돌았다.

어느 신부님이 설교 때 신도들에게 물었대요. '여러분 가운데 지옥에 가고 싶은 사람 손들어 보세요.' 예상대로 아무도 손을 안 들었어요. 그러자 신부님은 다음 질문을 했대요. '천국에 가고 싶은 사람 손들어 보세요.' 그러자 약속이라도 한 듯 다들 손을 번쩍 치켜들었대요. 신부님은 미소를 지으며 마지막 질문을 했대요. '그럼, 지금 천국에 가고 싶은 사람, 손들어 보세요.' 신도들 반응이 어땠겠어요? 대답 대신 미소를 머금은 나를 바라보던 그는 뭔가 깜박했다는 듯 휴대폰을 들여다보더니 내 대답도 듣지 않은 채 서둘러 가 버렸다. 답이야 누구나 알 수 있는 질문이었다. 신부님이 그 질문으로 무엇을 말하려는지도…….

　신의 아들인 사제도 신앙심 두터운 신자들도 결국 '천국'보다는 '여기'가 낫다는 사실을 인정했다는 얘기 아닌가. 나는 그 자리에 한동안 멈춰 서 있었다. 그 신부의 메시지를 전하기 위해 열심히 달려온 메신저의 뒷모습이 완전히 사라질 때까지…….

　그날 이후였던 게 분명하다. 내가 '불행의 아이콘 버샤'로 더는 인터뷰에 응하고 싶지 않게 된 건…….

*

　인터뷰 거절이 있고 며칠 내내 집안 분위기는 냉랭함 그 자체였다. 아델과 나는 요즘 서로 시선도 마주치지 않는다. 오전에 내 역할만 끝나면 나는 서둘러 숙소를 나온다. 각자 마음의 평화를 위해서는 그게 최선의 방법이다. 보이지 않는 건 존재하지 않는 거나 마찬가지니까. 눈엣가시는 가능하면 눈에 띄지 않는 게 상책이다.

　짙은 향기에 고개를 들어 보니 어느새 화장품 면세점 앞이다.

　"익스큐즈 미!"

　느닷없는 외침과 함께 향수에 푹 절여진 마네킹 같은, 목이 긴 여자가 내 앞을 빠르게 지나친다. 그녀의 큼직한 캐리어 위에 얹힌 면세점 화장품 쇼핑백이 내 눈길을 끈다. 아델이 즐겨 쓰던 화장품 브랜드 로고가 찍힌 쇼핑백이다. 샹젤리제 시절의 아델이 늘 부러워하며 바라보았다던, 그녀가 일하는 가게 건너편에 위치한 화장품 숍의 대표 명품 브랜드였다. 갈고리 모양의 자석 두 개가 등 쪽으로 겹쳐 단단하게 고정돼 있는 모양의 로고는 내겐 등이 맞붙은 두 사람이 서로에게서 벗어나려 발버둥 치는 모습을 연상시킨다. 결혼 후 아델은 그 브랜드 화장품만 고집했다. 명품은 때론 그것에 좌절했던 사람의 트라우마를 위한 명약이 되기도 하는 모양이다.

이곳에 오고 한동안 아델이 화장품이나 명품 브랜드 매장을 서성이는 모습을 본 적 있다. 행복했던 지난 기억에 젖거나 앞날의 장밋빛 희망을 떠올리는 거라고 생각했던 내 생각은 어쩌면 선입견인지도 모른다. 결혼이 내 팔자를 이쪽으로 완전히 돌려놓은 줄 알았는데, 그거야말로 착각이었어. 내가 그들의 집으로 옮겨 온 지 얼마 되지 않았을 때부터 아델은 나에게 넋두리인지 조언인지 구분이 안 가는 말을 곧잘 늘어놓았다. 내가 널 반길 입장은 아니지만 그렇다고 너의 딱한 처지를 이해 못 할 정도도 아니란다. 나도 유럽에서 살아 봐서 일부다처제란 것이 돼먹지 않은 전통이란 걸 왜 모르겠니. 하지만 어쩌겠어, 여기가 파리도 아니고 아메리카도 아니니. 어쨌든 결혼 전까지는 조신하게 처신 잘해라. 무슬림 가정의 첫째 부인이 미래의 둘째 부인에게 충분히 할 수 있는 말이었지만 당시의 내게는 낙타 귀에 쿠란 읽기나 다름없었다. 묵묵히 듣고 있었지만 속으로는 이렇게 되뇌었다. 걱정 마요, 아델, 당신 자리는 전혀 탐나지도 않고 넘볼 생각도 없으니까요. 학교만 졸업하면 난 바로 이 집에서 도망쳐 버릴 거라고요. 그 뒤로 당신 가족끼리 행복하게 잘 살아요. 눈썰미 없는 아델이 내 속내를 알아채지는 못했겠지만 어쨌든 그녀는 내가 그 집에서 살게 된 나를 질투도 경계도 하지 않았다. 그녀는 내가 맏딸 버샤와 친구나 자매처럼 지내는 걸 내심 반기며 나를 아이들 숙제 도우미 정도로 여겼다. 버샤와 내가 의기투합해 탈출까지 꿈꾸고 있다는 사실은 까맣게 모른 채······.

어느새 출국장 끝이다. 우리가 몸담고 있는 세상의 마지막 지점에 이른 것이다. 어릴 적 화려한 미로 같던 통로를 지나 이르던 황금 지붕의 모스크처럼 이곳도 내겐 해방구나 다름없다. 유리 벽 너머로 보이는 바깥세상이라야 드넓은 활주로가 펼쳐진 공항 마당이 전부지만······.

먹구름이 잔뜩 드리운 날이다. 활주로에서 하늘 저 멀리까지 잿빛 일색이다. 주기장의 비행기들이 그나마 무채색 풍경에 생기를 더하고 있다. 델타, 아랍 에미리트, 캐세이 퍼시픽, 아시아나, 루프트한자, 카타르, 타이, 싱가포르 등등 컬러와 문양이 각기 다른 항공사 비행기들이 모여 있는 주기장은 햇빛 눈부신 날에는 꽃밭을 연상시키곤 했다. 그 비행기들이 오가는 항로와 착륙지를 떠올려 보는 일이 이곳에서 내가 잘하는 놀이지만 오늘은 그마저 내키지 않는다. 잿빛 하늘만 멀거니 바라보고 섰다. 죽으면 다들 땅에 묻히는데 왜 사람들은 죽으면 하늘나라로 간다고 생각했을까. 지긋지긋한 이 땅의 기억에서 홀홀 벗어나고 싶어서였을까.

J가 들려준 신부님 얘기가 떠오른다. 그 신부님의 마지막 질문이 내게도 던져진다면······. 나 역시 그 신도들 대답과 다를 게 없다. 지옥 아닌 천국을 원한다 한들, 지금 당장 그곳으로 갈 생각은 없다. 천국을 믿지 못해서가 아니라 여전히 나는 '지금 여기'에 미련이 남아 있는 것 같다. 먹구름이 잔뜩 드리운 세상일지언정······.

하늘이 내 생각을 눈치채기라도 했나, 싫도록 먹구름이 이내 비로 변한다. 굵어지는 빗줄기에 작업자들 움직임도 빨라진다. 한쪽에서는 이미 노란색 비옷으로 갈아입은 작업자들이 비닐이 씌워진 화물을 카트에 싣고 하나둘 나타난다. 비옷의 노란색이 가라앉은 공항 마당에 활기를 불어넣고 있다. 건조한 내 나라에서 비는 하늘이 내린 최고의 선물이다. 어느 비 내리던 휴일 오후가 생각난다. 다른 식구들이 모두 외출하고 버샤와 둘만 남았던 그날은 그 집에서 행복했던 몇 안 되는 기억 중 하나다.

메마른 공기 속으로 번져가던 비 냄새, 대추야자 나무 이파리 위로 떨어지던 빗방울 소리가 창을 넘어오고 집 안은 피아노 선율과 사프란 차의 향기로 그득했다. 들어 봐, 아이샤. 이 곡이 빗소리를 닮았는지. 피아노 앞에 앉은 버샤는 그렇게 말하고는 쇼팽의 「빗방울 전주곡」을 연주했다. 가슴을 벅차오르게 하는 곡이었다. 빗방울 소리가 아니라 폭풍 전야 같은 느낌인걸. 나는 내 느낌을 솔직히 말했다. 나도 그렇게 생각해. 사막에는 이런 비가 내려 줘야 할 거야. 버샤의 말에 나도 고개를 끄덕였다. 창밖에 비는 내리고 버샤는 계속 피아노를 쳤다. 피아노 소리와 빗소리를 번갈아 들으며 나는 소파에 누워 시집을 읽었다. 피아노 연주가 끝나자 이번에는 내가 답례할 차례였다. 들어 봐, 버샤. 시 한 편 읊어 줄게. 빗소리를 배경으로 나는 시를 읊었다. 13세기 페르시아 시인 루미의 「나는 있습니다. 그리고 없습니다.」라는 시였다.

아직 내리지 않은
비에 흠뻑 젖었습니다.

아직 짓지 않은
감옥에 갇혀 있습니다.

아직 마시지 않은
당신 술에 벌써 취하였습니다.

아직 일어나지 않은
전쟁에 상처 입고 죽었습니다.

상상과 현실의
차이를 나는 더 이상 모릅니다.

그림자처럼, 나는
있습니다.
그리고 없습니다.

그날의 청중은 늘 내 곁에 머물렀다. 서로의 그림자처럼 우리는
그곳에 있었다. 그리고 없었다. 이제 우리는 지금 이곳에 있다. 아
니, 없다. 있다. 없습니다. 있습니다. 없습니다. 있다. 없다. 있습니
다…….
어느새 비가 그쳐 있다.
"버샤?"

느닷없는 호명에 놀라 고개를 돌린다.

짙은 먹구름 사이로 해가 얼굴을 내밀 듯 J가 서 있다. 얼떨떨해하며 나는 그를 바라본다.

"와, 오늘은 천운이 깃든 날이네요. 비 때문에 실내 작업부터 먼저 하려고 왔더니."

J는 믿기지 않는다는 듯 감탄을 쏟아 놓는다. 그의 작업복 어깨가 비에 살짝 젖어 있다. 늘 이곳 출국장에서 맞닥뜨려서인지 나는 그가 이 실내에서만 일하는 줄 알고 있었다.

"저, 이거."

그가 작업복 앞가슴 주머니에서 조심스레 뭔가를 꺼낸다.

앙증맞은 유리병에 담긴, 향수 같다.

나는 손부터 내젓는다. 벌써 두 번째, 아니 세 번째 선물이다. 처음의 손수건까지 하면……. 지난번에는 대화할 때 쓰라고 작은 핑크빛 수첩을 내게 주었다.

"샘플이에요. 친구의 여자 친구가 면세점에서 일하거든요. 얻은 거예요."

내가 부담 갖지 않도록 설명까지 덧붙이며 조심스레 내민다. 결국 나는 향수를 받아 든다. 뚜껑을 연 다음 코끝에 대고 향을 맡는다. 익숙한 장미 향이나 사프란 향이 아니라 재스민 향이다.

매혹적인 향기네요. 고마워요.

하지만 다음엔 이런 사치성 선물은 절대 사절!

나는 지난번 그가 준 수첩에 이렇게 내 생각을 밝힌다.

"아니, 이건 샘플 향수예요. 산 게 아니니 사치스럽다고 할 수도 없어요……. 어쨌든 향수는 이걸로 끝."

J는 선선히 내 생각을 접수한다.

나는 핑크빛 수첩을 흔들어 보이며 '선물은 이걸로 충분해요.'라는 뜻을 표한다. 이곳 직원들도 드나들 때마다 검색대를 통과하기 때문에 물건 반입이 자유롭지 않다는 걸 내가 잘 알고 있어서다. 그러니 작은 선물도 부담일 수밖에 없다. 그뿐인가. 받은 만큼 보답하는 게 우리식 선물 예법인데 그걸 지키지 못하는 것도 불편하다.

처음 이 수첩 선물을 받고 내가 너무 눈치 없이 즐거워했나 봐요.

"선물 받고 기뻐하는 걸로 보답은 충분해요. 그 이상은 정서적 사치예요."

내 말을 빗대어 받아친 J가 휴대폰을 흘끗 들여다본다. 늘 시간에 쫓기는 그의 습관적 행동이다. J는 내게 수첩을 잠깐만 빌려 달라고 하더니 뭔가를 적어 내게 다시 돌려준다.

일시: ○○일 ○○시 96번 게이트
장소: 벵갈 고무나무 화분 앞

다음에 만날 장소와 시간을 약속하는 것이다. 늘 시간에 쫓기는 그가 편하게 나를 만나기 위해 고안해 낸 방법 같다. 일종의 데이트 신청 같은 메모를 한동안 들여다보고 있던 나는 고개를 끄덕여 보인다. J는 나의 확답에 얼굴이 환해지더니 바로 자리에서 일어나 연장 통을 챙겨 들고 사라진다. 그의 등장과 퇴장은 늘 이런 식이다. 느닷없이 나타나 안부 인사를 건네고는 오 분 남짓 머물다 갑자기 사라져 버리는 것이 영락없는 신데렐라다. 아니, 진데렐라……. 내 별명이 원래 진데렐라예요. 지난번 그는 자신의 이름이 '진우'여서 한때 별명이 '진데렐라'였다며 신데렐라의 첫 글자 'C'를 'J'로 바꾸어 썼다.

J뿐 아니라 내가 아는 이 나라 사람들 성향이 거의 비슷하다. 부지런함을 넘어 정신없을 정도로 분주하다. 미스터 권도 그랬고 변호사 김도, 혜란 아줌마도 마찬가지다. 늘 바쁘고 시간에 쫓기듯 움직인다. 이곳 일 자체가 그런 것도 있고요, 원래 우리나라 사람들, 성격 급하기로 소문난 민족이에요. 그러지 않았으면 벌써 이 지구상에서 사라졌을지도 몰라요. 워낙 땅덩어리가 작고 물려받은 자원이 없어서……. J의 설명이었다.

그의 선물을 다시 꺼내 향을 맡아본다. 장미 향처럼 이 재스민 향에도 가시가 있는 듯 날카로운 느낌의 향기다. 재스민 혁명이라고 들어봤어? 그녀가 물었다. 차나 향수가 아닌, 그런 매혹적인 꽃 이름의 혁명에 관해 우리가 들어 봤을 리 없다. 그것이 아랍의 봄을 불러왔다는 사실도, 아랍의 봄이 갖는 역사적인 의미도 그녀를 통해 처음으로 알게 되었다.

그래서 아랍의 봄이 가져다준 게 결국 뭐라던, 너의 그 잘난 영어 선생은……? 아버지는 진지하고 호기심 어린 딸의 질문에 냉소적으로 되물었다. 한때는 그도 신분에 어울리지 않게 혁명의 대열에 있었노라고 우리에게 당당하게 말했으면서도 말이다. 성공하지 못한 혁명은 피와 혼란밖에 가져오지 못했어. 아랍의 봄으로 제대로 봄을 맞은 나라가 몇이나 된다고 그래. 혼란과 독재만 더 심해졌을 뿐이지. 성공한 나라……? 서양 놈들 지배에 오랫동안 단련되었던 식민지 나라나 겨우 성공했지. 이미 그들은 제국주의를 겪으면서 자유를 누리고 다루고 하는 것에도 웬만큼 학습이 되어 있었으니까. 아버지는 시종일관 냉소적이었다. 당신의 바뀐 생각은 시대의 흐름에 따른 자연스런 변화라고 했다. 낡긴 해도 왕정을 유지한 나라는 적어도 혼란은 없었어. 놀랍고도 웃기는 일이지만, 무엇보다 물질적으로도 안정되었단 말이다. 신이 그들에게 어마어마한 선물을 안겼거든. 검은 피처럼 콸콸 솟구치는 화석 연료, 석유 말이다. 너라면 붉은 피와 검은 피 중 어떤 걸 택하겠느냐?

이제는 나도 그때의 아버지 못지않다. 아니, 한술 더 뜬다. 재스민 혁명보다 지금 내겐 재스민 향수가 먼저다. 혁명이야 기억에 불과하지만 향수는 지금 내 곁의 생생한 현실 아닌가. 그럼에도 선물에 걸맞은 답례처럼 어쭙잖은 질문을 해 버렸다.

혹시, 재스민 혁명이라고 들어 본 적 있어요?

그녀가 우리에게 했던 질문을 흉내 내듯 나도 J에게 물은 것이다.

그런 향수도 있나요?

J의 반문에 실소가 났다. 이상하게 그 한마디가 마법의 주문처럼 나를 자유롭게 했다. 재스민 혁명을 나는 재스민 향수로 대체하기로 했다. 혁명은 이제 낙타의 등에 실어 저 머나먼 고향 사막으로

돌려보내 그곳에 머물게 하기로⋯⋯. 나 역시 백일몽에서 깨어나 앞으로는 손에 잡히는 것, 피부에 와닿는 것에 집중하기로 한다.

길게 늘어뜨린 베일 가장자리에 향수를 뿌린다. 베일을 허공에 대고 천천히 흔든다. 향기 입자가 미세한 올에 은은하게 배어들고 일부는 허공에 번져 간다. 이 향기처럼 나도 훌훌 자유롭고 싶다.

23

"그러니까, 네가 하려는 연애가 아랍 현대사와 맥이 닿아 있는 세기의 사랑, 그런 거란 말이냐?"

종현이 빈정거리듯 되물었지만 진우는 듣기에 나쁘지 않았다.

"난 그저 그 사람들에 대한 이해를 돕자는 의미지. 시사에 밝은 너도 그 재스민 혁명에 관해서는 잘 모르잖아."

"모르긴 왜 몰라. 한때 뉴스에 얼마나 많이 나왔는데. 특히나 선거 때, SNS의 중요성을 일깨우면서 숱하게 우려먹은 메뉴야."

종현이 의외로 그에 관해 자세히 알고 있어 진우는 한발 물러섰다. 어릴 적부터 책을 많이 읽어 그런지 녀석은 시사 상식이나 역사에도 밝았다. 가방끈 짧은 사람 취급하다가는 된통 당하기 십상이었다.

"그나저나 얼굴이 그게 뭐냐. 술로 밤 꼴딱 새고 온 사람처럼."

종현이 진우의 초췌한 얼굴을 보며 말했다.

그의 지적대로였다. 진우는 전날 밤을 거의 새우다시피 했던 것이다. 재스민 향수, 아니 재스민 혁명 때문이었다. 인터넷 강의가 끝나고 잠들 준비를 하던 중 지난번 버샤와의 대화가 갑자기 떠올랐다. 구글 검색창에 '재스민 혁명'을 치면서 아랍 역사에 완전히 빠져들었던 것이다. '신의 선물'이란 뜻을 가진 튀니지의 국화 재스민에서 따온 명칭이라는 설명이 맨 앞에 나와 있었다. 그 뒤로 '아랍의 봄'과 '천만 송이 재스민 꽃'이란 제목이 붙은 관련 기사가 줄줄이 검색되었다. 진우가 태어나기도 전에 있었던 우리의 '서울의 봄'과 달리 이 재스민 혁명은 진우가 중학생 무렵 일어난, 그리 멀지 않은 아랍의 과거사였다. 아니, 과거가 아니라 현재 진행형이었다. 아프리카의 한 작은 나라 튀니지에서 시작해 아랍권 전체로 번져 간 민주화 운동에 강대국들 이해관계까지 얽혀 있는 복잡한 현대사…….

혹시 재스민 혁명, 알아요?

향수를 건네받은 버샤에게서 그런 질문이 나왔을 때, 진우는 '혁명'이란 단어도 알고 '재스민'이란 단어도 익숙했지만 두 단어의 결합은 낯설었다. 그것도 향수 이름인가요? 진우의 반문에 버샤는 미소를 머금은 채 고개를 끄덕여 보였다. 그녀의 재치로 자연스레 넘어갔지만, 역시 향수 이름은 아니었다. 무지가 탄로 나 창피했다. 한 청년의 죽음을 둘러싸고 그동안 독재 정권에서 억눌려 살았던 튀니지 사람들이 인터넷과 SNS를 통해 사건의 진상을 전 세계에 알리면서 혁명의 불길이 번져가던 그 사건을 재스민 혁명이라고 이름 붙인 것이다.

"그러니까 '천만 송이 재스민'에 나오는 그 꽃이 향기를 내뿜는 그런 예쁜 꽃이 아니라 그 나라 국민들 손에 들린 휴대폰을 뜻하는 거잖아. 그거야말로 포노 사피엔스의 시작을 알리는 역사적 사건이지."

종현이 나름의 해석까지 덧붙였다.

진우는 잠을 설치면서 얻어낸 정보를 보란 듯 펼쳐 놓으려 했는데 종현도 이미 알고 있는 얘기라 맥이 빠졌다. 하지만 혁명의 도화선이 되었던 청년 열사의 신상 이야기는 종현도 자세히 알지 못했다. 진우는 그 청년 얘기를 자세히 들려주었다. 일자리를 구하지 못해 과일 노점상을 하던 대학 출신 청년 노동자가 부패한 경찰에 항거하여 자신의 몸을 불사른 일이 혁명의 직접적 계기였다는 얘기를……

"그러니까 그 청년은 '튀니지의 전태일'이었네. 그리고 그 재스민 혁명이 결국 지금의 버샤와 그 가족 일로 나비 효과처럼 번진 것이고, 그 나비 효과가 정진우와 그의 절친인 나한테까지 지금 전해지고 있고……"

"역시 이종현다운 이해력이다."

"어쨌든 그건 아랍이나 아프리카 이야기고 우리 사회에서는 사실 구닥다리 얘기 아니냐. 난 이제 그놈의 혁명은 체 게바라 얼굴이 프린트된 면티에서 제발 좀 끝났으면 좋겠어."

"크, 정규직다운 멘트."

반사적으로 받아쳤지만 비정규직이라는 피해 의식이 있는 것처럼 비칠까 싶어 진우는 뒤끝이 찜찜했다.

"사실 그쪽 세계랑 우리랑은 그닥 연관도 없잖아. 너의 아랍 여친과의 인연만 빼면."

종현이 지적했다.

"무슨 소리? 그쪽이 예나 지금이나 우리와 얼마나 많이 얽혀 있는데. 우리 집안 어르신 한 분도 중동 가서 돈 벌어 와 건물주 되셨지, 석유는 지금도 거기서 죄다 수입해 오고 있잖아. 이 공항 비행기도 거의 중동산 석유로 뜨고 있을걸."

진우가 반론을 폈다.

"그보다 너는 그 혁명의 불씨가 된 분신한 대학생에게 감정 이입된 거잖아."

"대학생 아니고 대학 졸업한 과일 노점상 청년이라니까."

"여튼, 고학력 청년 노동자라는 얘기 아냐. 나 같은 고졸 정규직 아닌……."

종현이 자신의 입장에 빗대 말했다.

"아무리 내가 취준생에 임시직이라 해도 그 아프리카의 과일 노점상 청년에 감정이입을 했겠냐. 그 청년을 비하해서가 아니라, 우리와는 상황 자체가 다르잖아. 장기 집권 독재자 치하에서 부정부패가 판치는 데다 인플레에 실업난까지 겹쳐 온 국민이 생활고에 시달리는 나라를 우리랑 어떻게 비교해? 물론 백 퍼센트 다르다고 할 수도 없겠지만……."

진우는 그쯤에서 끝냈다. 얘기를 하다 보니 자신과 종현의 입장이 섞여 들어 자칫 개인적 감정으로 흘러갈 수도 있을 것 같았다.

"그나저나 너도 이젠 '진데렐라' 완전히 벗어난 모양이다?"

종현이 먼저 화제를 돌렸다.

"전설 같은 얘긴 꺼내지도 마라. 내가 1터미널로 근무지 바꿔 달라고 할 때 이미 졸업했어. 요즘은 하룻밤 새는 것도 아무 문제없어."

진우가 호기롭게 말했다. 고3 수험생 시절에도 고쳐지지 않던 유별난 체질이 감쪽같이 사라져 버린 건 스스로 생각해도 놀라웠다.

"여튼 우리 일은 낮과 밤이 수시로 바뀌니, 바이오리듬 조절 잘해야 한다는 거 알지?"

"또 그놈의 큰 형님 모드."

진우가 부루퉁하게 받았다.

"네가 지금 처한 상황이 워낙 복잡하잖아. 비정규직에 취준생, 거기다 연애 문제까지. 그뿐이냐? 연애 대상이 보통 사람도 아니고……."

"중동 현대사 공부도 시사 상식과 관련 있어. 게다가 영어 공부까지 필요한 상황이라 여러모로 생산적이니 걱정 마."

"그래 '생산적 연애' 잘해 봐라. 아, 그리고 다음 주 일정표 톡에 올려놨으니 확인해 봐."

종현이 그제야 용건을 꺼냈다.

"작업 일정이 바뀌었어?"

"그러니 확인해 보라는 거지."

짧게 받아친 종현은 회의가 있다면서 자리를 떴다.

진우는 바로 단톡방으로 들어가 다음 주 시간표와 작업 일정을 들여다보았다. 출국장 내 작업 동선과 시간을 그려 보니 머릿속이

하얘졌다.

*

무빙워크가 원래 이렇게 느렸던가? 앞을 향해 나가는 게 아니라 쳇바퀴 도는 느낌이다. 앞에서 버티고 있는 사람들이 겹겹의 벽돌 담 같다. 사람들을 마구 헤치고 나가고 싶지만 다들 옆에 짐 가방을 호위무사처럼 거느리고 있어 비집고 들 틈조차 없다. 아델이 갑자기 아이들 숙제 검사를 맡기는 바람에 차질이 생겼다. 아이들 교육 문제가 늘 걱정인 하만은 이곳에서도 틈틈이 아이들을 가르친다. 하만은 쿠란과 산수, 아델은 아랍어를 맡고 있다. 실어증만 아니면 내가 그 모든 걸 도맡았겠지만 숙제 체크만 내 몫이 되었다. 도둑이 제 발 저린 격이라고 할까. J와의 약속을 들키지 않으려 일부러 아델의 부탁을 즉석에서 해결하러 나섰던 게 실수였다. 문제집 풀이 숙제가 평소보다 두 배로 많았던 것이다.

얼마나 손꼽아 이날을 기다려 왔던가. 난민 캠프에서 미스터 권의 주말 성경 교실을 기다릴 때처럼……. 그때도 식구들 몰래 조바심 내며 그 수업에 나갔다. 기독교에 대한 관심도 있었지만 그보다는 미스터 권을 가까이서 보기 위한 이유가 더 컸다. 다른 종교에 관심을 갖는다는 사실에 죄의식은 없었다. 수니파니 시아파니 종파만 달라도 총부리 겨누길 서슴지 않는 극단주의자들이야 내 행동을 저주하겠지만 그런 꼴통들은 내 관심 밖이다. 내 아버지도 다른 종교에 관심이 많았다. 우리 집 서재에는 종교나 문화 관련 책도 많았다. 뿌리로 따지면 기독교와 유대교, 이슬람교 모두 한 조상에서 나온 형제 종교 아닌가. 내가 책에서 본 기독교와 선교사 미스터 권의 존재는 겹치기도 하고 다르기도 했다. 미스터 권의 성경 수업은 나의 열정이 움트는, 아니 들끓는 시간이었다. 나만 그랬던 것도 아니다. 난민촌 사춘기 소녀들에게 젊은 선교사 미스터 권은 위문공연 온 아이돌 같은 존재였지만 다들 그 순간의 백일몽에 기꺼이 빠져들었다. 이곳에서의 지난 한 주 역시 그때처럼 흥분과 설렘으로 들끓는 시간이었다. 그 열기를 가라앉히기 위해 신이 이렇게 찬물을 끼얹는 모양이다.

약속 시간이 이미 지났다. J는 가 버렸을 것이다. 늘 예기치 않게 나타났다가 오 분 남짓 머물다 서둘러 사라지곤 했으니까. 이 속도라면 약속 시간보다 삼십 분 이상 늦을 게 뻔하다. 가망 없는 일은 일찍 포기하는 게 맞다. 이 공항의 컨베이어 벨트 길이가 모두 얼마나 되는지 알아요? 언젠가 텔민이 새로운 정보를 입수했다는 듯 던진 질문이 생각난다. 오 킬로미터? 아델이 제일 먼저 나섰다. 이 출국장의 무빙워크와 에스컬레이터, 그리고 수하물 시스템인 컨베이어 벨트까지 치면 그 정도 될 것 같았다. 하만은 통 크게 '삼십 킬로미터'라고 답하며 우리 눈에 보이지 않는 곳에 꽤나 복잡하게 돌아가는 수하물 시스템이 있을 거라고 덧붙였다. 하지만 텔민은 모두의 대답을 비웃으며 말했다. 백삼십 킬로미터가 넘는대요. 텔민의 말이 그때는 과장으로 들렸다. 그 길이라면 사막의 카라반들이 하루 열네 시간씩 일주일을 꼬박 가야 하는 거리 아닌가. 이 청사 건물이 아무리 크다 해도 사막의 카라반들이 일주일 밤낮을 꼬박 걸

어간 사막을 떠올려 보면 텔민의 말이 허풍 같았다. 청사 건물 지하에 겹겹의 컨베이어 벨트가 우리 몸의 혈관처럼 흐르고 있대요. 철제 벨트를 혈관에 빗대자 등이 서늘해 오며 실감은 났지만 믿음이 가는 건 아니었다. 하지만 지금 이 순간만큼은 텔민의 말이 실감난다.

"오 마이 갓!"

어떤 여자의 외침에 뒤돌아보니 무빙워크 바깥쪽 복도에서 누군가가 사람들을 헤집고 뛰어가고 있다. 나처럼 마음이 급한 사람인가 보다, 하고 생각하는 순간, 그 뒷모습이 눈에 익다. 금세 사라지는 바람에 제대로 보지는 못했지만 J 같다. 엷은 회색 유니폼에 작업용 박스가 얼핏 보였던 것이다. 그도 일 때문에 늦은 게 아닐까. 어쩌면 만날 수도 있지 않을까. 희망이 다시 꿈틀거리자 아까보다 더 조급해진다. 숨이 막힌다. 하지만 사람들로 빽빽한 무빙워크 위의 나는 컨베이어 벨트에 올라앉은 짐짝과 하나도 다를 게 없다.

드디어 무빙워크에서 내려선다. 96번 게이트를 향해 힘껏 달린다. 88번 게이트를 지나고 90번, 92번, 94번……. 마침내 약속 장소에 도착한다. 하지만 96번 게이트 앞 대기석은 썰렁하다. J가 언급했던 벵갈 고무나무 화분만 빈 대기석 앞에 덩그러니 서 있다. 시간을 확인하니 약속 시간에서 삼십오 분이나 지나 있다. 일말의 기대가 단번에 사라진다. 의자에 털썩 주저앉아 숨부터 돌린다. 승객들이 탑승하고 난 직후인지 좌석은 텅 비어 있고 항공사 직원으로 보이는 유니폼 차림의 남녀가 게이트 주변을 정리 중이다. 게이트 문을 닫은 두 직원이 무전기를 챙겨 들고 게이트를 떠난다. 그들마저

가 버리고 나니 가슴이 더 휑해 온다.

 일주일 내내 기다린 약속이 이토록 허망하게 깨지다니……. J를 영영 못 만날 수도 있다는 불길한 예감마저 든다. 하긴 이런 감정조차 오버다. 냉정하게 따지면 J는 이 출국장에서 이따금 마주치는 이웃 같은 관계 아닌가. 혜란 아줌마나 인형 가게 점원처럼. 어긋나는 약속이야 일상에서 얼마나 흔한 일인가. 벵갈 고무나무는 부심히 나를 내려다보고 있다. 이런 일쯤이야 지겹도록 봐 왔다는 듯.

24

"진우 너, 요즘 왜 그래?"

종현이 진우를 복도 끝 자판기 앞으로 이끌더니 한마디 했다.

진우는 갑자기 심각해지는 종현을 의아한 눈으로 바라보았다.

"교대 시간도 정확히 안 지키고, 그저께 A13 구역 점검은 또 왜 빼먹었어?"

종현이 다그치듯 물었다.

"아, 그거? 사정이 좀 있어서 급히 나오느라."

"무슨 사정? 여기는 천재지변 말고는 어떤 사정도 안 통한다는 거 잘 알잖아."

"알지. 알바생 교육도 삼 개월이나 받게 하는 데잖아. 군 훈련소도 오 주면 충분한데."

진우가 너스레 투로 받았다.

"이용객 십만 명에 비행기 육백 대가 하루에 오가는 곳이야.

24시간 내내 돌아가는 곳인데 한 곳에라도 틈이 생기면 그야말로 도미노라는 거 몰라?"

"야, 너, 과장님 잔소리 완벽하게 익혔구나. 진짜 토씨 하나 안 틀리고."

"지금 농담하는 거 아냐."

종현이 목소리에 날을 세웠다.

"그나저나 어떻게 알았어. A13 구역 빠뜨린 거?"

진우는 목소리를 낮추었다.

"업무 일지 괜히 쓰는 줄 알아? 그리고 업무 일지 체크도 대충 하는 거 아니라고. 여긴 바늘 하나 떨어뜨린 실수도 다 드러나게 돼 있어. 정신 차리고 일하라고."

"정신이야 늘 차리고 있지. 그놈이 한 번씩 무단가출을 해서 그렇지."

진우의 농 섞인 말에도 종현의 표정은 풀리지 않았다.

"과장한테까지 얘기가 올라갔단 말이야."

"헐."

"내가 너의 그 별난 요구 조건 들어주느라 무리수 둔 거 알지. 1청사로 바꿔 주고 근무 시간까지 네가 원하는 대로 다 조정해 준 거."

"물론이지. 나도 지금까지 열심히 했잖아. 실수 한 번 없이."

진우는 목소리를 낮출 수밖에 없었다.

"그야 기본이지. 계약직이 실수하면 바로 교체야. 여기 들어올 사람 줄 서 있다고. 경쟁률 엄청나다는 것도 잘 알잖아."

"알지. 그러니까 정규 채용 시험 보려고 열공 중인 것 아냐."

"너 지금 일하는 거 나중에 채용 면접 때 평가 안 될 거 같아?"

"그거야 잘 알고 있지."

"나도 개인적인 얘기는 가급적 안 하려 했는데, 너 그 여자 문제, 잘 생각해서 판단해라. 쓸데없이 헛물켜지 말고. 외국인 상대 연애가 쉬운 일인 줄 아냐. 더군다나 그런 여자를……."

"짜식, 편견이 의외로 심하네."

진우는 비위가 상한 투로 받았다.

"편견……? 지금 네 처지에 평범한 교제도 버거울 텐데 인종과 국경까지 초월했다는 그 잘난 연애가 가당키나 하냐고?"

"사생활 얘기는 접자."

"그 사생활이 회사 일까지 갉아먹고 있으니 그러는 거 아냐. 하고많은 사람들 중에서 또 하필이면 그런 상대를……."

"그러니까 네 말은, 상대 여자가 무슬림에 난민이다 이거지?"

진우가 언성을 높였다.

"그뿐이냐. 그런 험한 일을 겪은 여자를……."

종현은 뒷말은 얼버무렸다.

"뭐? 야, 이종현, 너, 그 정도밖에 안 돼?"

진우는 말문이 막힌다는 듯 더는 말을 잇지 않았다. 화가 머리끝까지 솟구쳐 그 자리를 박차고 나와 버렸다.

*

손수건 그림이 만든 창밖, 하늘의 비행기를 보고 있다. 마법의 양

탄자와 과학이 절묘하게 어우러져 만들어 낸 환상의 이동 수단. 그 위에 올라 우리는 이 멀고도 낯선 곳으로 날아왔다. 처음으로 하늘을 날던 기분은 지금도 생생하다. 활주로를 달리던 비행기가 허공으로 막 날아오르던 순간, 지긋지긋한 지구와 이별하는 듯한 그 순간의 느낌은 복잡 미묘했다. 내 몸이 허공에 붕 떠 있다는 두려움과 해방의 기쁨 외에 만감이 교차했다. 발아래 펼쳐진 구름은 거대한 콜리플라워처럼 그 윤곽이 너무도 또렷해 손을 대면 그 질감이 또렷이 느껴질 것 같았다. 눈부신 오렌지빛으로 물들어 가는 노을 또한 매혹 그 자체였다. 황홀경에 젖은 나를 한 번씩 일깨운 건 이상 기류였다. 기체가 흔들릴 때마다 공포가 감상을 밀어냈지만 이상 기류도 오래가지는 않았다.

비행기가 무사히 낯선 땅에 착륙하고 공항에 들어서던 순간의 감흥도 잊히지 않는다. 우리를 맞던 이 나라의 첫 공기는 비행기에서 청사 건물로 연결되는 유리 통로에서였다. 기내의 밀폐된 공기를 벗어나 연결 통로로 내려서자 밤공기가 맡아졌다. 비행기 엔진의 기름 냄새가 밴 서늘한 밤공기는 밀폐된 기내 공기보다 신선했다. 유리 벽 통로 너머 바깥도 보였다. 드넓은 활주로가 어둠 속에 불빛을 따라 뻗어 있고 그 활주로를 따라 미끄러지듯 움직이는 비행기도 보였다. 걸음을 옮겨 놓을 때마다 긴장과 기대가 씨줄과 날줄처럼 교차했지만 기대 쪽으로 좀 더 기울었다. 그것도 우리가 입국 심사대 앞에 서기 전까지였지만……

저 창을 내면서 이 집에도 빛이 조금씩 들어오고 있다. 때가 되면 우리를 이곳에서 해방시켜 줄 비행기가 푸른 하늘을 맴돌며 우리를 기다리고 있지 않나. 저 비행기에 몸을 싣고 세상 밖으로 나가는 꿈도 조금씩 가까워질 테지. 우리를 찾는 손님이 하나둘씩 늘고 있는 것도 우리를 희망으로 조금씩 이끌고 있다. 미스터 김과 인터뷰를 위해 찾아오는 사람들, 그리고 J까지……. 그중에서도 나의 첫 손님 J는 내겐 더더욱 각별하다. 지난번 약속의 불발 이후로 의욕이 한풀 꺾였지만 희망을 잃은 건 아니다. 들뜬 마음에 제동이 걸린 건 다행일 수 있다. 좀 더 차분하고 진지하게 관계에 대해 생각해 볼 수 있게 되었으니……. 저 비행기가 예상보다 빨리 손님을 태우고 올지도 모른다.

*

홧김에 퇴근해 버린 진우는 셔틀 열차에 올랐다. 공항에서 바다로 향하는 가장 편한 방법이 이 두 칸짜리 꼬마 열차를 이용하는 것이다. 답답하면 바다를 찾는 일이 어느새 몸에 배었다. 넘실대는 바닷물 대신 거무튀튀한 개펄이 펼쳐져 있을 때도 많았다. 시커멓게 타들어 가는 자신의 속을 들여다보듯 바라보고 있으면 차가운 땅을 뚫고 움트는 봄날의 새싹처럼 신기하게도 의욕이 다시 꿈틀거리곤 했다. 그러다 개펄 위로 물이 조금씩 밀려들면 가슴이 촉촉해지는 게 이중의 힐링 효과를 보는 셈이었다.

책상 정리는커녕 출퇴근용 카드도 찍지 않은 채 퇴근해 버린 건 처음이었다. 종현의 한마디에 폭발해 앞뒤 잴 겨를도 없었다. 윗선에서 한 소리 들은 터라 녀석도 한껏 예민해져 있는 건 이해하고도 남았다. 진우 자신도 딴 데 정신이 팔려 한동안 일에 집중하지 못했던 게 사실이다. 더욱이 지난주는 버샤와 처음으로 약속까지 해둔 상태라 더더욱 정신이 나가 있었다. 업무에 따른 질책이야 받을 수밖에 없지만 사생활에 대한 언급은 참기 어려웠다. 무엇보다 그런 저급한 말이 종현에게서 나올 줄이야. 지금껏 진우가 선배나 형처럼 그를 의지했던 건 남다른 사려 깊음 때문이었다. 하지만 이번 경우는 진우가 지금껏 생각해 왔던 종현이 아니었다.

버샤의 불행에 얽힌 사연은 진우도 한동안 힘들었다. 하지만 그녀는 무엇보다 피해자 아닌가. 위로와 보호는커녕 피해자에게 이차 가해나 다름없는 편견이 가당키나 한가. 이유를 막론하고 피해자는 보호받을 권리가 있다는 건 우리 사회에서도 상식으로 통하는 일 아닌가. 누구보다 똑똑한 친구라고 생각해 왔던 믿음이 와르르 무너져 버린 것이다. 아무리 생각해도 이전의 종현이 아닌 것 같았다. 아니면 진우 자신이 지금껏 종현을 잘못 알고 있었거나…….

열차 안은 한산했다. 평일인 데다 아직 퇴근 시간 전이라 승객은 진우 자신을 포함해 모두 다섯 명이었다. 바닷바람 쐬러 온 듯한 젊은 남녀 커플 둘이 있었다. 이 시간에 데이트하러 나선 걸로 미루어 대학생이거나 취업 준비생으로 보였다. 진우와 대각선 방향에 앉은 캐주얼 차림의 남녀 커플은 몸을 창밖으로 돌린 채 앉아 조용히 바깥 풍경을 감상하고 있었다. 또 다른 한 커플은 열차 맨 앞쪽의 정면 창을 향해 서서 대화를 나누고 있었다. 유치원 동창이라도 되듯 둘은 후드 티 커플 룩 차림이었다. 등에 병아리 그림까지 그려져 있었다.

"그러니까 이 열차가 레일 위가 아니라 허공에서 달리는 거란 말이지?"

병아리 후드 티 남자가 신기해하며 말했다.

"겉에서 보면 레일 위에서 굴러가는 것처럼 보이지만 실제로는 공중에 떠 있는 거래. 같은 극끼리 서로 밀어내는 자석의 원리를 이용한 전자극 방식이거든."

"사람으로 치자면 이성애자 같은 거네. 다른 극끼리 끌어당기니 말이야."

남자가 열차를 사람에 빗댔다.

"사람은 그보다 훨씬 복잡하지. 이성애, 동성애, 무성애, 양성애 등등 얼마나 많아."

자기 부상 열차에서 시작한 대화가 성 소수자 문제로 건너갔다.

열차는 공항을 출발해 업무 단지를 지나 토착민 마을이 있는 해변에 이르게 되어 있었다. 공항과 섬 몇 곳을 연결하는 짧은 노선의, 무인 꼬마 열차였다. 선로 자체가 허공에 높이 떠 있어 열차 안에서 바깥을 내다보면 허공을 나는 기분에다 운 좋게 낙조 시간과 겹치면 '은하철도 999'가 되기도 했다. 진로 문제로 머릿속이 복잡할 때 찾던 바다였는데 언젠가부터 진우의 고민이 바뀌어 있었다.

"어, 저건 뭐야?"

남자가 손으로 창밖 아래쪽을 가리켰다. 바닷물 유입이 차단된 개펄이 넓은 공터처럼 펼쳐져 있고 그 위에 불그레한 이끼 같은 것이 덮여 있었다.

"함초 같은데……."

여자가 고개를 갸웃하며 답했다.

"그럼 저기가 이전엔 바다였다는 거야?"

"응. 바다를 메워서 공항을 건설한 거래."

"천지창조 신화도 아니고, 땅도 없는 데 어떻게 공항 지을 생각을 했을까?"

남자가 반신반의했다.

"우리나라 같은 토건 국가에서 부지 조성 따윈 일도 아니라잖아. 진짜 어려운 게 뭔지 알아?"

"글쎄, 공항 시스템 구축하는 거?"

"그런 IT 기술도 우리가 세계 최고인걸. 진짜 어려운 건 저런 함초나 개펄, 새나 어류 생태를 다루는 환경 영향 평가래."

"기술은 쉬운데 이젠 자연이 어려운 거구나."

주고받는 말로 미루어 그들은 유치원보다는 시민 단체에서 회원으로 인연을 맺은 쪽에 더 가까워 보였다. 대학생이 아니라 공항 직원인 걸까. 어딘가 모르게 묻어나는 여유, 건전한 대화까지 그런 추측을 낳게 했다.

그들 대화를 엿들으며 진우는 어느새 종현과의 일은 잊은 채 버샤를 떠올리고 있었다. 그녀도 이 열차에 올라 있다면 병아리 커플룩의 저 남자 방문객처럼 연신 감탄하며 고개를 끄덕일 터였다. 그러다 한 번씩 까칠한 질문을 해 대겠지. 인터뷰 기사를 읽으며 진우는 다른 가족들과는 결이 다른 그녀의 성격을 짐작할 수 있었다. 신은 무슬림 남성들에게는 지나치게 관대하시죠. 하지만 알고 보면 그건 신의 뜻이 아니라 무슬림 남자들의 자기중심적 해석에 지나

214

지 않아요. 꿈보다 해몽 같은 거죠. 그녀는 이슬람 문화에도 날 선 비판을 서슴지 않는 당찬 성격의 신세대로, 페미니스트 성향도 있어 보였다.

명품 이야기만 하는 것보다 페미니스트가 백배 낫지. 생각이 명품이어야지 소유물이 명품이면 전당포 주인 좋은 일밖에 더 시켜? 보내 준 인터뷰를 읽고 난 종현은 진우의 연애에 힘을 보태려는 듯 말했다. 그런 든든한 후원자였던 녀석이 갑자기 다른 태도를 보이니 진우는 당혹감을 넘어 격분할 수밖에 없었던 것이다.

종착역 한 정거장을 남겨 둔 역에 열차가 멈추었다. 문이 열리면서 외국인 노동자들이 우르르 들어섰다. 인근 작업 현장에서 일을 끝낸 노동자들 같았다. 이십 대부터 오십 대에 이르는 사내들 열댓 명이 열차 칸을 그득 메웠다. 그들은 좌석에는 앉지 않고 출구 주변에 무리를 이루고 그대로 서 있었다. 짙은 갈색 피부와 골격, 빠르게 오가는 말들로 미루어 중앙아시아 노동자들 같았다. 다들 키가 크고 체구가 건장했다. 작업복 차림에 연장을 챙겨 든 그들은 얼핏 보면 반군 같기도 했다. 주위는 이내 우중충한 잿빛으로 둘러싸였고 울리는 고성의 말소리로 한동안 소란스러웠다. 그들이 들어서고부터 열차 안은 보이지 않는 울타리가 쳐진 느낌이었다. 그동안 열차 안이 얼마나 평화로운 분위기였는지 실감 났다. 진우를 비롯해 원래 타고 있던 남녀 커플 승객은 소리도 존재감도 완전히 묻혔다.

마침내 열차가 종착역에 멈춰 서자, 외국인 노동자들이 우르르 내리기 시작했다.

"오빠, 잠깐만."

병아리 커플 룩 여자가 목소리를 낮추며 남자 손을 끌어당겼다.

"한 바퀴 더 돌고 와서 내리자. 순환선이라 상관없잖아."

여자가 외국인 노동자들 쪽을 흘끗 보며 말하자 남자는 선선히 몸을 돌렸다.

시종일관 자리에 앉아 창밖만 내다보던 다른 조용한 커플도 마찬가지였다. 그들도 차가 멈추면서 반사적으로 일어섰지만 병아리 커플 룩을 보더니 도로 자리에 앉았다.

진우도 멈칫했다. 두 커플이 자신을 쳐다보자 뭔가 잘못이라도 저지른 듯 머쓱해하며 혼자 열차 칸 중앙에 어정쩡하게 멈춰 서 있었다. 열차 칸 안과 밖을 번갈아 보며 머뭇거리던 진우는 문이 닫히기 직전 서둘러 내렸다.

25

"거봐, 이런 날이 올 거라고 했잖아."

하만이 모처럼 목소리에 힘을 주며 거처로 들어선다. 출입국 관리소 담당관과 미팅 예약이 되어 있어 아침 일찍 거처를 나섰던 것이다. 하만은 난민 심사 부서에서 불회부 결정을 철회했다는 것, 우리 서류가 심사위로 넘어갔다는 것 등 희소식을 알려 준다.

"그럼 우리도 이제 난민 인정 심사를 받게 되었다는 거네요."

아델도 두 손을 들어 신께 감사부터 표한다.

"그동안 우리 인터뷰가 톡톡히 효과를 발휘했나 봐. 우릴 돕겠다는 시민 단체까지 나오고 있다니……. 사실, 이 모든 게 미스터 김 덕이지."

하만이 자신을 뒤따라 온 변호사 김에게 공을 돌린다. 담당관과의 미팅에 동행했던 미스터 김 역시 하만 못지않게 표정이 밝다.

"그야 여부가 있나요. 김 변호사님이야 늘 우리 가족 생명의 은인이시죠."

아델이 두 손을 모으며 미스터 김에게 깊이 고개를 숙인다.

지금까지 김의 도움이 얼마나 컸는지 우리 모두 잘 알고 있다. 그가 주선해 준 첫 인터뷰 이후로 취재 요청이 계속 이어졌고 우리 사연이 널리 알려지면서 오늘의 결과를 낳은 것이다.

"참, 하만, 지난번 내게 부탁했던 거⋯⋯."

미스터 김이 재킷 호주머니에서 뭔가를 꺼내 하만에게 건넨다.

그걸 건네받은 하만은 '알라후 아크바르'를 외치며 미스터 김을 껴안고는 급기야 눈물까지 글썽인다. 가장으로서의 권위를 지키느라 좀체 감정을 드러내는 법이 없는 그가 눈물을 보이다니⋯⋯. 하만에게 건네진 작은 선물은 휴대폰용 유심 칩이다. 하만이 그토록 바라던 휴대폰을 드디어 쓸 수 있게 된 것이다.

"아델, 내 휴대폰 어딨어?"

하만은 아델과 함께 오랫동안 잠들어 있던 휴대폰과 충전기 등 관련 부속품을 찾느라 분주해진다. 벽을 이루고 있던 여행 가방이 하나둘 빠져나오면서 가벽이 해체되고 이 가방 저 가방 뒤지느라 거처는 이내 어수선해진다.

"버샤, 잠깐만요."

미스터 김이 어수선한 분위기를 피해 나를 복도 한쪽 구석으로 이끈다.

"인터뷰에 응하는 거 힘들죠? 불편하다는 거 잘 알아요. 그래도 기회가 오면 적극 나서야 해요. 이 나라는 SNS로 사람들이 접하는 정보가 빠르고 파급력도 엄청나요. 난민 인정받는 데 그것만큼 힘을 발휘하는 것도 없어요."

김이 진지하게 조언한다. 그동안 인터뷰를 꺼려 온 내 태도를 하만이 김에게 알리고 도움을 청한 모양이다. 처음에는 나와 미스터 김 사이에 오가는 친밀감을 껄끄럽게 여기던 하만도 이제는 그를 확실히 자신의 조력자로 생각하는 모양이다.

"하만 얘기로는, 요즘 버샤가 한국어 공부도 열심이라고."

김이 화제를 돌린다.

그의 칭찬에 나는 속이 뜨끔해진다. 책을 챙겨 들고 일찌감치 거처를 나서는 나를 보며 다들 내가 독서나 공부에 몰두하는 거라고 생각했을 것이다. 하지만 요즘 들어서는 책 읽기도 어학 공부도 뒷전이다. 책을 들어도 엉뚱한 생각만 한다. 인터뷰만 비협조적이었던 게 아니라 매사에 소홀했다. 마음이 딴 데 가 있으니 불성실한 나날의 연속이다.

"오해 말고 들어요, 버샤. 그동안 인터뷰 내용을 보면서 버샤를 더 잘 이해할 수 있어서 하는 말이니."

미스터 김의 목소리가 차분해진다.

"버샤 가족이 난민 인정을 받고 이 나라에 정착한다는 걸 가정하고 하는 말이에요. 이 나라는 이슬람 사회와는 사실 많이 달라요. 버샤처럼 열정이 넘치는 젊은 여성한테는 충분히 기회의 땅이 될 수 있어요. 오랫동안 단일 민족 신화에 젖어 살아 온 나라라 사람들이 외국인을 낯설어하긴 해도 이 나라는 민주적이고 인권 의식도 높아요. 능력 있으면 여자도 남자와 똑같이 인정받으며 일할 수 있는 개방된 사회이기도 하고……."

김의 말은 난민 인정을 받기 위한 노력을 게을리하지 말라는 당부나 다름없다. 그가 말한 이 나라 분위기는 나도 웬만큼 알고 있다. 인터뷰 때 만난 사람들이나 이곳에서 일하는 사람들, 출국장 승객들한테서도 충분히 느낄 수 있다. 어느 누구보다 나는 이 나라에 정착하기를 원한다. J를 만난 뒤로는 더더욱……. 내가 인터뷰를 기피하는 건 일단 진실이 아닌 일에 대해 말하고 싶지 않기 때문이지만, 더 큰 이유는 그것으로 나와 J 사이에 벽이 생길까 봐 두려워서다. 생각 같아서는 인권 변호사인 그에게 모든 걸 털어놓고 조언을 구하고 싶은 심정이나 그저 묵묵히 듣고 있을 수밖에 없다. 가슴 저 깊은 곳에서 올라오는 한숨을 속으로 꾸역꾸역 삼키면서…….

*

하만은 휴대폰을 챙겨 들고 거처 바깥쪽 의자에 자리한다. 아이처럼 들뜨고 긴장된 표정으로 유심 칩을 갈아 끼우고 휴대폰을 점검한다. 맨 처음 미스터 김이 하만에게 이곳에서 가장 필요한 게 뭐냐고 물었을 때, 단번에 나온 대답이 휴대폰을 쓸 수 있게 해 달라는 부탁이었다. 그때 김이 난감해하는 걸 보고 하만도 기대를 접었는데, 오늘 그 꿈이 이루어진 것이다. 하만에게 휴대폰은 알라딘의 요술 램프 같은 것이다. 문제가 생길 때마다 그는 고국의 부모에게 연락했고 그들을 통하면 거의 모든 문제가 해결되었다. 국경을 넘을 때마다 돈과 정보 제공은 물론 인맥까지 연결해 준 그들은 램프 속 지니 같은 해결사였다. 가문의 영향력이 국경을 넘어서까지 발휘된다는 사실에 나도 놀라지 않을 수 없었다. 일찍부터 사람들이 '가문'에 목매는 걸 피부로 실감했다. 하지만 그 대단한 가문도 이슬람 문화권을 벗어나고부터는 아무 소용 없었다. 아프리카 난민 캠프 이후로는 그들과 연락도 잘 닿지 않았다. 휴대폰을 다시 쓸 수 있게 된다 한들 딱히 기대할 게 없을 텐데도 하만은 흥분과 감격으로 들떠 있다.

이곳 도착 후 휴대폰을 쓸 수 없게 되면서부터 하만은 머리 잘린 삼손처럼 무기력증에 한동안 빠져 있었다. 그렇다고 하만이 접속을 포기한 건 아니었다. 그는 처음부터 아랍행 비행기 탑승구 쪽에 머물며 국내 관련 정보를 구하곤 했는데, 말이 잘 통하는 탑승객이 있으면 우리 사정을 설명하고 통화를 부탁하곤 했다. 이 낯선 땅에서도 가문의 명성 또는 무슬림 형제애가 더러 먹혀들어 하만의 부탁이 성공하는 경우도 있었다. 하지만 통화는 매번 불발로 끝났다.

하만은 우리에게 가장으로서의 권위를 곧잘 내세우지만 정작 자신은 부모에 대한 집착과 의존심이 아주 컸다. 부모나 가문의 어르신 앞에서는 언제나 착한 아이처럼 고분고분했다. 그럴 때마다 나는 하만이 집안의 반대를 무릅쓰고 밀어붙였다는 아델과의 결혼 이야기가 의심스러웠지만 그의 부모에게서 흘러나온 얘기로는 분명한 사실이었다. 그땐 정말 내 자식 같지 않았다니까. 당시를 떠올릴 때마다 노마님은 머리를 절레절레했다. 하지만 회색 수염 어르신은 노마님과 생각이 달랐다. 난 그 패기와 고집이 은근 마음에 들더란 말이지. 우리야 진작 승낙하고 싶었지만 집안의 더 높은 어르신들께서 허락을 해야 말이지. 나중에는 우리가 직접 그들을 찾아가 우리 아들 좀 살려 달라고 부탁해야 했지. 그렇게 말하는 노마님 미간에 주름이 잔뜩 잡혔다. 하만의 그 놀라운 고집은 딱 그때 한 번이었어. 회색 수염 어르신은 아쉬운 듯 말하고 껄껄 웃었다. 그러고는 한마디 더 덧붙였다. 청춘 남녀의 연애 감정이란 정말 불가사의야. 그건 알라께서도 두 손 두 발 다 들어 버린 문제라고.

*

"아껴 먹으면 한 달은 버틸 수 있겠다."

아델이 박스 속 식료품을 들여다보며 감탄한다.

미스터 김이 전해 주고 간 선물 박스로 집안은 환호와 경탄의 도가니다. 몇몇 시민 단체에서 보낸 선물이라며 김은 떠나기 전 우리에게 카트에 실어 온 커다란 박스 두 개를 선물로 건넸다. 식료품 박스는 아델이, 다른 생필품 박스는 텔민이 각각 맡았다.

"이야, 자동차다!"

"와, 이건 인형!"

나즈와 세실은 텔민이 개봉한 박스에 들러붙어 선물을 집어 들고 연신 환호한다. 각자 마음에 드는 선물을 찾아 든 두 아이가 아델의 박스로 향하고 나자 박스는 텔민 차례가 된다. 텔민은 마음에 드는 게 없는지 한참이나 뒤적이더니 뭔가를 하나 꺼낸다. 퍼즐 맞추기 놀이다. 그나마 그것이 마음에 드는 모양인지 그것만 갖고는 선심 쓰듯 박스를 내게 넘긴다.

"남은 거 다 가져!"

박스 속 남은 것들을 들여다본다. 노트와 필기구 같은 학용품이랑 비누, 샴푸 같은 생필품이 대부분이다. 아이들한테는 인기가 없어도 나한테는 요긴한 것들이다. 맨 밑바닥에는 검은 가죽 표지의 책 한 권이 깔려 있다. 무슨 책인지 펼쳐 보던 나는 놀라 이내 덮는다. 주위를 살피지만 다행히 다들 자기 선물에 정신이 팔려 있다. 일단 나는 그 책이 남들 눈에 띄지 않도록 따로 감춘다.

"세실은 아빠 식사하러 오시라고 하고, 버샤는 이것들 좀 나눠 담고."

아델의 지시에 따라 나는 식품 포장지를 벗기고 접시에 나눠 담는다. 아델은 빨리 먹어야 할 것과 보관할 것을 구분해 둔다.

"한 달은 거뜬히 먹을 수 있겠지?"

아델이 내게 동의를 구한다.

아무리 아껴 먹는다 한들 여섯 식구의 한 달 치로는 어림없는 양이다. 라마단식으로 먹는다 해도 기껏해야 이 주 분량이나 될까. 손 크고 헤프다고 노마님 잔소리를 곧잘 듣던 아델도 어느새 안쓰러울 정도로 간이 작아졌다. 이제는 바닥에 떨어진 우유 한 방울도 포기 못 할 정도다.

"구호물자니까 앞으로도 계속 보내 주지 않을까."

아델은 기대 섞인 말을 하더니 손에 들고 망설이던 바나나를 두 개 더 꺼내 놓는다. 바나나에 이어 크루아상과 딸기잼, 말린 대추야자까지 나온다.

상이 다 차려졌을 즈음 하만이 들어선다. 휴대폰에만 빠져 있던 그가 들어서자 아델은 남편 눈치부터 살핀다.

"무소식이 희소식이라잖아요, 이 나라 속담으로는."

상황을 짐작한 아델의 위로 담긴 말이다. 복도에서 계속 통화를 시도하던 하만의 노력이 성공하지 못한 걸 알고 있는 것이다.

"구호품치고 꽤 고급스러운걸."

하만이 박스를 들여다보며 한마디 한다.

"이곳 시설만 봐도 짐작이 가지만, 부자 나라가 맞나 봐요."

아델의 대꾸에 하만은 '그럼 내가 생각 없이 이 나라를 택했겠어?'라는 듯 그녀를 흘겨본다.

"그나저나 마지막 통화 때 어머니가 하셨다는 말씀이 영 마음에 걸리네요."

아델은 하만이 피해 가려는 통화 불발을 다시 떠올린다.

마지막 통화에서 노마님이 '앞으로는 모든 걸 신께 의지하라'는 말을 했다고 하만이 언젠가 털어놓은 적이 있었다. 처음에는 그 말이 아들의 신앙심을 북돋우려는 노모의 습관적인 당부로 여겨졌지만 연락이 단절되고부터 단순히 그런 뜻이 아님을 알게 되었다.

"라마단 끝난 뒤의 만찬 분위기 같네."

하만은 차려진 식단으로 관심을 돌리고는 기도부터 올린다.

"버샤, 잘 봤지. 그동안 우리가 기울인 노력의 열매. 이 나라 시민 단체들이 우리 사연을 알고 보내 준 거라고."

기도가 끝나자 아델이 기다렸다는 듯 내게 한마디 한다. 그동안 인터뷰를 기피해 온 나를 지적하는 말이다. 나무란다기보다 회유에 가깝게 들리는 건 여전히 나의 협조를 바라기 때문인 것 같다.

"앞으로는 나도 인터뷰에 끼워 줘, 엄마. 할 말 많으니까."

텔민이 불쑥 끼어든다. 나를 염두에 둔 말인지, 아니면 집안의 장남인 자신이 그동안 상대적으로 소외되었다는 사실에 대한 불만인지 알 수 없다.

"텔민, 네가 나설 일은 아직 없으니 신경 끄고 공부나 열심히 해라. 쓸데없이 나다니지 말고."

하만이 단번에 텔민의 기대를 꺾어 놓는 말에 텔민은 무슨 공부냐고 되묻는 듯 눈을 치켜뜬다.

"영어든 이 나라 말이든 좀 배워 두라고. 말이 통해야 밥이라도 얻어먹을 게 아니냐."

하만이 떼어 낸 바나나 하나를 텔민에게 내밀며 말한다.

"저도 아무 생각 없이 나다니는 거 아녜요."

텔민도 바로 받아치고는 마지못한 듯 바나나를 건네받는다.

아빠한테 돈을 압수당한 뒤부터 텔민은 시위라도 하듯 밖으로만 돌았다. 둘 사이에 냉랭한 기운은 여전하다. 부자간에 말이 오가는 것도 오랜만이다. 가시 돋친 말이라도 오가니 앙금이 조금은 가라앉은 느낌이다.

"아빠 말이 맞아. 나도 이곳 혜란 씨와 말만 통하면 더 친해질 수 있을 텐데 그 여자는 영어만 할 줄 아니, 원⋯⋯."

아델이 아쉬워하며 혀를 찬다.

아델과 혜란 아줌마 사이에는 말이 안 통해도 웬만큼 소통이 되는 것 같았다. 아델은 아줌마와 자신이 동갑이라는 것, 아줌마가 남편을 암으로 잃고 남매를 키우며 살고 있는 과부라는 사실까지 알고 있었다.

"영어야 '예스, 노'만 할 줄 알아도 대충 통하지 뭐."

텔민이 경험에서 깨우친 듯한 말을 한다.

"말 배우는 데는 친구만 한 게 없어. 텔민, 너도 이곳에서 일하는 한국인 친구나 하나 사귀어 둬. 힘들 때 친구가 얼마나 도움이 되는지 아니."

아델이 조언한다.

"엄마도 참, 예전에는 나더러 친구 많다고 잔소리더니."

텔민이 퉁명스럽게 받아친다.

"친구도 머릿수가 중요한 게 아니라 어려울 때 도움이 되는 그런 진정한 친구라야지. 맨날 어울려 놀러만 다니니 그랬지."

"하긴, 수예품이나 향수라도 하나 주고받을 수 있는 그런 친구라야 도움이 되겠지."

텔민이 비꼬듯 말하며 나를 흘끗 일별한다.

'향수'라는 말에 나는 얼어붙는다. 거기다 녀석의 미심쩍은 눈길까지……. 텔민이 뭔가를 알고 있는 게 분명하다. 내가 J와 만나는 걸 우연히 본 건 아닐까? 아니면 한동안 내 동선을 감시하고 있었던 것일까. 어쩌면 텔민이 자신의 비밀을 내게 들킨 날부터 내 약점을 잡으려 애썼을 수도 있다.

그날도 출국장을 거닐다 텔민과 우연히 마주쳤다. 늦은 저녁, 패스트푸드점 앞에서였다. 마주친 순간 뜨악해하긴 서로 마찬가지였다. 텔민의 오른손에는 마시던 콜라가, 다른 손에는 커피가 들려 있었다. 그때 나는 텔민이 하만에게 압수당한 돈이 전부가 아님을 알았다. "마실래?" 하며 텔민은 능청스럽게 자기가 입을 댄 콜라를 내게 내밀었다. 내가 고개를 젓자 텔민은 "커피?" 하며 다른 손에 든 테이크아웃용 새 커피를 들어 보였다. 내게 주려는 것보다는 일종의 과시 같았다. 나는 또 한 번 단호하게 고개를 저었다. 텔민은 마시던 콜라를 마저 들이켜고는 빈 컵을 옆의 휴지통에 툭 내던지고 가 버렸다. 내가 고자질할 사람이 아니란 건 녀석도 알고 있겠지만 그래도 안심이 안 된 모양이다. 조금 전 언급한 '향수'는 자신의 비밀을 지키기 위한 일종의 보험이자 안전 장치일 테지. 그러고 보니 그때 텔민의 다른 손에 있던 커피가 새삼 궁금해진다. 그건 누구를 위한 것이었을까? 우리 식구들 가운데 커피를 마시는 이는 없다. 어쩌면 텔민에게 친구가 생겼을 수도 있다. 나처럼 아무에게도 털어놓지 못하는 그런 친구…….

"이 나라도 프랑스어가 통하면 얼마나 좋을까. 친구도 더 많이 사귈 수 있고, 애들 공부도 가르칠 수 있고……."

아델이 아쉬워하며 말한다.

"또 그놈의 프랑스 타령."

하만이 짜증스레 받아친다. 최종 행선지를 이곳으로 정할 때 아델이 다시 프랑스령을 고집하는 바람에 심하게 다투던 일이 떠오른 모양이다.

"엄마, 나 크루아상 하나 더 먹으면 안 돼?"

세실이 엄마 눈치를 보며 말한다.

여느 때 같으면 어림도 없을 부탁에 아델은 고개를 끄덕이고는 선선히 꺼내 준다. 커다란 선물 박스에 마음의 여유까지 생긴 모양이다. 우유에 적신 시리얼이 전부였던 끼니에 비하면 치즈에 말린 과일까지, 진수성찬이나 다름없는 음식들 앞에서 다들 여유로운 표정이다.

"내가 먹어 본 최고의 크루아상은 파리의 그 몽마르트르 언덕 초입에 있는 유대인 부부 가게의 것이었어."

아델이 크루아상에 얽힌 지난 추억도 같이 꺼낸다. 몽마르트르와 샹젤리제를 좋아하는 세실은 눈을 반짝이지만 텔민은 시큰둥해하고 하만은 미간을 찌푸린다. 그런 반응에 아랑곳없이 아델이 계속 파리 얘기를 이어가자 하만이 자리에서 벌떡 일어난다.

"아니, 벌써 다 먹었어요?"

아델이 하만을 올려다보며 묻는다.

"충분히 먹었어."

하만이 챙겨 든 휴대폰을 들여다보며 심드렁하게 대꾸한다.

실제로 그가 먹은 건 치즈 끼운 크루아상 한 조각이 전부였다.

나는 하만이 서둘러 복도 쪽으로 자리를 옮긴 이유를 알고 있다. 그가 식욕이 없는 이유도……. 그의 손에 들린 휴대폰에 모든 게 담겨 있었다.

26

"이 정도로는 안 되고 이제 좀 더 적극적으로 살 방도를 마련해야 해."

하만은 긴 사막 여행을 앞둔 카라반 수장처럼 비장한 어조로 또한 번 새로운 출발을 다짐한다. 한바탕 폭풍이 휘몰아치고 간 다음이다.

난민 심사에 회부되었다는 희소식과 함께 선물 받은 박스로 화려한 만찬까지 들고 난 그날, 늦은 밤에 또 한 번의 반전이 있었다. 복도에서 하만의 흥분한 목소리가 들리면서였다. 알렙 하무드? 아, 나 하만! 알리 우싸드 하만! 드디어 하만이 고국의 누군가와 전화 연결이 된 것이다. 통화 내용으로 미루어 외가 쪽 사촌 같았다. 철부지를 제외한 온 식구의 관심이 하만의 목소리에 쏠렸다. 흥분했던 그의 목소리는 이내 가라앉은 채 드문드문 짧은 대꾸만 들렸다. 그 대답조차 심각해지는가 싶더니 급기야 하만은 오열을 터뜨렸다. 밤늦은 시간 고요한 출국장 한쪽 구석에서 건장한 남자의 절망적인 울부짖음은 발톱과 이빨을 다 잃은 수사자 같았다.

몇 개월 만에 간신히 연결된 사촌과의 통화로 전해진 집안 소식은 참담함 그 자체였다. 하만의 큰아버지 저택이 폭격당했다는 사실부터 충격이었다. 큰아버지가 처형당하고 얼마 뒤 폭격으로 남은 가족까지 희생당하면서 가문이 완전히 몰락했다는 소식이었다. 다른 친인척들은 뿔뿔이 흩어져 서로 연락도 되지 않으며 하만의 부모님 소식도 끊긴 지 오래라고 사촌이 전했다. 마지막으로 고향에 남았던 사촌인 그도 국경 넘을 준비로 정신없다며 어쩌면 이 통화가 마지막일지도 모른다는 얘기로 끝을 맺었다는 것이다.

하만은 한동안 패닉 상태였다. 집안의 제일 큰 어른인 큰아버지는 하만이 부모 이상으로 의지했던 사람이다. 국경을 넘을 때마다 큰아버지의 도움이 절대적이었다. 호방한 성격에 날카로운 눈매의 그를 나도 몇 번 본 적 있다. 그는 구석기 시대가 어디 돌이 없어 사라진 줄 아느냐며, 잘나가는 이웃 산유국들을 교훈 삼아 아랍 민족이 완전히 새롭게 태어나지 않으면 미래가 없다고 집안의 젊은 남자들을 수시로 일깨웠다. 그의 말 속에 나오는 구석기 시대의 돌은 '석유'라는 화석 연료를 빗댄 것으로, 아랍의 산유국도 이젠 석유만 바라볼 게 아니라 시대에 맞는 경제 수단을 써야 한다는 지적이었다. 그의 말은 장황하고 과장이 심해 미심쩍긴 했으나 인상적이었다. 아랍 역사에 관해서도 그는 내 아버지만큼이나 해박했다. 우마이야 왕조에서 아바스 왕조까지 이슬람 세력이 전 세계를 누비던 시대의 지구 구석구석에 얽힌 이야기를 펼쳐 놓을 때는 『아라비안나이트』를 읽는 것처럼 흥미진진했다. 하지만 모든 이야기의 결론은 아랍 민족주의와 이슬람 우월주의에 뿌리를 둔 가문의 중요성이었다. 귀 기울여 듣다가 용두사미 같은 결론에 번번이 맥이 빠졌던 기억이 난다.

하만의 통화는 우리의 기대를 여지없이 무너뜨렸다. 차라리 모르는 게 나았을 소식이었다. 지옥과 천국을 오갔던 그날 밤은 그 참담한 소식으로 마무리된 것도 아니었다. 모처럼의 만찬이 가져온 과식으로 그날 밤 나즈와 세실과 아델은 밤새 화장실을 들락거렸다. 이런저런 이유로 뒤척이거나 화장실을 들락거리면서 모두가 잠을 설쳤던 블랙 코미디 같은 악몽의 밤이었다.

"준비가 돼 있지 않으면 기회가 와도 못 잡아."

분위기가 잡히고 나자 하만은 제일 먼저 공부의 중요성부터 일깨웠다. 규칙적으로 해 오던 학습도 최근 들어 흐지부지된 상태였다. 쿠란 암송에서 산수와 글쓰기까지 구체적인 학습 계획을 세우고 나자 하만은 아델과 나를 바라보았다.

"미스터 김 조언대로 수예도 좀 더 신경 쓰는 게 좋겠어."

하만이 김의 말을 상기시킨다.

"난 일찍부터 알고 있었다니까요. 이 나라 사람들도 유럽인이랑 취향이 비슷해. 핸드메이드 제품 엄청 좋아하는 거 보면⋯⋯."

아델이 자신의 경험을 내세운다.

"하지만 그것도 변화를 좀 줘야 해."

하만은 아델의 구태의연한 방식을 지적하고는 내게로 시선을 돌린다.

"버샤가 그림에 소질이 있으니 문양과 패턴을 새롭게 고안해 보면 어때?"

학교 시절 인정받은 내 그림 실력을 하만도 잘 알고 있었다.

바느질 아닌 그림이라면 나도 마다할 이유가 없으니 그의 제안에 고개를 끄덕여 보인다.

"앞으로는 버샤가 그려 주는 밑그림을 바탕으로 한번 작업해 봐, 아넬."

"나도 진작에 바라던 일이에요."

아넬도 나를 자신의 일에 끌어들이게 된 걸 반긴다.

"그리고, 지난번 선물을 보내 준 단체들에 감사 편지라도 써야 하지 않을까?"

"아, 그거 좋은 생각이네요, 너무 고마워서 나도 인사 꼭 하고 싶었는데."

아넬이 선뜻 찬성하며 나서자 하만은 다시 나를 쳐다본다. 편지 쓰는 일을 내가 맡아 줬으면 하는 눈치다.

아랍어로 쓰는 게 나을까요, 아니면 영어로?

내 물음에 하만은 판단이 잘 서지 않는지 한동안 생각에 잠긴다.

아이들도 같이 하면 어떨까요. 아이들은 아랍어로, 나는 영어로 쓰면……

하만이 좋은 생각이라며 내 제안을 받아들인다.

"그럼 편지에 작은 수예품도 같이 선물하면 되겠네."

아델도 아이디어를 보탠다.

사흘에 걸친 허리케인 급 폭풍은 다시 잔잔한 희망의 물결로 바뀐다. 빛과 어둠이 서로 등을 맞댄 동전처럼 우리 속을 이리저리 굴러다닌다. 신이 우리를 상대로 놀이라도 하듯. 우리를 시험하기 위한 놀이가 아니라, 우리를 세상에 단련시키기 위한 놀이일 테지.

*

해가 서서히 수면으로 가까워지고 있었다. 카운트다운 하듯 그 움직임이 눈에 선히 잡혔다. 아, 저 수평선 때문이구나. 진우는 생각했다. 일출이나 일몰 때, 해의 움직임이 또렷이 보이는 건 저 반듯한 수평선이 눈금 같은 역할을 해 주어서다. 드디어 해가 수면에 맞닿나 싶더니 이내 물속으로 사라졌다. 삼킨 해를 녹이느라 해수면은 한동안 붉고 찬란한 기운을 머금은 채 이리저리 일렁였다.

해의 움직임을 눈으로 좇으며 진우는 달라진 자신을 느꼈다. 밤의 세계에 눈을 뜨게 된 것부터 엄청난 변화였다. 그 변화의 뿌리를 쫓아가 보면 종현을 거쳐 버샤에 가 닿았다. 우연한 일이 인연으로 이어지긴 했으나 얽히고설킨 문제들로 실마리가 잘 보이지 않았다. 자신이 처한 상황부터 그랬다. 취준생에 계약직 노동자인 처지에 불쑥 찾아든 감정이니 말이다. 그렇다 하더라도 버샤의 처지에 비할 바는 아니었다. 국경 넘는 로맨스가 쉬운 줄 알아. 더구나 그 국경 넘기가 생사가 걸린 문제라면……. 종현의 지적대로 현실적인 문제를 떠올리자면 겹겹의 벽, 첩첩의 산이 가로 놓인 셈이었다. 하지만 달리 생각하면 그 모든 장애가 보호 벽처럼 보이기도 했다. 무엇보다 그녀는 진우의 가까운 곳에, 그것도 안전하고 안정적으로 머물고 있는 셈 아닌가. 지금은 그것만 생각하기로 했다. 나머지는 시험을 치르고 난 다음에 생각하면 될 거라며 스스로를 다잡았다.

버샤를 못 본 지도 이 주가 넘었다. 처음으로 시간과 장소까지 정해 만나기로 했던 그날의 약속 불발 이후 여태 못 보고 있으니 그녀가 그날 약속 장소에 나왔는지도 모르고 있었다. 업무 관련 경고를 먹은 이후 진우는 경황이 없었다. 그것도 충분히 예견된 일이었다. 정신이 온통 버샤에게 팔려 한동안 일은 뒷전이었다. 작업 내내 그녀의 동선을 떠올리며 틈만 나면 그녀가 오갈 법한 길목을 서성거렸다. 그러다 중요한 업무를 빠뜨린 것이다. 그 실수를 만회하지 않으면 자칫 제2터미널로 원상 복귀하거나 최악의 경우 일자리를 잃을 수도 있었다.

지난 이 주 동안 진우는 자신의 문제를 더 깊이 들여다볼 수 있었다. 버샤에 대한 관심과 열정이 순간적 충동은 아닌지 또는 연민이나 동정을 다른 감정으로 착각하고 있는 건 아닌지……. 그럴 때면 종현과의 다툼은 물론 그날 꼬마 열차에서 만난 젊은 커플 일도 자연스레 오버랩 되었다. 종현과 외국인 노동자를 대하는 젊은 커플의 태도에 실망하기도 했지만 자신을 그들 자리에 놓고 보면 그들과 딱히 다르지도 않았다. 대놓고 거북해하거나 눈살을 찌푸리지만 않았을 뿐 가슴 저 깊은 곳에 도사리고 있는 경계심과 배타성은 마찬가지였다. 버샤를 만나기 전까지 자신도 그들과 하나도 다르지 않은 부류였던 것이다. 그날의 일이 스스로를 들여다볼 기회를 준 셈이었다.

분명한 건 버샤가 아니었더라면 지금 진우 자신의 일은 이곳 계약직의 한시적 노동 그 이상도 이하도 아니었을 거라는 사실이다. 검색대를 통과해 출국장으로 들어서는 일이 출근이 아니라 여행길 나서듯 설렜던 것도, 작업 또한 자신의 진로와 연결해 생각하게 된 것도, 채용 시험을 결심하게 된 것도 버샤 때문이었다. 아무리 냉정하게 따져 봐도 그녀는 이미 진우의 마음속에 자리 잡고 있었다. 예기치 않은 일이 닥친다 해도 자신의 중심만큼은 흔들리지 않을 거라는 확신이 긴 회의와 고민 끝에도 단단하게 남았다.

퇴근 후 이곳 바다로 직행한 것도 그날 종현과 다투고 셔틀 열차를 탔던 일 이후 처음이었다. 운 좋게도 오늘은 바닷물이 낙조 직전의 황홀한 색채를 머금고 넘실거리고 있었다. 진우는 일몰 풍경을 되돌려 보았다. 영상은 실제 풍경과는 또 다른 느낌이었다. 낙조와 함께 하늘도 물도 붉게 물들어 가며 오렌지빛과 황금빛이 녹아드는 바닷물은 환상 그 자체였다. 그 매혹적인 장면을 몇 번이나 되돌려 감상하면서 진우는 자신과 버샤와의 관계도 이 일몰의 순간을 닮았다는 생각이 들었다. 붉은 핏덩이 같은 해가 카운트다운 하듯 서서히 해수면으로 다가서면서 주위를 찬란한 황금빛으로 물들이다가 어느 순간 수면 아래로 쑥 빠져들어 물과 하나가 되어 버리는 몰아의 경지……

27

노트 밑에 숨겨진 물건을 꺼내 본다. 발견하는 순간 반사적으로 감추기부터 했던, 미스터 김이 가져온 선물 중에서도 학용품 박스 맨 밑바닥에 있었던 것이다. 아무도 관심을 갖지 않는 바람에 쉽게 숨길 수 있었다. 비밀과 거짓말은 다르다. 이 집 안에 들어오고부터 나의 비밀이 하나둘 늘어났지만 거짓말을 한 적은 한 번도 없다. 그럴 필요도 없었다. 이전에는 비밀을 공유하던 버샤가 있어서였고 버샤의 비극 이후로는 순전히 나의 실어증 덕이다. 적어도 나는 거짓말은 하지 않는다. 일찍이 내 아버지는 거짓말은 도둑질이나 다름없다고 가르쳤다. 그건 진실을 훔치는 일이며 또한 타인에게 손해를 끼치기 때문에 도둑질이나 마찬가지다.

이 나라 시민 단체와 종교 단체에서 보낸 선물입니다. 미스터 김이 선물 상자를 건네며 했던 말에서 누구도 '종교 단체'라는 말에 주목하지 않았다. 하만도 김의 말에 고개를 끄덕였지만 무심히 흘려들었던 모양이다. 짧은 영어 탓일 수도 있다. 미스터 김도 전달자 역할이었을 뿐 내용물까지 세세하게 알고 있지는 못했을 것이다. 문제의 선물은 성경책이었다. 쿠란을 목숨처럼 여기는 우리에게 성경책 선물이라니! 무슬림이 다른 종교에 대해 어떤 태도를 보이는지 이 나라 종교 단체 사람들이 몰라서일까. 아니면 너무도 잘 알기 때문에 다른 선물들 틈에 끼워, 그것도 겸손하게 맨 밑에 깔아 보낸 것일까.

오만이든 겸손이든 그것이 내 눈에 먼저 띈 건 다행이 아닐 수 없다. 하만이나 아델이 이 성경책을 보았다면 쉽게 지나칠 수 없었을 것이다. 단번에 선물 박스를 돌려보내는 정도까지는 아니더라도 아이들과 함께 즐겁게 만찬을 즐기지는 못했을 것이다. 쿠란이든 성경이든 불경이든, 책이라면 나는 무조건 끌린다. 금서는 더 끌린다. 위험하다는 건 그만큼 파격적이고 새롭다는 뜻일 테니…….가까이하면 안 되는 책인 만큼 성경은 내게 더더욱 유혹적이다.

성경 하면 제일 먼저 떠오르는 기억은 아버지 서재의 책장 구석쪽 맨 위 칸, 책등 글씨가 안 보이게 뒤로 꽂혀 있던 책이었다. 제목이 보이지 않아 궁금했던 나는 책상 위에 의자를 하나 더 놓고 올라가 책을 빼 보았다. 성경이었다. 어떤 책이든 마음껏 읽게 했던 아버지도 그 책만큼은 남들 눈에 안 띄게 책등이 뒤로 가게 꽂아놓았던 것이다.

성경에 얽힌 또 하나의 기억은 미스터 권이다. 아프리카 난민 캠프에서 나는 그가 예배실에서 혼자 기도하는 모습을 몰래 훔쳐본 적 있다. 거칠고 검게 그을린 그의 손도 성경을 넘길 때만큼은 더없이 우아해 나는 성경의 얇은 종잇장이 되고 싶을 정도였다. 속앓이에 그쳤지만 내게 사랑의 감정을 불러일으킨 첫 대상이 그였다. 돌이켜보니 사춘기 시절, 나는 금기에 곧잘 매혹당했던 것 같다. 성경도 미스터 권도 금기의 영역이었다. 그런 불온한 감정과 순수함이 뒤섞여 그에 대한 열정이 더 뜨겁게 타올랐다. 미스터 김과의 첫 만남에서 내가 하만의 오해를 샀던 일도 미스터 권에 대한 기억 때문이었을 수 있다. 김과 대화를 나누면서 나는 순간순간 미스터 권을 떠올렸다. 안경 너머에서 빛나는 온화한 눈매, 옅은 구릿빛 피부에서 그를 연상하며 내 눈은 반짝였을 테니······.

하만도 율법을 곧이곧대로 믿는 꽉 막힌 무슬림은 아니다. 젊은 시절을 유럽에서 지낸 만큼 합리적 세속주의 성향의 무슬림이지만 집을 나서고는 많이 달라졌다. 근본주의자들처럼 보수적인 완고함이 곧잘 보인다. 이전에는 아이들에게 쿠란 암송도 강요하지 않았다. 하지만 요즘 들어 그는 다른 공부는 건너뛰어도 쿠란 읽기만큼은 빼놓지 않는다. 그러면서 이 나라 문화도 유연하게 받아들여야 한다고 강조한다. 그런 이율배반은 신과 가문을 오가는 태도에서도 엿볼 수 있다. 다급한 상황이 되면 하만은 언제나 기도실보다 휴대폰을 먼저 찾았다. 신보다 부모나 가문의 어르신에게 더 의지했다. 모든 문제의 해결사가 그들이었으니.

하지만 그런 일관성 없는 태도를 보이는 사람이 비단 하만뿐일까. 아델과 아이들도 그렇고 나 역시 앞뒤가 안 맞는 행동을 곧잘 한다. 처음 박스 밑에 깔린 성경책을 보는 순간, 놀라 감추기에 급급했던 것도 가족을 위해서라기보다는 미스터 권이 떠올라서였다.

캠프 시절 미스터 권을 보기 위해 가족 몰래 성경 학교를 기웃거린 기억이 스치면서였다. 당혹감이 가라앉고 난 뒤에는 책 욕심이 생겼다. 표지부터 근사했다. 검은 벨벳에 금사로 수놓인 글자도 멋진 데다 각 모서리 면은 금장이었다. 한글판인 것도 마음에 들었다. 들키면 한글 공부 핑계를 대면 된다. 그래도 아직은 감춰 두는 게 낫다. 성경을 원래 자리에 다시 넣어 둔다.

오늘따라 다들 일찍 잠든 밤이다. 하만의 코 고는 소리가 휘장 너머에서 들려온다. 나는 온종일 도안 그리느라 화장실 몇 번 다녀온 게 동선의 전부였다. 피곤한데도 잠이 오지 않는다. 걷기라도 하면 피로가 좀 풀릴 것 같아 몸을 일으킨다. 아이들도 다 잠들었으니 혼자 나설 수밖에 없다. 늦은 시간에 혼자 산책에 나서는 건 처음이다. 이왕 나선 거 마지막 게이트까지 갔다 올 생각이다. 너무 멀리 가지는 마라, 생각도 걸음도……. 아버지는 언젠가부터 막내딸의 남다른 의욕을 걱정스러워했다. 원래는 어린 딸의 패기와 열정을 누구보다 대견해하던 그였다. '무지는 우리의 감옥, 지혜는 우리의 성채'라는 루미의 시구를 입버릇처럼 되뇌며 아버지는 우리를 가르쳤다. 아버지의 서재는 우리의 성채였다. 그 지혜의 성채에서 가장 많이 시간을 보내며 가르침에 귀 기울이는 나를 아버지는 각별히 사랑했다. 너의 기도실은 이제 여기다. 어느 날 아버지는 남자들에게만 허용된 집 안의 기도실까지 딸인 내게 허락해 주었다. 모스크 예배실 앞에서 아버지를 따라가겠다며 울부짖던 어린 딸의 모습이 가슴 아팠던 것이다.

그런 내 아버지도 가세가 기울고 주름이 늘면서 여느 무슬림 아버지를 닮아 갔다. 너의 아름다움이 너의 적이 될 수도 있다. 언젠가부터 아버지는 책에 집착하는 딸을 걱정스러워했다. 사막의 여우는 빛나는 털이 있어 덫에 걸리고, 코끼리는 상아 때문에 피를 흘리게 되지. 우리의 무지를 일깨울 때 곧잘 쓰이던 루미의 시에서 따온 아버지의 가르침은 나중에는 나의 독서량을 걱정할 때도 똑같이 인용되었다.

그런 아버지를 대신할 누군가가 나타난 건 내겐 행운이었다. 재스민. 젊은 그녀는 내 아버지와는 다른 신선함이 있었다. 낯선 길을 겁내지 마. 헤맬수록 더 나은 길이 보인다니까. 실패야말로 성공을 낳는 거름이고 그 밑거름이 없으면 성공은 힘들어. 그녀는 내 아버지를 대신해, 더 업그레이드된 가르침을 준 사람이었다. 그 가르침은 나를 통해 나의 페르소나 버샤에게까지 전해졌다. 진실의 샘물은 갈구하는 이에게로 흘러들게 마련이다. 또한 그것은 바이러스처럼 전염도 잘됐다. 파리에서는 길을 잃어도 돼. 어디서든 에펠 탑을 볼 수 있으니까. 그것이 밤하늘의 별처럼 널 이끌어줄 거야. 내 말에 나의 페르소나는 자신 있게 화답했다. 자유의 여신상은 에펠 탑보다 더 대단하잖아. 활활 타오르는 횃불로 길을 훤하게 밝혀 주니! 나의 페르소나에게 나란 존재는 아버지도 선생도 아닌, 스스럼없고 눈높이도 다르지 않은 친구였다. 같이 생각을 나누고 같이 꿈을 꾸었다. 앞날에 대해 우리는 한 치의 의심도 없었다. 꿈을 포기하지 않는 한 그날은 반드시 올 거라 믿었다. 아니, 믿고 싶었다.

솔직히 말하면 나는 나의 페르소나와는 달랐다. 꿈은 반드시 이루어진다고 믿을 만큼 나는 순진하지 않았다. 나의 페르소나를 만나기까지, 그러니까 내가 그 집에 발을 들여놓기까지 내 앞에 놓여 있었던 높은 벽과 현실로 나는 아버지와 세상에 대한 냉소와 반항이 절정에 달해 있었다. 내 아버지는 적어도 학교도 끝나지 않은 미성년 딸을 결혼으로 내모는 일은 없을 거라고 생각했다. 돈이 없으면 가문의 명예도 지킬 수 없어. 내가 일찍이 깨우치지 못한 걸 내 자식들한테까지 대물림하고 싶지 않을 뿐이다. 아버지의 말을 다른 자식들처럼 조용히 듣고 있을 내가 아니었다. 돈으로 사는 그딴 걸 명예라 할 수 있나요? 아버지의 그 잘난 혁명 정신은 어디로 가버렸죠? 그 순간 뜨거운 불덩어리가 내 얼굴에 달라붙었다. 아버지의 커다란 손이 내 뺨에 철썩 올라앉았던 것이다. 고집 센 당나귀한테는 채찍 든 마부가 필요한 법이다. 따귀의 이유도 따라붙었다. 예배실의 특혜를 누린 것도 따귀를 맞은 것도 집 안에서 유일하게 나였다. 그런 내가 꿈이란 것이 어느 순간 찬란하게 이루어질 거라는 순진한 생각을 했을 리 없다. 바위처럼 굳건한 무슬림 문화에서 고분고분 순종적이면 절대 여자의 운명을 벗어날 수 없다. 나의 페르소나도 내 생각을 받아들였다. 성처럼 높은 벽과 분수가 있는 아름다운 정원을 가진 기름진 토양에서 우리는 몰래 꿈을 키웠다. 우리의 꿈은 남들 눈에 띄지 않는 곳에서 분수처럼 치솟으며 히비스커스꽃처럼 화려하게 피어났다. 하루아침에 그 꽃이 짓밟힐 수도 있다는 건 상상도 못 한 채…….

*

신발을 벗어든다. 발바닥에 닿는 매끈하고 차가운 바닥의 감촉이 좋다. 어릴 적 사원 회랑을 뛰어다닐 때처럼 몸도 마음도 가볍다. 우울이나 답답한 기분을 날리는 데 이만큼 좋은 것도 없다. 요즘 나의 우울은 인터뷰나 집안일 때문이 아니다. 모든 게 J와 관련돼 있다. 약속이 어긋난 그날 이후, 다음 날도 그다음 날도 어김없이 그곳을 찾았다. 하루도 빠짐없이 벵갈 고무나무 화분 앞에 앉아 있었지만 지금껏 한 번도 그를 만나지 못했다. 처음엔 일이 바빠 짬을 낼 틈이 없는 모양이라고 생각했지만 이 주가 넘어서자 J의 근무지가 바뀐 게 분명하다는 생각이 들었다. 작업 장소가 이곳이 아니면 직원도 이곳 출입 자체가 불가능하다. 이 출국장은 우리뿐 아니라 이곳 사람들에게도 엄격하게 제한된 구역이다.

이 유폐지에서 마음의 감옥이 또 하나 생겼으니 나는 이중으로 갇힌 셈이다. 벗어나자고 숱하게 다짐했지만 또다시 달콤한 감옥을 향한다. 그쪽을 향해 걸어가면서도 마음은 자꾸 제동을 건다. 그동안 J가 내게 베푼 친절 역시 이전의 미스터 권과 같은 게 아니었을까. 사람들이 약자나 어린아이를 볼 때 느끼는 그런 감정처럼 난민 여자에 대한 동정이나 연민 같은 것. 그걸 내 식으로 부풀려 해석하며 가련한 내 영혼이 들떠 있었던 게 아닐까. 아니, 아무리 냉정하게 따져 보아도 그건 아닌 것 같다. J는 미스터 권과는 엄연히 다르다. 선교사인 권과 달리 J는 자유인이다. 우연히 맞닥뜨린 첫 만남 뒤에도 그는 나란 존재를 잊지 않았다. 인연이 다시 이어지게 된 건 순전히 그의 노력 덕이다. 나를 만나기 위해 그는 바쁜 작업 중에도 짬을 내 나를 찾아온 것이다. 짧은 만남이긴 해도 서로의 마음을 확인할 수도 있었다. 베일 쓴 여자들이 아무리 많아도 나는 당신을 찾아낼 수 있어요, 눈만 보면요. 확신이 담긴 그의 목소리와 반짝이던 눈빛에 진심이 담겨 있었다.

그렇다 한들 이제 덧없는 일이 돼 버렸다. 아무 일 없었던 것처럼 이제 이전 생활로 돌아가야 한다. 이 헛된 해방구에 집착해 얼마나 많은 것을 소홀히 해 왔나. 감정 소모도 할 만큼 했다. 희망 고문도 지나치면 눈치 없는 얼간이가 돼 버린다. 이전의 나로 돌아가자. 외국어 공부도 본격적으로 하면서 책을 읽고 틈틈이 아델의 일도 도와야 한다. 도안 그리는 일은 충분히 흥미롭고 재미있는 일이다. 수예와는 다르다.

아델이 오랫동안 사 모은 천과 실로 채워져 있는 여행 가방 두 개가 우리의 버팀목이 될 줄은 아무도 몰랐다. 국경을 넘을 때마다 하만은 '천 쪼가리' 가방부터 포기하자고 했지만 아델은 물러서지 않았다. 그 벅찬 짐을 그녀가 포기하지 않은 이유가 나는 단순히 들인 돈이 아까워서라고 생각했다. 고급 실크에 금사 은사 같은 실들은 구하기 어려운 고가품이었다. 아델은 언젠가는 그것이 진가를 발휘할 거라는 걸 믿고 있었던 것이다. 돈이나 귀금속과 달리 그것은 잃거나 뺏길 염려도 없었다. 국경을 넘을 때 관리들에 의해 압수 당하거나 난민촌에서 도난당하는 일도 없었다. 결국 효자 노릇을 톡톡히 해낼 거라는 걸 그녀는 알고 있었던 것이다.

어느새 99번 게이트. 잠시 쉬어 가기로 한다. 적당한 자리를 찾아 좌석에 앉으려는데 복도 저쪽에서 낯익은 뭔가가 잡힌다. 형광 초록빛 백팩…… 텔민이다. 나는 반사적으로 몸을 숙인다. 남자 화장실에서 나온 텔민은 내가 왔던 길을 거슬러 가고 있다. 하마터면 마주칠 뻔했다. 이 시간에 텔민이 이곳까지 웬일일까. 왜 굳이 이 먼 곳의 화장실을 찾았을까. 멀어져 가는 형광 초록빛 백팩을 계속 지켜본다. 우리 거처에서는 거북 등 같던 가방이 이 천장 높은 곳의 긴 복도에서는 도마뱀 같다. 달아나는 도마뱀처럼 텔민은 금세 자취를 감춘다. 사라진 곳을 가늠해 보니 다음 화장실이 있는 구역이다. 그제야 텔민의 밤 외출 이유가 짐작이 간다. 심야의 화장실 순례……. 지난번 달러 뭉치 횡재수 영향이 분명하다. 그는 '달콤한 한탕'에 여전히 사로잡혀 있는 것이다.

아델은 아델대로, 텔민은 텔민대로 나름의 생존 방식으로 분투 중이다. 이 늦은 시간, 휴식도 잠도 포기한 채 이어지는 그의 노고 역시 아델 못지않게 눈물겹다.

28

"시험 일자 나온 거 봤어? 톡으로 보내 놨는데."

종현이 담배를 꺼내며 진우에게 물었다. 둘은 옥상 휴게실에 커피를 마시러 온 참이었다.

"봤어. 시험 관리 매니저까지 해 줄 줄은 몰랐네. 덕분에 디데이 카운트다운 들어갔다."

진우는 종현의 친절이 부담스러운 듯 냉소적으로 답했다.

"내가 학부모 역할까지 하고 싶겠냐. 회사 관련 일이라 어쩔 수 없어서였지."

"고3 기분으로 사는 거, 이거 하루 이틀도 아니고, 전생에 무슨 업을 지었는지, 원."

말끝에 진우는 한숨을 길게 내쉬었다.

"나 봐라. 군대도 제대하면 끝인 줄 알았더니, 아직도 예전에 보초 섰던 곳 수시로 오가고 있잖아."

종현이 해안 경비 초소 쪽을 가리켰다.

"너도 참, 무모한 건지 무딘 건지. 제대하면 근무지 쪽으로는 오줌도 안 눈다는데, 어떻게 이곳에 눌러앉을 생각까지 했냐."

"난 오줌 눌 때 방향 안 가려도 되니 선방한 거지. 불탄 자리 안 보려면 그 자리에 눌러앉아 버리면 간단한걸."

"너의 그 배짱이 금수저 환경에서 나온 건 줄 알았는데, 알고 보니 타고난 거네."

진우가 백기를 든 것처럼 말했다.

"시험 준비도 아무 문제 없는 거지?"

종현이 화제를 돌렸다.

"시어머니 같은 직장 상사가 수시로 체크하는데 여부가 있겠냐. 어쨌든 합격하면 난 절대 네 밑으로는 안 들어갈 테니 그리 알아."

진우가 다짐하듯 되쏘았다.

"우리 팀 같은 허드렛 부서에 네가 왜 들어와. 넌 당연히 사무직으로 가야지. 그래도 지금까지의 관계야 변화가 있겠냐."

종현의 말이 진우에겐 '한번 친구는 영원한 친구'라는 의미로만 들리지 않았다.

"넌 여기 와서 '진데렐라' 체질 벗어난 것만 해도 횡재한 거야. 그런 반사회적인 체질로 지금까지 퇴출당하지 않고 살아온 것만 해도 행운아지. 그 행운의 밑바닥에는 평생 친구인 내가 자리하고 있는 거고."

종현의 말이 진우에겐 어떤 상황이 오더라도 자신의 그늘에서 벗어나지 못할 거라는 저주처럼 들렸다.

"너도 나 챙기느라 그동안 고생이 많았다. 이젠 그 무한 책임 서비스 정신 같은 강박에서 좀 벗어나 주면 좋겠어. 내 일은 앞으로 내가 알아서 할 테니까."

진우는 가슴 깊이 묻어 두었던 말을 꺼냈다.

"어릴 적 추억을 같이 나눌 친구가 너밖에 더 있냐. 각별할 수밖에 없지."

무심히 한마디 던지며 종현은 새 담배를 한 개비 꺼내 물었다. 자신의 어린 시절을 떠올리듯 회심 어린 눈빛으로 담배 연기를 길게 내뿜었다.

"무슨 무한 책임? 누가 누굴 책임질 수 있다고."

종현이 피식 웃으며 한마디 떨구고는 깊이 담배를 빨았다.

진우는 종현이 엄청난 집안일을 겪고도 늘 초연하다고 생각했던 게 자신의 착각이었을 수도 있다는 생각을 처음으로 했다. 화려한 배경에 가려 그걸 제대로 보지 못한 것 같았다. 어쨌든 이제는 자신의 문제에 몰두할 수밖에 없었다. 종현의 그늘에서 벗어날 수 있는 길도 분명해졌다. 이번 시험에 합격하는 것. 정규직이 되면 친구 관계도 훨씬 담백해질 것 같았다. 시험에 꼭 합격해야 하는 이유가 하나 더 생긴 것이다.

*

결국 이 자리다. J와 처음 약속 장소로 정했던 벵갈 고무나무 앞. 발길이 습관적으로 이곳으로 향한 것이다. 뭔가에 길들여져 버린 것 같은 나 자신에게 실망스럽고 화도 난다. 그런 나를 나무의 무성한 이파리들이 위로하듯 내려다보고 있다. 잘 왔어. 이곳에서 찾아갈 곳이 있다는 게 어디야. 행복한 줄 알라고. '아낌없이 주는 나무'처럼 말하는 것 같다.

오늘따라 나무가 훌쩍 커 보인다. 곧고 단단하게 뻗은 줄기에서 뻗어 나간 곁가지의 이파리도 며칠 새 무성해진 것 같다. 잎맥이 선명하고 윤기 나는 이파리 사이사이로 앙증맞은 새싹들이 발을 내밀고 있다. 이 나무도 원래는 땅에 뿌리를 내리고 비바람 맞고 뙤약볕을 쬐었을 테지. 이곳으로 이주해 오고는 비 대신 수돗물을 마시고 유리 벽으로 비쳐드는 햇빛을 받고 가끔 영양제도 맞으며 살아가고 있다. 이 유리 온실 같은 곳도 충분히 살 만한 곳이라는 걸 보여 주듯 이파리마다 반드르르 윤기가 돈다.

이 게이트 풍경이라고 해 봐야 탑승객으로 붐비거나 아니면 탑승 끝난 후 좌석들이 텅 비어 있거나 둘 중 하나다. 그런 움직임에 아랑곳없이 이 벵갈 고무나무는 묵묵히 제자리를 지키고 있다. 나 역시 그동안 이 자리를 고수해 왔다. J가 뜬금없이 나타나 나를 당혹게 하던 지난날을 떠올리며…… 일주일에 한 번 정도는 우연히 맞닥뜨렸던 것 같은데, 정식으로 약속 시간을 정하고부터는 지금까지 감감무소식이다. 약속이란 게 우연보다 나을 것도 없다.

다른 근무지를 배정받은 건 아닐까. J가 했던 그날의 약속은 어쩌면 이곳에서의 마지막 근무를 알리기 위한 것이었을 수도 있다. 내게 작별 인사라도 하려고 했는데 결국 시간이 어긋나면서 그마저 못하고 떠나 버렸을 수도…… 그것도 모른 채 나는 헛된 희망을 품고 지금까지 하루도 빠짐없이 이 자리를 찾았던 거다. 어긋나 버린 약속, 그것도 이미 오래전에 지나가 버린 일에 매달리고 있는 자신을 떠올리니 한심하기 그지없다. 이건 원래의 내 모습이 아니다. 버샤 성향인지도 모르겠다. 버샤와 제2의 버샤인 아이샤가 수시로 자리바꿈을 하다 보니 이제는 어느 것이 진짜 나인지 헷갈린다. 따지고 보면 이것도 다 J 때문이다. 그를 만나기 전에는 버샤와 아이샤가 수시로 자리바꿈을 해도 이렇게 혼란스럽진 않았다.

청춘이 누릴 수 있는 축복이 내겐 허락돼 있지 않은 모양이다. 번번이 어긋난다. 원치 않는 결혼, 아니 약혼이 그랬고 첫 감정을 불러일으켰던 미스터 권은 꿈꿀 수조차 없는 존재였다. 그리고 J와의 일은 이렇듯 시작 단계에서 어긋나 버리고……. 얘야, 그쪽으로 가면 안 된단다. 그건 만지면 안 돼, 아이샤. 일찍부터 나는 내게 허락되지 않은 것이 도처에 널렸다는 걸 알았다. 그렇다 한들 가고 싶은 곳을 가지 않고 갖고 싶은 걸 포기하지는 않았다. 그럴수록 가려 했고 가지기 위해 노력해 왔다. 그 꿈을 이룰 수 있도록 아버지는 어린 나를 가르쳤고, 내 아버지가 늙고 지쳐 현실과 타협하려 했을 때는 재스민이 내 곁에 있었다.

모스크 예배실 벽도 언젠가는 없어질 날이 있을 거야. 여자 무에진도 여자 이맘도 나올 날이 있을 거라고. 그때까지 기다려라. 기도실 앞에서 어린 딸이 아버지 손을 놓지 않으려고 떼쓰던 걸 겪었던 아버지는 어린 딸을 그렇게 위로했다. 사람을 차별하는 그런 모스크라면 신께서도 싫어할 거예요. 어쩌면 신은 저 모스크에서 이미 떠났을지도 몰라요. 딸의 당돌한 대꾸를 아버지는 미소로 받았다.

29

"이건 만약을 전제로 하는 말인데요, 가령 당신들이 난민 인정을 받고 이 나라에 정착해 산다고 가정하고요, 나중에 내전 끝나고 본국 사정이 좋아지면 어떡하겠어요? 그때는 당신들 나라로 돌아갈 건가요?"

출입국 관리소 담당관이 묻는다.

"물론입니다. 그땐 당연히 우리나라로 돌아가야죠."

주저 없이 답하고 난 하만은 자신의 답이 적절했는지 긴장하는 눈치다.

하만의 대답이 끝나기 무섭게 아델이 나선다.

"부모님도 고국에 계시고 가문의 땅과 저택도 그곳에 다 남아 있는데 우리가 안 돌아갈 이유가 없죠. 저의 시댁은 명문가라 힘깨나 쓰는 집안이거든요. 그러니 반정부군 위협이 더 클 수밖에 없었어요."

아델이 은근히 집안 자랑을 늘어놓으며 돌아갈 분명한 이유를 댄다. 늘 못마땅해하던 가문 얘기가 그녀를 통해 이토록 자랑스럽게 흘러나온 건 처음이다. 미스터 김이 해 준 조언 때문이 아닐까. 김에 따르면 실제로 몇 해 전, 이 나라에 들어온 난민들이 처음으로 사회적 문제가 되었다고 했다. 그때 들어온 오백여 명의 무슬림 난민 가운데 난민 인정을 받은 사람은 단 두 명에 불과했는데 그 두 명이 젊은 엘리트 기자였다는 것. 그들이 썼던 정부 비판 기사 때문에 본국으로 송환되면 핍박받을 이유와 증거가 명백하기 때문에 난민으로 인정받았다고 했다. 그런 공적 지위가 아닌 사람은 핍박의 증거조차 댈 수 없기 때문에 난민 인정을 받지 못한다는 얘기다. 국익에 도움되는 엘리트만 엄선해 받아들이겠다는 방침의 다른 표현 같다.

하긴 누구든 자신에게 도움이 되는 사람과 사귀고 싶어 하지 않나. 내 부모도 하만 가문과 인연을 맺기 위해 얼마나 애썼던가. 개인과 개인이 만나 가족을 이루고 그 가족 단위의 가정이 모여 마을을 이루고 결국 나라를 이루는 것처럼 개인의 욕망이 쌓이고 쌓여 국가라는 거대한 덩어리의 욕망이 되는 모양이다.

인권이든 뭐든 공정하기란 쉽지 않죠. 미스터 김도 언젠가 하만이 국익을 앞세운 난민 정책의 배타성을 지적하자 인권 변호사답게 그 일이 마치 자신의 잘못이기라도 한 양 미안해했다.

하만이 출입국 관리 담당관에게 한 대답이 거짓이 아닌 건 분명하다. 대대로 누려 온 가문의 혜택을 그가 포기할 리 없다. 그동안 집안 어른들과 연결 고리가 끊어질까 봐 얼마나 노심초사했던가.

사촌과의 통화에서 하만 가문의 몰락을 전해 들었어도 그는 가문의 영광과 신화는 결코 사라지지 않는다고 믿을 것이다. 내전이 끝나고 정권이 바뀌면 다시 모든 것이 제자리로 돌아갈 거라고 장담하곤 했다. 아델도 결국은 하만의 길을 따를 것이다. 선민의식에 젖은 하만 가문 사람들에 넌더리를 내고 욕하면서도 그녀 역시 결혼 후 줄곧 가문의 혜택에 젖어 살아왔다. 아델의 파리 시절도 냉정하게 보면 이국땅에서 보낸 가난하고 고단한 청춘의 한 시기에 지나지 않았다.

"큰딸 버샤 말인데요. 실어증 문제, 혹시 치료받으려는 시도는 해 보셨나요?"

나를 흘끗 일별한 담당관이 하만에게 진지하게 묻는다.

"아, 아뇨. 그런 생각은 한 번도 못 해 봤는데요."

뜻밖의 질문에 하만이 떠듬거리며 답한다.

"우리 같은 사람도 이곳에서 병원 치료를 받을 수 있나요?"

아델이 부쩍 관심을 보인다. 아프리카 난민 캠프에서 겪었던 아이들의 아토피 악몽이 떠오른 모양이다.

"저희는 어떤 문제든 도움을 드리고자 합니다. 의료 문제라면 더더욱……. 언제든 필요하면 말씀하세요."

담당 직원이 친절하게 말한다.

"지금까지 수차례 국경을 넘었지만 이런 말을 해 준 나라는 한 군데도 없었어요. 아이들이 피부병으로 죽어 나가도……."

아델이 감격에 젖어 말한다.

"이 나라 지도자 슬로건이 뭔지 아세요? '사람이 먼저다.'예요."

담당관이 미소 지으며 말한다.

"세상에, 우리 무슬림이 입에 달고 사는 '알라후 아크바르' 못지않은 말처럼 들리네요."

아델이 감탄한다.

"그 문제는 일단 저희 가족끼리 의논을 해 보겠습니다."

하만이 신중하게 말한다. 면담은 거기까지였다.

"지금까지 했던 면담 중 가장 괜찮았던 거 같죠?"

거처로 향하는 길에 아델은 밝은 표정으로 하만에게 말한다.

"당신 역할이 컸어, 아델."

하만이 모처럼 아델을 칭찬한다. 지금까지 그는 중요한 일에 아델을 내세우는 일이 잘 없었다. 무슬림 문화 때문이기도 하지만 그보다는 아델이 말을 한번 꺼내면 금세 수다스러워지면서 실언도 곧잘 해서다. 친인척들이 아델을 낮추어 보는 데는 그런 언행도 한몫했다. 명문가 특유의 전통 예절에 익숙지 않은 데다 유럽 생활에서 온 자유분방함까지 뒤섞인 그녀의 언행이 그들에게는 거슬렸던 것이다. 그들 눈에는 소탈하고 서민적인 취향 자체가 못마땅했을 수도 있다. 어떤 나이 많은 친척 마님은 아델의 언행이 자기네 집 하녀들과 다를 바 없다고 노골적으로 비난한 적도 있었다.

"내전 끝나면 돌아가겠다고 답한 것도, 집안 자랑한 것도 잘한 일 같죠?"

아델은 남편의 칭찬에 힘입어 한 번 더 생색을 낸다.

"당연히 그래야지. 그건 이 나라도 바라는 바일 거야."

하만 역시 자신들의 솔직한 심정이 담긴 답변이 좋은 점수를 받왔을 거라고 믿는 뉘앙스다.

그 질문이 내게 주어졌다면 어땠을까? 나는 하만이나 아델처럼 선뜻 고개를 끄덕이지는 못했을 것이다. 그렇다고 단호하게 거부할 입장도 못 된다. 어쨌든 우린 한 배를 탄 가족이니까. 떠밀리듯 국경을 넘긴 했지만, 새로운 세계로 나가는 건 일찍부터 내 꿈이었다. 아무리 내전이 끝나고 평화의 시절이 온다 한늘 이전의 사리로 돌아갈 생각은 내겐 눈곱만큼도 없다.

"그나저나 실어증 문제는 어떻게 해요?"

아델이 나와 관련한 문제를 꺼낸다.

하만은 한동안 고민에 빠진 듯 말이 없다.

"버샤 생각은 어때?"

한참 만에 하만이 내게로 고개를 돌리며 내 생각을 물어 온다.

그 물음에 나는 예스, 노로 답할 사안이 아님을 깨닫고는 펜과 수첩을 꺼내 든다.

내 증상은 누구보다 내가 잘 알고 있어요. 때가 되면 자연스레 목소리가 돌아올 테니 걱정 마세요.

진료를 받지 않겠다는 뜻을 나는 우회적으로 알린다.

내 생각을 읽고 난 하만은 생각에 잠긴 듯 별다른 언급이 없다.

"당연히 받아야지. 그 일로 여기서 나갈 기회도 생기고 얼마나 좋아. 그렇게 자꾸 일이 생겨야, 이곳 사람들하고도 친해지고 관심도 받고 그러는 거라고."

성격 급한 아델이 비집고 든다.

"여튼 좀 더 시간을 갖고 생각해 보자고. 어떤 게 우리 모두를 위해 좋을지."

하만이 마무리 짓듯 말한다.

'우리 모두'를 내세운 만큼 하만도 결국 내 증상을 어떻게 활용하는 것이 좋을지 따져 볼 것이다. 그들 생각이 어떻든 나는 가장 안전한 도피처인 내 증상을 남에게 보일 생각은 손톱만큼도 없다. 거기에 기대어 살아가고 있는 내가 나만의 비밀이 드러나는 걸 원하겠는가.

30

『제인 에어』를 펼친다. 오늘도 벵갈 고무나무 앞 좌석이다. 어제는 제인 에어가 젊은 목사 리버스에게 청혼받는 대목까지 읽었다. 그는 인도로 선교 활동을 떠나는 자신을 따라가지 않겠느냐며 그녀에게 청혼을 하지만 제인 에어는 쉽게 결정을 내리지 못한다. 책이나 영화에는 인도와 인도 사람이 의외로 많이 등장한다. 아프리카 난민 캠프에서도 벵갈이 고향이라던 인도 친구를 만난 적이 있다. 고아처럼 혼자 난민이 된 여자애였는데, 서로 가깝게 지내기도 했다. 그 애 고향인 벵갈이 이 고무나무와 연관이 있는지는 모르겠으나 그 친구 말로는 벵갈도 힌두교와 이슬람교 둘로 나뉜 곳이라고 했다. 힌두교도인 엄마와 이슬람교도인 아빠가 이혼하는 바람에 버림받은 그 친구는 두 종교 모두를 증오했다. 난 기독교 신자가 될 거야. 그 애는 반군 가입 선언이라도 하듯 용감하게 말했다. 미스터 권의 열렬한 추종자이기도 했던 그 친구는 여자애치고 활달

한 데다 패기가 넘쳤다. 더 오래 그곳에 머물렀다면 재스민이나 버샤처럼 나의 소울 메이트가 될 수도 있었을 거다. 아니, 연적이 되기가 더 쉬웠을지도 모른다. 어쨌든 인도는 매력적인 나라다. 나라면 '인도' 때문에라도 남자의 청혼이 솔깃했겠지만 제인 에어는 결국 거절한다. 그런 멋진 나라를 포기하다니……. 어쩌면 로체스터에 대한 미련을 버리지 못했기 때문일 수도 있다. 사랑을 택할 것인가, 신세계를 택할 것인가? 이전 같았으면 선택이 분명했을 텐데지금은 나도 선뜻 판단이 서지 않는다.

"버샤?"

갑작스런 호명에 덜컥 심장이 내려앉는다. 벵갈 고무나무 이파리가 아닌 뜻밖의 광경이 눈에 잡힌다. 파란 줄 목걸이에 매달린 신분증, 그리고 환한 미소의 J 얼굴이다. 소설과 실제 상황을 헛갈려하며 나는 책을 내려놓는다. 벵갈 고무나무가 마술이라도 부렸나. 나는 베일을 내리며 자리에서 일어선다.

"역시, 하늘이 도왔네요. 혹시나 하고 한번 들러 봤는데."

이 출국장을 떠났을 거라고 생각했던 그가 바로 내 앞에 나타난 것이다. 언제나처럼 밝은 회색 유니폼에 안경 낀 모습 그대로, 맑은 목소리도 그대로다.

어떻게 된 일이에요 J? 라는 눈길로 나는 그를 쳐다본다.

"지난번 약속 못 지켜서 정말 미안해요, 버샤. 그날, 일이 늦게 끝나 부랴부랴 달려왔는데, 너무 늦었나 봐요."

그가 지난 일에 대한 사과부터 한다.

나는 펼쳐진 『제인 에어』 본문 여백에 서둘러 갈겨쓴다.

실은 그날, 나도 많이 늦었어요.

"아, 버샤, 그랬군요. 내가 늦게 도착하는 바람에 먼저 가 버린 줄 알았어요. 그런 줄 알았더라면 좀 더 기다려 볼걸."

J가 안타까워하며 덧붙인다.

그날 이후, 난 줄곧 여기 와서 이 자리를 지켰어요, 매일 이 나무 앞에 죽치고 앉아 하염없이……, 하는 말을 적을까 하다가 나는 속에 담아 두기로 한다.

"그동안 사무실이 내내 비상이라 도무지 짬을 낼 수 없었어요. 마침 오늘은 일이 조금 일찍 끝나서 혹시나 하고 와 봤는데, 하늘이 도왔네요."

J는 감격스런 표정이다.

일에 시달린 때문인지 J의 얼굴이 이전보다 수척해진 것 같다.

"참, 그리고 이건 지난번 약속 시간을 못 지켜 미안하다는 뜻으로."

그가 손에 든 연장 통을 옆 의자에 올려놓고는 유니폼 앞쪽 주머니에서 뭔가를 꺼낸다. 또 무슨 선물인가, 하면서 그의 손에 시선을 고정했더니 뜻밖에도 USB다.

"버샤, 노트북 가지고 있다고 했죠? 이거, 컴퓨터에 꽂아 보면 알아요."

놀란 눈으로 쳐다보고 있는 내게 J는 작은 열쇠고리 같은 USB를 건넨다.

나는 감격 어린 눈길로 선물과 그를 번갈아 본다.

"그나저나 그동안 더 야윈 것 같네요."

그가 내 얼굴을 살피며 내가 그에게 하고 싶은 말을 대신하기라도 하듯 말한다.

나는 아무 문제 없다며 미소 띤 얼굴로 고개를 저어 보인다.

"앞으로는 이 USB를 메신저로 이용하면 될 거예요. 메일이 안 되니 이렇게 '디지로그'식으로라도 해야죠. 어쨌든 손 편지보다는 간편하잖아요. 그리고 필요한 것 있으면 뭐든 얘기해요. 영화든 드라마든 뭐든 담아 줄 수 있으니까."

그렇게 약속하고 난 J는 화분 앞으로 가더니 꼼꼼히 주위를 살펴보기 시작한다. 이파리와 줄기 곳곳을 뒤적여 보기도 하고 화분을 받치고 있는 받침대까지 들여다본다.

"여기가 딱이네요. USB 숨겨 둘 장소로. 사람들 눈에도 잘 안 띄고 화분 관리하는 사람도 여기까지 눈치채지는 못할 거예요."

J는 나를 화분 앞으로 이끌더니 화분을 떠받치고 있는 받침대 다리 뒤쪽의 절묘한 틈새를 내게 알려 준다. 우리의 메신저 역할을 해 줄 USB를 숨겨 둘 비밀 장소다. 벵갈 고무나무는 이제 우리의 비밀 우편함 역할까지 맡게 된 것이다.

*

튼튼한 더듬이를 가진 갑충류가 바닥에 납작 엎드린 모습 같다고나 할까. 위에서 내려다본 공항 청사 건물 모양이 꼭 그렇다. 매끈하고 단단한 큐티클 층 같은 은빛 철제 외피가 앞 더듬이처럼 뻗어 있는 그것이 우리가 있는 출국장이다. 그 출국장 게이트와 연결된 주기장에 비행기들이 잇대어 있는 모습은 마치 불가사리를 연상시킨다. 이 재미있는 광경이 J가 건네준 USB에 담겨 있다. 공항은 물론 주변 지역까지 구석구석 찾아다니며 그가 직접 찍은 사진과 동영상이다. 발품 손품 팔아 가며 정성껏 만든 미니 다큐멘터리 같다.

공항이 이토록 넓은 곳일 줄이야. 출국장을 오가거나 유리 벽을 통해 본 바깥 풍경에 나는 지금껏 이곳이 거대한 모스크 정도 크기일 거라고 생각했다. 사원 앞마당과 열린 회랑과 본당 건물까지 어릴 적 내 눈에 비친 모스크는 실로 어마어마해 보였으니까. 하지만 J가 보여 준 공항은 우리가 유리 벽으로 내다본 공항이, 손으로 친다면 새끼손가락 하나 정도에 불과하다는 걸 일깨운다. 우리가 있는 이 건물 말고도 여객 터미널이 하나 더 있다는 사실도 놀랍다. 더 놀라운 건 공항이 있는 이곳이 바다로 둘러싸인 섬이라는 사실이다.

섬 곳곳의 풍경도 세세하게 담겨 있다. 출렁이는 바다 물결에 생생한 파도 소리, 해가 물속에 잠기는 과정을 담은 일몰 동영상도 있다. 여기서 가장 필요한 게 뭔가요? 언젠가 그가 내게 던진 질문에 내가 답했던 걸 고스란히 담아낸 것이다. 흙냄새, 바닷바람…… 이 출국장 안의 우리가 결코 접할 수 없는, 그래서 더 그리운 것들을 떠올리며 했던 대답이었건만……. 해가 서서히 잠겨 들며 만들어 내는 낙조의 바다는 피와 황금 가루를 섞어 농도 조절을 해 놓은 것 같다. 사막의 일몰 풍경처럼 황홀한 색감이다. 섬 일주가 끝나고 마지막 장면은 하늘을 향한다. 푸른 하늘을 가로지르는 비행기 꽁무니 뒤로 짧은 후기가 엔딩 크레디트처럼 흐른다.

난생처음 해 본 작업이다. 버샤를 만나지 않았으면 생각도 못 했을 일. 그녀 덕에 얻은 게 많다. '진데렐라' 오명에서 벗어났고 갈피를 잡지 못하던 진로도 결정할 수 있게 되었다. 요즘엔 아침에 눈 뜨고 밤에 잠드는 일마저 새롭다. 언젠가는 버샤와 나란히 저 비행기에 올라 여행을 떠나고 싶다. 정 안 되면 납치라도 해서!

마지막 문장에 풋, 하고 웃음이 난다. '납치'라는 도발적인 단어도, 그의 엉뚱한 생각도 마음에 든다. 더욱이 이건 일종의 고백 아닌가. J가 납치범이라면 나는 기꺼이 그의 인질이 되겠다. 납치범과 인질은 떼려야 뗄 수 없는, 생사를 같이하는 운명이다. 둘이 운명적 공동체가 되어 원하는 목적지까지 갈 수 있다면……. 목숨을 거는 일이라면 이제 자신 있다. 목숨을 걸 정도의 일이 아니면 솔직히 끌리지도 않는다. 이 뜻밖의 선물과 함께 J가 어느새 내 가슴속에 성큼 들어앉았다.

31

오늘도 없다. 손을 이리저리 더듬어 보지만 마찬가지다. 하긴 지난번 편지 이후로 이제 겨우 사흘째니, 없는 것도 이상한 일은 아니다. 원래 일주일에 한 번씩 주고받기로 약속이 돼 있는 일 아닌가. 확인이 습관화돼 버린 것일 뿐이다. 일과에서 풀려나면 이곳부터 찾는 것도, 사람들 시선을 피해 비밀 공간에 손을 넣어 확인하는 것도 그새 습관이 돼 버렸다. 어떤 때는 내가 넣어 놓은 USB가 그대로 있을 때도 있다. J가 이곳에 들르지 못한 걸 확인하고 나면 서운하다기보다는 안쓰럽다. 짬 한번 낼 틈 없이 바빴거나 작업 장소가 멀어 들를 수 없는 경우다. USB가 없으면 그의 손으로 넘어갔다는 사실에 안도하곤 했지만 가장 반가운 건 역시 그의 답신을 받는 일이다.

말과 글이 오가는 길로 감정도 흐르는 모양이다. 그동안 오간 몇 차례의 편지로 우리는 확실히 가까워졌다. 글이야말로 내겐 가장

편하고 정확한 마음의 전달 수단이다. 일주일에 한 번씩 주고받기로 약속했지만 처음 한동안 나는 일기 쓰듯 날마다 편지를 썼다. 그일로 하루하루가 행복했다. J는 업무가 끝나고 퇴근 후에는 시험 공부로 바빠 나처럼 편지를 길게 쓸 수 없다는 사실을 알고는 나도 일기처럼 쓰는 건 자제하기로 했다.

우리의 우편함이기도 한 벵갈 고무나무 앞자리는 내 고정석이 돼 버렸다. 한 사람이라도 동선이 정해져 있으면 만날 확률이 더 높을 거 같아 이 자리를 사수하게 된 것이다. 삼교대 근무인 그의 작업은 시간도 장소도 불규칙해 만남을 예측하기란 쉽지 않다.

지난번에는 마침 『제인 에어』를 다 읽은 날이었다. 아랍어 번역본이었다면 하룻밤에 다 읽었을 테지만 영문 소설이라 거의 한 달이 걸렸다. 책장을 덮고 나는 한동안 그 감흥에 사로잡혔다. 제인 에어가 인도행을 포기한 건 안타까웠지만 로체스터에게 돌아간 건 적절한 선택이었다. 그의 상처를 보듬는 건 인도를 택하는 것 이상의 용기라는 생각이 들었다. 멋진 결말에 한동안 흠뻑 취해 있었다. "버샤!"라는 소리를 듣고도 나는 비현실적인 기분에 사로잡혀 금세 알아차리지 못했다. 두 번째 호명에서야 얼떨떨해하며 고개를 돌리니 J가 서 있었다.

얼마나 급히 달려왔는지 그는 내 옆자리에 주저앉아 한동안 숨부터 몰아쉬었다. 그가 숨을 고르고 나서야 나도 정신을 차릴 수 있었다. J는 그날 마침 삼십 분이나 일찍 일을 끝내서 시간 여유가 있다며 좋아했다. 그의 이마에 맺힌 땀을 본 나는 손수건을 꺼내 그에게 건넸다.

J는 이마의 땀은 닦지 않고 건네받은 손수건을 유심히 들여다보았다.

"혹시 이거 버샤가 직접 만든 거예요?"

그의 물음에 나는 얼떨결에 고개를 끄덕였다. 아델이 수를 놓긴 했지만 내가 밑그림을 그리고 색까지 지정해 주었으니 내가 만든 손수건이라고 해도 틀린 말은 아니었다.

J는 아라베스크 문양이 멋지다며 칭찬하더니 손수건으로 땀은 닦지 않고 계속 그걸 들여다보며 찬사만 늘어놓았다.

가져요. 선물이에요. 그건 소지할 수 있겠죠?

J는 기뻐하며 손수건을 조심스럽게 접어 가슴 안쪽 주머니에 넣으며 말했다.

"행운의 부적 같은데요."

그럼 합격도 문제없겠네요. 비싼 부적을 지녔으니.

"물론. 버샤의 정성과 사랑이 나한테 깃든다면……."

내일부터는 하루 다섯 번 기도 꼭 지키려고요. 신께서 감동하시도록.

"난 종교에 대해 잘 몰라서 그러는데, 이슬람교의 신이 제일 센가요? 이왕이면 제일 파워풀한 신이면 좋겠는데."

이슬람, 기독교, 유대교 모두 같은 신을 믿는, 뿌리가 같은 종교예요. 믿는 방식만 다를 뿐이죠.

"아, 그 유일신을 중심으로 넘버 원 투 스리가 있는 거로군요."

다들 자기 종교가 '넘버 원'이라고 생각해요. 그러니까 원 투 스리가 아니라 넘버 원만 셋인 거예요.

J는 공감한다는 듯 내 대답에 깊이 고개를 끄덕였다. 그러더니 내 베일을 한참이나 주시했다.

"버샤, 베일 한번 줘 봐요."

그가 뜬금없는 부탁을 해 왔다. 어리둥절해하며 나는 어깨에 걸쳐 있던 베일을 내려 그에게 건넸다.

"생각보다 천이 부드럽고 쿨한 느낌이네요."

J는 한동안 손으로 베일을 쓰다듬고 뺨에 대 보며 감촉을 느끼기더니 아이처럼 그걸 손으로 이리저리 말았다 풀었다 하며 장난을 했다.

나는 오늘처럼 이렇게 시간 여유가 많으면 얼마나 좋을까, 하는 생각을 그에게 알리기 위해 글로 옮기는 중이었다.

"어때요?"

J의 말에 나는 고개를 들어 그를 바라봤다. 그새 J는 아랍 남자처럼 머리에 터번을 두르고 장난스럽게 웃고 있었다.

베두인족 같네요. 낙타 몰이꾼의 막내아들.

"아버지가 낙타 몰이꾼은 아니지만 우리 집에서 막내는 맞아요.
결혼한 누나가 하나 있죠."
J가 설명을 덧붙였다.

형제가 누나와 J 둘뿐이에요?

"부모와 자식 둘, 그런 4인 가족이 우리나라 표준이죠. 이젠 그것
도 옛날 얘기가 돼 버렸어요. 요즘 사람들은 결혼도 잘 안 하고, 한
다 해도 아기를 잘 안 낳아요. 결혼해서 아기 낳는 게 가장 큰 애국
인 나라가 돼 버렸어요. 그러니 우리도 국가 발전을 위해 난민이나
이주민들 많이 받아들여야 하는 처지거든요. 버샤 몸값이 점점 올
라갈 테니 희망을 가져요."
J의 농 섞인 말에 나는 웃으며 고개를 끄덕여 보였다.
"건 그렇고, 베두인족이라면, 「아라비아의 로렌스」라는 영화에
나온 그 부족 아닌가? 그 옛날 영화 봤어요?"
J의 물음에 나는 반갑게 고개를 끄덕였다. 재스민이 추천해 준 영
화였다. 그녀는 아랍 민족 운동을 우리에게 일깨우고 싶었겠지만
나는 사막의 풍경에 더 반했던 영화다. 너무도 익숙한 사막 풍경이
그 영화를 보기 전까지 그렇게 아름답다는 사실을 깨닫지 못했다.
"영화 초반에 낙타 타고 등장한 그 오마르 샤리프라는 배우가 베

두인족이었죠? 자기네 우물에 손댔다고 다른 부족 사람을 총으로 쏘아 죽이던…….”

J는 영화 내용뿐 아니라 장면까지 자세하게 기억하고 있었다.

그의 말을 듣고서야 나는 그 장면을 기억해 냈다. 낙타를 탄 베두인 남자가 사막 저 아득한 곳에서 먼지를 일으키며 달려오는 모습이 얼마나 지루했던지, 그래서 인상에 남은 장면이긴 했다.

J는 베두인족 흉내라도 내듯 머리에 두른 터번을 과장되게 만지며 제1차 세계 대전을 다룬 영화 가운데 아랍을 배경으로 한 영화는 그게 처음이었다면서 아낌없이 찬사를 늘어놓았다.

“근데 그 영화, 지금 생각하니 진짜 중요한 걸 빠뜨린 영화네요.”

J의 말에 나는 궁금증 어린 눈으로 그를 쳐다보았다.

그는 머리에서 터번을 풀어 내리더니 양손에 길게 펼쳐 들고 내 얼굴을 살핀다.

“버샤, 베일은 왼쪽에서 오른쪽으로 둘러요? 아니면 그 반대로……?”

J는 직접 내게 베일을 둘러 주려는 듯 물었다.

나는 직접 하겠다는 의미로 그의 손에서 베일을 건네받으려 했다. 그러자 J는 나를 제지하더니 활짝 펼친 베일을 주위에 드리웠다. 웬일인가 하는 순간 기습적으로 그가 내 뺨에 키스했다. 번개가 내 온몸을 관통하듯 현기증이 일었다. 놀라 허둥대며 그를 밀어내자 J는 이내 떨어져 나갔다. 그는 서둘러 베일을 정돈해 내 머리와 얼굴에 원래대로 둘러 주고는 바로 자리에서 일어났다.

“그거였어요. 그 영화에서 빠졌던 거! 로맨스와 키스 신.”

그렇게 둘러댄 다음 그는 언제나처럼 휙 하니 사라졌다.

너무도 급작스러운, 짧은 순간이었지만 감각은 또렷이 남았다. 따스한 입술, 매끈한 안경테의 차갑고 가벼운 압박감, 따끔한 수염, 다크 초콜릿 향기와 뒤섞인 듯한 땀 냄새······.

32

오전 일과가 끝나자 식구들은 다들 제 갈 길로 나선다. 지난번 하 만이 각자의 역할을 강조한 뒤로 저마다의 일과로 바빠진 것이다. 오늘은 내가 집 지킴이다. 사나흘에 한 번 정도 돌아오는 이 일도 나쁘지 않다. 혼자 이 보금자리를 독차지 할 수 있으니. 책 읽기든 공부든 집중력이 좋아지는 것도 있지만 무엇보다 카펫 바닥에 엎 드려 글 쓰는 일이 제일 마음에 든다. 노트북 아닌 일기장에 손 글 씨로 쓸 때는 등받이 없는 소파보다 카펫 바닥이 훨씬 낫다.

"버샤!"

갑작스런 부름에 놀란 나는 그제야 이곳에 나 혼자가 아니었음 을 깨닫는다. 하만이 기도실에 머물고 있었던 모양이다. 놀란 건 그 뿐만이 아니다. 그가 기도실로 나를 부르는 일은 지금껏 한 번도 없 었다. 휘장 하나로 기도실과 거실이 나뉘어 있지만 기도실은 우리 거처에서 가장 안쪽에 있는 내밀한 공간이자 남자 전용이다. 예배가 우선인 그곳은 하만과 아델이 중요한 집안일을 의논할 때를 제외하면 밤에 남자들 침실이 된다. 그 반대쪽인 내가 있는 이곳이 공용 거실이자 밤에는 여자들 침실이 된다. 휘장이 드리운 후로 나는 한 번도 기도실을 들여다본 적이 없다.

"이리로 좀 와 보지."

하만의 부름에 나는 기도실로 향한다.

기도실 휘장을 젖히고 내가 머뭇거리며 서 있자 하만은 들어와 앉으라는 손짓을 한다. 기도실 안도 엄밀히 따지면 둘로 나뉘어 있다. 맨 안쪽에 기도용 작은 카펫이 깔려 있고 거기서 한 뼘쯤 간격을 두고 조금 더 긴 카펫이 깔려 있는데 그것이 취침용 카펫인 모양이다.

내가 바깥쪽 카펫 끝부분에 앉자 하만은 더 가까이 다가오라고 손짓한다. 그가 가리키는 곳으로 다가가 앉는다.

"버샤. 지난번 담당관이 꺼냈던 그 문제 말이야."

그의 첫마디에 나는 내 예상이 빗나가지 않았음을 깨닫는다.

"신청해서 적극적으로 치료받아 보는 게 어떻겠어?"

하만은 아델의 생각과 같은 결론을 내린 모양이다.

나는 고개를 가로저으며 거절의 뜻을 분명히 한다.

"이 나라 의술은 세계적인 수준이래. 목소리를 되찾는 것도 중요하고 또 아델 말대로 사람들과 관계를 맺는 일에도 도움이 될 거 같아. 우리의 존재감이 살아나는 효과도 있고 말이야."

하만은 아무래도 마지막 말에 무게를 싣는 것 같다.

나는 완강하게 한 번 더 고개를 젓는다.

"그리고 아이샤, 이제 너도 스무 살이 넘었잖아."

하만은 불쑥 내 이름과 함께 나이까지 들먹인다. 그가 원래의 내 이름을 부를 때는 불순한 의도가 있게 마련이다.

스무 살이라는 나이는, 맨 처음 회색 수염 어르신이 떠올렸던 기준선이다. 공부 끝나고 스무 살이 되면, 그러니까 서양식으로 성인이 되는 그 나이가 되면 결혼식을 올리는 걸로 하자고. 그때는 집도 새로 하나 장만해야겠지. 후손 맞을 준비도 해야 하니 말이야. 회색 수염 어르신 말을 노마님이 이었다. 그전까지는 학교 다니면서 예의범절과 살림도 익히고 아이들과도 친하면서 사이좋은 가족이 되도록 해. 하만 집안과 인연을 맺으면서 그들이 나에게 한 약속이자 배려였다. 하지만 그 계약은 이미 파기된 거나 마찬가지다. 내가 아이샤에서 버샤로 자리를 옮겨 오면서 완전히 끝난 일이다. 스무 살이란 기준선도 의미가 없어졌다. 더욱이 내가 스무 살을 넘어선 것도 벌써 작년 일이다.

"아이샤, 이제 앞으로 우리가 이곳에서 살게 되면 말이지."

유혹적인 목소리로 그가 은근히 내게로 다가든다.

"아, 아이샤, 향수 뿌렸나 보구나."

그가 내 몸쪽으로 얼굴을 가까이 들이밀더니 사냥개처럼 코를 킁킁댄다.

나는 반사적으로 몸을 뒤로 빼면서 J가 선물한 향수를 뿌린 게 실수였음을 깨닫는다. 하만의 집에서 생활할 때도 가끔 그는 내게 은근한 눈길을 보내며 접촉을 시도해 온 적이 있긴 했다. 그럴 때마다 내가 워낙 완강하게 거부했던 데다, 하만 역시 어르신들이 정해

놓은 규율을 깨닫고 이내 물러서곤 했다. 더욱이 버샤의 일이 있고
는 그도 마음을 완전히 접은 것 같았다.

"하긴 너도 향수도 뿌리고 화장할 나이도 되었지."

성인이 된 딸을 대하듯 하는 투다. 그 말에 나는 내 의심이 지나
쳤나, 하는 생각을 한다. 무엇보다 이곳은 성스러운 기도실 아닌가.
어쩌면 그는 진짜 사랑하는 딸 버샤를 떠올렸는지도 모른다. 그렇
게 마음을 가라앉히고 있는데 하만이 갑자기 내 어깨를 와락 끌어
당긴다. 놀란 나는 완강하게 그의 가슴을 밀어젖힌다. 하지만 워낙
크고 단단한 체구의 그는 꿈쩍도 않는다. 그의 얼굴과 가슴이 더 가
까이 다가선다.

"싫어요. 하만!"

다급한 나머지 내가 소리친다.

나의 외침에 놀란 하만이 멈칫하며 물러난다.

"어, 아, 아이샤……."

뒤로 물러선 그가 놀란 눈으로 나를 쳐다본다.

"나한테 손대지 말아요, 하만!"

눈을 부릅뜬 채 나는 그에게 경고하듯 말한다.

하만은 나를 쳐다보고만 있다. 실어증 환자의 입에서 터져 나
온, 분명하고 카랑카랑한 목소리에 충격과 당혹감을 감추지 못한
채……. 그런 하만을 뒤로 하고 나는 기도실을 뛰쳐나온다.

*

진우는 탁상 달력에서 시험 날짜를 확인했다. 삼십 일 남았다. 달이 차고 기우는 주기인 한 달만 참아 내면 된다고 생각하니 마음이 더 결연해진다. 진데렐라 체질에서 벗어난 덕에 정상 근무를 하고도 공부할 시간이 충분했다. 하루 치 진도를 끝낸 진우는 버샤의 편지가 담긴 USB를 노트북에 꽂았다. 그녀의 글을 읽으면 피로 회복제를 마신 것 같은 효과가 있어 잠들기 전에 한 번씩 읽는 게 습관이 돼 버렸다. 오늘도 작업 장소를 옮겨 가는 도중 짬을 내 우편함 장소에 들렀더니 마침 답신이 담긴 USB가 그녀를 대신해 있었다. 지난번 키스 신 사건 이후 처음 받는 답신이라 진우는 긴장했다.

요즘은 편지 쓰는 일이 가장 즐거운 일과예요.

첫 문장에 안도의 숨이 절로 났다. 버샤의 편지는 위안과 감동은 물론 '열공 모드'의 힘이 돼 주었다. 차분한 데다 깊이가 남다른 그녀의 글은, 영어 실력에 맞춰 쓴 자신의 상투적인 안부 인사와는 차원이 달랐다. 분량도 진우 것에 비하면 서너 배는 길어 정성이 보였다. 출국장에서의 하루 일상이 그녀 시선으로 세세하게 그려져 있는 데다 어릴 적 추억도 곁들여져 가끔은 자전 소설을 읽는 것 같기도 했다. 글 속의 버샤는 당차고 완벽주의 기질이 있는 데다 꽤 고집이 센 성격 같았다. 다분한 페미니스트 성향도 진우는 마음에 들었다. 이슬람 문화 자체가 여성들에게 워낙 억압적이라 버샤의 페미니즘은 너무도 당연해 보였다.

첫 약속이 불발되고 한동안 진우가 보이지 않자 버샤는 자신이 얼마나 가슴앓이를 했는지도 솔직하게 털어놓았다. 그 대목에서는 그녀의 고백이라도 듣는 것 같아 진우는 가슴이 벅찼다. 지난번 진우의 돌발 행동에 대한 언급은 전혀 없었다. 나무라는 말도 좋았다는 말도 없는 걸로 미루어 진우는 최소한 나쁘지 않았다는 의미로 받아들이기로 했다. 우려했던 일이 무사히 넘어갔다는 생각에 안도를 넘어 자신감마저 솟았다. 어쩌면 버샤도 진우의 돌발 행동에 힘입어 자신의 마음을 터놓을 용기가 생겼는지도 몰랐다. 언제나처럼 이번 편지에도 버샤는 시 한 편으로 마무리했다.

J는 이곳에서 처음으로 나를 찾아온, 나의 첫 손님이에요. 우리 문화에서 손님은 아주 소중한 존재죠. 이와 관련한 유명한 페르시아 시인의 시가 있어요. 오늘은 그 시를 한 편 보냅니다. 잘랄루딘 루미라는 시인이 쓴 「여인숙」이라는 작품이에요.

인생이란 여인숙 같은 것
매일 아침 새로운 손님이 당도한다.

기쁨이나 절망, 슬픔
또는 순간적 깨달음 등이
예기치 않은 손님으로 찾아온다.

그들 모두를 기쁘게 맞으라.
비록 그들이 슬픔의 무리여서
그대의 집을 난폭하게 짓밟고
살림살이를 없앤다 해도
그래도 손님 하나하나를 존중하라
아마도 그들은 새로운 시작을 위해
그대의 집을 비워 주는 것일 테니

암울한 생각, 수치심, 후회
그들도 문에서 웃으며 맞이하라.
그리고 안으로 맞아들이라.

그 누가 찾아오든 감사하라.
각각의 손님은 멀리서 보면
저 위에서 보낸 안내자들이니.

*

"하만, 이곳 담당관이 권했던 버샤 치료 문제, 그거 매듭지어야죠."
휘장 너머에서 흘러나온 아델의 말이 나를 긴장시킨다.

하만이 어떤 반응을 보일까? 기도실에서의 돌발 상황 이후 하만
과 나 사이엔 묘한 기류가 흐르고 있다. 그는 아직 내게 아무런 내
색을 않고 있고 나 역시 아무 일도 없었던 것처럼 지내고 있다. 갑

작스런 위협에 반사적으로 나온 외침이었다. 지금껏 한 번도 들키지 않고 숨겨 왔던 내 목소리가 그처럼 크고 또렷하게 튀어나올 줄이야. 놀라 당황한 건 나도 하만 못지않았다. 도망치듯 기도실을 뛰쳐나온 이후 지금까지 나와 하만은 그 일에 대해 함구한 채 서로 눈치만 보고 있다.

내가 실어증에 걸린 건 버샤 사건 직후였다. 아무리 말을 하려고 해도 목구멍에서 소리가 나오지 않았다. 하루가 지나고 이틀, 사흘, 일주일이 지나도 마찬가지였다. 실어증에서 풀려난 건 하만이 '이곳을 떠나기'로 결정을 내린 뒤부터, 아니 더 정확하게 말하자면 버샤가 되기로 결심하면서부터였다. 가슴 저 깊은 곳에 맺혀 있던 웅어리가 풀리면서 목젖 사이로 소리가 새 나오기 시작했다. 버샤가 내게 준 선물 같았다. 그 선물을 나는 바로 풀어놓고 싶지 않았다. 그러면 버샤와 나 사이에 있었던 일을 다 털어놓아야 하고 결국 나를 보호할 수단 또한 사라질 게 뻔했으므로.

그날, 버샤가 당했던 끔찍한 일을 나는 운 좋게 피해 갈 수 있었다. 오랑우탄 같던 남자가 총구를 앞세우고 내 침대로 한발 한발 다가섰을 때, 나는 겁이 나서 눈을 질끈 감아 버렸다. 벼랑 끝에 매달려 있던 손을 놓았음에도 허공에 그대로 떠 있는 느낌이랄까. 아무 일도 일어나지 않았다. 잠시 뒤 짧은 탄성과 함께 계단 아래로 급히 뛰어 내려가는 오랑우탄의 발소리만 들렸다. 살며시 눈을 떠 보니 사내는 이미 사라지고 없었다. 그가 놀라 도망친 이유를 그제야 나는 알 수 있었다. 나의 월경혈로 하얀 침대 시트가 시뻘겋게 적셔진 걸 보고 놀라 달아난 게 분명했다. 여자의 월경혈에 대한 혐오, 아니면 피에 대한 원초적 공포 때문일 수도 있다. 되짚어 보면 남자의 부리부리한 눈이 처음부터 겁에 질려 있었던 것 같기도 했고 총을 겨눈 손이 떨렸던 것 같기도 했다. 오랑우탄처럼 보여도 심장은 토끼의 것만 했을 수도 있었다.

"왜 말이 없어요?"

아델은 자신의 말에 아무런 답이 없는 하만을 다그친다.

"좀 더 생각해 보자고."

하만이 마지못한 듯 대꾸한다.

그도 자신의 입장을 밝히기 쉽지 않을 것이다. 나와의 일부터 미해결 상태니 그의 고민도 적지 않을 터였다. 그 일에 대해 여전히 함구하고 있는 건 그날 자신의 충동적 행동이 찜찜해서인지 아니면 내가 모든 걸 털어놓기를 기다리고 있는 건지 알 수 없다. 갑작스런 나의 외침에 그가 놀라 당황하던 모습으로 미루어 그는 나의 실어증에 얽힌 진실을 까맣게 모르고 있었던 건 분명하다.

"요즘엔 통 인터뷰 요청도 없고, 이러다 사람들 기억에서 잊히면 어떡해요. 뭐든 우리가 액션을 취해야 남들도 관심을 보이잖아요."

아델이 내 치료를 적극적으로 원하고 나서는 이유도 분명하다. 나도 그녀의 의도를 비난할 생각은 없다. 우리 모두를 위한 일이라면 발 벗고 나설 의무는 내게도 있으니까. 하지만 J와의 재회 이후 상황이 달라져 버렸다. 내 문제가 더 절실해진 만큼 더 이상 나를 수단으로 내세우고 싶지 않다.

"글쎄, 좀 더 시간을 갖고 생각해 보자고. 일단은 당사자가 받아들여야지."

역시나 하만은 나를 명분으로 삼는다. 공을 내게 넘기려는 게 분명하다.

"우리가 먼저 결정을 해야죠. 버샤야 우리 생각을 따르면 되는 거고."

아델이 밀어붙이기식으로 나온다.

"어릴 적 동네 친구 중 하나가 실어증이었는데, 하루아침에 말문이 틔더라고. 그 친구 부모도 한동안 애태우며 병원과 용한 의사를 발이 닳도록 찾아다녔지만 다 헛수고였어. 때가 되니까, 절로 입이 열리더라니까. 어쩌면 그게 병원을 찾는 것보다 더 극적인 효과가 있을지도 몰라."

하만이 아델의 불만을 무마하듯 덧붙인다.

그 말은 하만이 나를 위해 마련해 주는 퇴로가 분명하다. 기회를 틈타 자연스럽게 나 스스로 봉인을 열도록 유도하는 말이다. 그것이 서로를 위해서도 자연스러운 일일 것 같다. 하지만 언제, 어떻게 이 빗장을 자연스럽게 열고 나가야 할까? 내게 넘어온 공이 결코 만만치 않아 보인다.

33

"대체 어떻게 된 거야, 팀장. 출근하지 말라니?"

출근 직전, 긴급 문자를 뒤늦게 확인한 진우는 바로 종현에게 전화를 걸었다.

"그동안 뉴스 봐서 잘 알잖아. 상황이 점점 심각해지고 있어 정부에서 특단의 조치를 내릴 계획인가 봐."

얼마 전 중국에서 발생한 바이러스가 번져 나가면서 전 세계가 신경을 곤두세우더니 국내에도 사망자가 나오면서 점점 심각한 단계로 접어들고 있었던 것이다. 문제의 심각성은 진우도 알고 있었지만 그 일이 자신의 일에까지 영향을 미칠 거라곤 생각지 못했다.

"아무리 치명적 바이러스라 해도 왜 출근을 못 하게 하는 거야?"

"곧 공항 폐쇄할 거래."

"뭐? 제3차 세계 대전이라도 났어? 공항을 폐쇄하게."

너무도 급작스러운 얘기라 진우는 자신이 잘못 들었나 싶었다.

"세계 대전보다 더 큰 인명 피해가 날지도 몰라."

종현의 목소리는 여전히 심각했다.

국가마다 국경 봉쇄에 관한 이야기가 오가고 있음을 진우도 모르는 바 아니었다. 그럼에도 여전히 다른 나라 얘기로만 여겼던 것이다. 그동안 사스니 조류 독감이니 메르스니 온갖 일을 겪었지만 공항 폐쇄는 지금껏 한 번도 없었다.

"그럼 이번 달 보기로 한 채용 시험은?"

진우는 당면 문제부터 떠올렸다.

"지금 시험이 문제야. 공항 폐쇄하면 있던 직원도 잘라야 할 판인데."

종현의 말에 진우는 심장이 덜컥 내려앉았다. 오직 그 목표를 향해 지금까지 달려온 자신이 아니었던가.

"여튼, 나 지금 회의 들어가야 하니까, 나중에 다시 통화하자."

종현은 서둘러 전화를 끊었다.

진우는 머릿속이 하얗게 되는 것 같았다. 자신의 앞날이 걸린 중대사를 코앞에 두고 뜻밖의 문제가 터진 것이다. 일단 마음을 진정시키고 생각을 정리해 보았다. 몇 년 전 사스나 메르스 문제가 생겼을 때도 국가별 입국 거부 조치는 있었지만 공항 폐쇄는 없었다. 어쩌면 이번 조치는 이전과 같은 전철을 되풀이하지 않겠다는 강력한 의지가 깃든 시나리오 중 하나라는 생각이 들었다. 시나리오가 실제 상황이 된다 하더라도 발 빠른 대처인 만큼 해결도 빠르겠다 싶었다. 그러면 정상화도 빠를 터였다.

출근 보류만큼은 나쁘지 않았다. 전날 밤잠을 설쳤던 터라 진우는 눈부터 좀 붙이기로 했다. 작업복을 벗으려다 상의 안주머니에 들어 있던 USB에 생각이 미쳤다. 그제야 진짜 중요한 문제가 떠올랐다. 아무리 일시적이라 해도 공항을 폐쇄한다면, 공항 출국장에서 생활하고 있는 사람들…… 버샤는 어떻게 되는 거지? 그 생각이 스치자 가슴이 서늘해졌다. 이 편지도 못 전하면 어쩌나 싶기도 했다. 전날 밤 잠들기 전 버샤의 편지를 되풀이해 읽다가 진우는 그동안 자신의 편지가 너무 성의가 없었다는 사실을 깨달았다. 마음을 다잡고 다시 책상에 앉아 밤새 정성껏 편지를 썼던 것이다. 출근 준비가 신났던 것도 그 편지를 전할 수 있다는 생각에서였다. 피로는 커녕 부푼 마음이었다. 휴대폰 문자를 보기 전까지는……. 출근 시간을 확인하러 휴대폰을 들여다보는데 업무용 문자가 와 있었다. 그것도 전날 밤 날아온 긴급 문자였다. 다음 날 출근하지 말고 대기하라는……. 뒤늦게 확인한 데다 무슨 일인지 영문을 알 수 없어 바로 종현에게 전화를 걸었던 것이다.

트레이닝복으로 갈아입은 진우는 두 다리 쭉 뻗고 침대에 드러누웠다. 피곤한데 잠은 오지 않았다. 이리 뒤척 저리 뒤척 하던 진우는 다시 노트북 앞에 앉았다. 전날 밤늦게까지 썼던 편지를 찬찬히 다시 읽어 보았다. 이전에 비하면 분량부터 성의가 있어 보이는 장문의 글이었다. 버샤의 고국에서 흔히 볼 수 있는 사막과 이 섬의 지형을 비교하는 걸로 시작해 이 공항이 만들어지기까지의 과정, 그리고 그녀가 좋아할 것 같은 노랑 꼬마 열차 이야기도 담았다. 지난번의 사진이나 동영상이 생생하게 이해될 얘기들이었다. 두 개의 섬을 연결해 공항을 위한 하나의 큰 섬이 만들어진 사실을 그녀와 진우 자신의 만남에 빗대기도 했다. 다시 읽어 봐도 오타 두어 개 외에는 별로 흠잡을 데 없는 영작이라는 생각이 들었다. 버샤의 편지에 걸맞은 답신이라는 생각에 포만감 같은 만족감이 밀려오면서 진우는 잠에 빠져들었다.

*

우리 앞에 펼쳐진 길을 본다. 화려한 가게들이 늘어서 있던 줄기 도로가 긴 터널처럼 변해있다. 숍마다 셔터 문이 내려지고 진열장 조명이 꺼졌다. 벽 아래쪽 드문드문 켜져 있는 비상등으로 줄기 도로는 어둠이 내린 슬럼가 뒷골목을 연상시킨다. 검색대를 통과해 들어오거나 탑승 게이트로 빠져나가며 승객들이 만들어 내는 활기찬 흐름도 완전히 끊겼다. 게이트마다 놓인 좌석들은 공연 끝난 객석처럼 고요하다. 밀물처럼 들이닥쳤다 썰물처럼 빠져나가는 승객들은 그렇다 쳐도 상점마다 친절하게 손님을 맞고 미소를 짓던 점원들, 건물을 관리하고 보안을 맡았던 사람들마저 보이지 않으니 이 출국장은 전쟁이 휩쓸고 간 마을처럼 황폐해 보인다. 구수한 카레 냄새도 그윽한 커피 향도 사라져 우리의 후각마저 마비된 느낌이다.

이곳이 정말 우리가 반년 넘게 살아온 곳이란 말인가. 폭격을 당한 것도 아니고 대량 살상이 일어난 것도 분명 아니지만 모두가 빠져나간 이곳은 영락없는 폐허이자 유령 도시다. 갈 곳 없는 유령인 우리만 남았다. 발바닥에 와 닿는 매끈하고 시원한 감촉만이 눈앞의 광경이 꿈이 아닌 현실임을 일깨워 준다. 공항을 폐쇄하기로 했대. 며칠 전 하만은 느닷없는 소식을 이웃집 소문 전하듯 덤덤하게 말했다. 그때만 해도 하만 역시 이런 상황까지 예측하진 못했던 모양이다.

"진짜 조용하다. 그치?"

세실이 어느새 내 곁에 와 선다.

아이의 눈에도 우리 앞에 펼쳐진 이 길이 이젠 터널로 보이는 모양이다.

"못된 바이러스 때문이라잖아."

어른들 말을 주워들은 나즈도 아는 척하며 한마디 보탠다.

아이들도 웬만큼 상황 파악을 하고 있다. 중국의 어느 작은 도시 우한에서 생겨난 바이러스가 사람의 목숨을 앗아 갈 정도로 치명적이어서 전 세계가 공포의 도가니라는 것, 나라마다 공항을 폐쇄하고 이동을 금지시키고 있다는 사실까지……

총격이나 폭격도 아닌, 아무런 소리도 형체도 없는 바이러스라는 그런 하잘것없는 뭔가가 전 세계 사람들을 위협하고 있다는 것이다. 죽음의 공포라면 전쟁과 다를 것도 없다. 그러니 전 세계가 지금 소리 없는 전쟁을 겪고 있다는 말 아닌가. 이미 우리가 넌더리 나게 겪었던, 그리고 지금도 진행 중인 그 일이 이제는 우리뿐 아니라 온 세계 사람들 일이 되었다는 말이다.

출국장 곳곳의 모니터에서는 한동안 지구촌 구석구석의 바이러스 관련 뉴스가 흘러나왔다. 총소리도 포격도 폭파도 없이 사람이 죽어 나가는 장면이 연일 화면을 채웠다. 바이러스의 실체도 실감

하지 못하는 우리에겐 난생처음 들어 보는 팬데믹 상황보다 날마다 오가던 사람들 발길이 뚝 끊기면서 생겨난 이 적막감이 더 무섭다. 오가는 사람들의 활기에 힘입어 우리는 지금껏 우리의 현실을 잊고 살아왔던 것 같다. 그들이 사라지고 나니 이곳은 막막한 사막에 다름 아니다. 우리에겐 그들이 나무이자 숲이고 오아시스였던 것이다.

"무서워."

"나도."

세실의 말을 나즈가 받는다.

이 긴 터널의 시간은 언제까지 이어질까. 끝이 있긴 할까?

아이들은 걸음을 떼 놓는 걸 계속 주저하면서 무서워, 돌아갈까, 라는 말을 되풀이하고 있다.

"괜찮아!"

내가 단호히 말한다. 그 한마디에 어둠과 공포가 성큼 물러난다.

"우리, 같이 달리기하자!"

내가 한마디 더 하자, 그제야 아이들 눈이 휘둥그레진다.

"어, 버샤, 말소리……?"

세실이 그제야 내 목소리를 알아채고 놀란다.

"와 버샤! 한번 더 해 봐!"

나즈도 신기한 듯 나를 쳐다보며 외친다.

지금껏 말을 터놓을 기회를 엿보긴 했지만 이번 역시 지난번 기도실에서처럼 반사적으로 나온 말이다. 아마도 신께서 적절한 타이밍을 선물해 주신 것 같다.

"잘 봐. 이 선에서 출발하는 거야."

아이들 앞에 서서 나는 노란 선을 가리켜 보인다. 내 말소리는 그들 귀로 흘러들어 바로 현실이 된다. 두 아이는 내가 가리키는 노란 선을 뚫어지게 내려다본다.

"준비— 하고 땅! 하면 저 끝까지 달려가는 거야. 알았지?"

내가 다짐하듯 묻는다.

"쉬지 않고 끝까지?"

"응. 마지막 111번 게이트까지."

내 말에 두 아이가 크게 고개를 끄덕인다.

"알았어. 111번 게이트!"

두 아이는 달리는 거라면 자신 있다는 듯 힘차게 고개를 끄덕여 보인다. 역시 아이들은 오래 생각하지 않는다. 의심이 없으니 적응도 빠르다.

이토록 시원스레 뻗은 길을 아무런 방해 없이 단번에 달려갈 수 있게 되었다는 것, 그것이 공항이 폐쇄되고 우리가 누릴 수 있는 유일한 혜택이다. 어쩌면 이 일도 이번이 마지막일지도 모른다. 이미 공항 곳곳이 출입 금지 구역이 되고 빨간 빗금의 비닐 테이프가 여기저기 둘러쳐지고 있다.

"준비— 땅!"

내 외침이 떨어지기 무섭게 아이들이 쏜살같이 달려간다.

나도 그들 뒤를 따라 힘껏 달린다.

34

"세상에, 이런 행운이 찾아오다니. 얼마나 다행이야, 버샤."

아델이 호들갑스럽게 나를 포옹하며 반긴다.

세실과 나즈가 다투듯 나의 실어증과 관련한 빅 뉴스를 전한 직후다. 지금껏 나를 거의 투명 인간 취급해 오던 아델이 이토록 나의 실어증 탈출을 반길 줄이야.

"하만, 당신 말이 맞았어요."

아델은 얼마 전 하만과의 대화를 떠올리며 말한다.

"여튼 미스터 김 수고까지 덜게 되었네. 지난번 통화에서 전문의를 한번 알아보겠다고 했거든."

하만도 침묵을 깨고 한마디 하며 끼어든다.

"이젠 아이들 공부도 걱정 없겠어. 가르치는 일이야 버샤가 최고니까. 이참에 나도 영어 공부 좀 해야지. 텔민 너도 같이 하자."

아델이 속내를 금세 드러낸다.

미심쩍은 눈으로 나를 흘끗 보고 난 텔민은 엄마의 권유에 입을 비죽거릴 뿐이다. '노.'라고 단호하게 말하지 않는 걸로 보아 녀석도 결국 못 이긴 척 합류할 모양이다. 이곳 생활에서 영어의 필요성을 온몸으로 깨우친 건 텔민도 예외가 아니다. 책하고는 담쌓고 지내던 그가 요즘 들어서는 곧잘 영어 교재와 사전을 뒤적이곤 했다.

아델의 진의야 어떻든 가르치는 일이라면 나도 마다할 리 없다. 수예의 압박에서 벗어날 수 있는 확실한 명분이 돼 줄 테니 말이다.

"버샤, 늦깎이 학생도 받아 줄 거지? 텔민하고 나도 같이 배울 테니 잘 좀 부탁해."

선생 대하듯 아델이 거듭 깍듯하게 말한다.

고개를 끄덕이며 나는 짧게 답한다.

"어쩜, 목소리도 예전 그대로네. 하나도 녹슬지 않았어. 참, 신기하다, 그지?"

아델이 과장된 감탄을 늘어놓자 텔민이 비아냥거리듯 받아친다.

"뭐, 연습 좀 했겠지."

눈치 빠른 텔민답게 빗나간 말은 아니다. 더러 책을 소리 내 읽거나 외국어 발음도 해 보곤 하면서 그동안 나도 남몰래 목을 관리해 왔으니 말이다. 그런 나를 텔민이 우연히 목격했거나, 넘겨짚는 말이거나 어느 쪽이든 상관없다. 더 이상 나는 녀석의 반응에 긴장하지 않게 되었다. 언젠가 텔민과 맞닥뜨렸을 때 보았던, 그의 손에 들려 있던 테이크아웃용 커피가 누구에게 건네졌는지 알게 되면서다. 텔민도 마음을 나눌 비밀 친구가 생긴 것이다. 그 친구란 바로 세실이 좋아하는 인형 가게 점원인 오렌지 머리 여자다. 세실과 나즈가 즐겨 드나들던 그 가게에 언젠가부터 텔민도 발을 들여놓으면서 그녀와 친해졌을 것이다. 세실의 메리다 인형도 그 결과였던 건 두말할 필요도 없고…….

오렌지 머리에 대한 텔민의 감정이 철부지 세실과 나즈가 그녀에게 보이는 감정과 어찌 같을 수 있을까. 사춘기에 접어든 열일곱 사내 녀석이 그런 코흘리개 애들 정서일 리 없다. 그 비밀을 알게 되면서 나는 텔민의 불편한 시선에서 벗어날 수 있었다. 이제는 녀석도 무슬림식 잣대로 가문의 명예를 들먹이는 일 따윈 하지 않을 테지. 적어도 텔민이 그 오렌지 머리를 위해 커피를 챙길 정도로 세심하고 풋풋해졌다면 말이다. 누군가를 떠올리며 손수 선물을 마련한다는 것, 그러니까 행동을 낳기까지 마음속에서 일어나는 변화와 소용돌이를 나는 잘 알고 있다. 그 이전과 이후는 결코 같은 사람일 수 없다. 그것을 겪고 나면 '그 또는 그녀'는 돌이킬 수 없는 변화의 물결에 몸을 실은 것이다.

"걱정이 돼서 아침에 미스터 김한테 안부 전화 했더니, 그는 오히려 우리를 걱정하더라고."

하만은 미스터 김 얘기를 꺼내며 화제를 돌린다.

오늘도 하만은 그에게 연락을 한 모양이다. 건강 관련 안부라는 명분이 생겼으니 이제 한동안 하만 가문의 어르신 역을 미스터 김이 대신할지도 모른다. 그런 하만을 나도 인정하기로 한다. 누구에게든 위안의 그늘이 한 곳 정도는 필요한 법이니 말이다.

"다행이네요. 그나저나 미스터 김이 우리 문제에 대해서는 뭐래요?"

현실 문제로 돌아온 아델의 물음이다.

"상황이 상황인 만큼 그 문제는 별 진척이 없나 보더라고. 영어가 짧아 자세한 얘기는 못 하고 안부만 물어봤지. 구호품은 걱정 말라고 한 것 같았어."

아델은 하만의 마지막 말에 위안을 얻는 눈치다.

"앞으로는 미스터 김과 통화할 일 있으면 버샤한테 넘겨요. 이젠 말도 자유로우니……."

아델은 하만에게 이르듯 말하고 내게로 시선을 돌린다.

"그렇게 할 거지, 버샤?"

그녀의 당부에 나는 하만부터 흘끗 일별하고 난 다음 그녀의 제안을 받아들인다. 외부와 연결되는 유일한 통로인 휴대폰, 그것을 쓸 수 있는 기회를 내가 마다할 리 없다.

"미스터 김도 버샤가 목소리 되찾았다는 걸 알면 정말 좋아하실 거야. 놀라지 않도록 미리 설명부터 해 드려야겠지?"

아델이 당부 섞인 말을 내게 건네자 하만이 나선다.

"통화보다 문자가 정확하지. 미스터 김 전화는 오는 것만 받으면 되고."

하만은 휴대폰 이용과 관련해 지켜야 할 지침을 정해 준다. 내가 김과 직접 통화하는 게 달갑지 않은 것인지, 통화 비용을 아끼려는 것인지…….

*

"뭐? 대포폰?"

종현이 큰 소리로 반문했다.

"응, 그거 어떻게 만드는지 알아?"

진우가 진지하게 물었다.

"제조 방법을 묻는 건 아닐 테고……. 야, 너 아무리 일자리가 없어졌다 해도, 설마……. 돈 필요하면 나한테 얘기해."

"쓸데없는 소리 말고, 알고 있으면 좀 알려 줘."

"하긴, 네가 사고 칠 그런 성격은 아니지."

"알고 있냐니까, 대포폰 개통하는 방법……."

진우가 한 번 더 다그쳤다.

"내가 그걸 왜 알아야 해. 검색하면 다 나오는 걸……."

"아, 그렇지."

종현이 곁에 있으면 일단 그를 첫 해결사로 떠올리는 익숙한 습관을 깨닫자 진우는 머쓱해졌다.

"이건 갔다 와서 하고 산책부터 하자."

노트북 앞에 다시 앉으려는 진우를 종현이 밀어낸다.

"왜 그래?"

"너도 맨날 방에서 뒹굴면 건강만 나빠져. 바닷바람 쐬면서 휴양지에 휴가 온 기분 좀 내야지. 격월 근무에 무급 휴가니 이번 달은 시간을 월급으로 산 셈 아냐. 돈 허비하지 말고 빨리 나서자."

"앞으로 여가 시간은 네 여친하고 보내. 면세점도 문 닫았으니

지연 씨도 시간 많을 거 아냐."

진우가 귀찮은 듯 주섬주섬 옷을 주워 입으며 한마디 했다.

"지연인 요즘 자격증 준비하느라 바빠. 제빵사에 바리스타 자격증까지 딸 거라면서."

"다들 앞날 걱정에 쉴 틈도 없구나."

"앞날을 준비하는 일도 맥 빠지는 일이지. 이번 일만 봐도 알잖아."

종현은 진우의 채용 시험을 떠올린 듯 더는 말을 잇지 않았다.

"참, 너 혹시, 소방이나 방역 팀에 아는 사람 없어?"

"그건 또 왜?"

뜬금없는 질문에 종현이 퉁명스럽게 반문했다.

"그냥."

"왜 없겠냐. 우리도 앞으로는 방역 복장 하고 작업 들어가야 할지도 몰라. 여튼 앞으로 나한테 제발 곤란한 부탁은 하지 마라. 나도 너의 그 국경을 초월한 로맨스에 얽혀 난처해진 게 한두 번이 아니니까. 지금은 워낙 엄중한 시기라 납작 엎드리고 숨만 쉬고 있어야 해. 그래도, 우리 같은 회사가 어딨냐. 임시직도 정직원처럼 대우해 주고 있잖아."

"하긴, 숙소에서 안 내쫓는 것만 해도 어디야."

진우는 그것만으로도 감지덕지라는 듯 말했다. 계약 기간까지 숙소를 쓸 수 있도록 회사에서 허용해 준 것이다. 버샤가 있는 한 자신도 이곳을 떠날 수는 없었다.

"바람이나 쐬면서 얘기하자. 섬사람 다 됐는지 하루라도 바다를 안 보면 속이 답답해."

종현이 현관으로 가더니 신발부터 꿰신었다.

"넌 섬사람 아니라 섬 귀신 되는 거 아냐?"

"그럴 수도 있지, 평생직장에다 노후까지 여기서 보낸다면……. 그나저나 넌 일회용을 대체 몇 번째 쓰는 거냐?"

종현은 현관문 옆에 걸린 진우의 마스크를 집어 들고 인상을 찌푸렸다.

"구하기도 쉽지 않은 데다 환경도 생각해야지."

건네받은 마스크를 진우는 아무 문제 없다는 듯 걸치고 현관을 나섰다.

"비행기 소리 들은 지도 참 오래다. 이전에는 무심코 고개만 들어도 비행기 오가는 게 하늘 한 켠에 꼭 보였는데……."

종현이 하늘을 올려다보며 넋두리했다. 푸른 하늘엔 구름만 무심히 떠 있었다. 비행기가 안 보이니 하늘도 허전했다.

"난 비행기 엔진의 휘발유 냄새가 맡고 싶네."

진우가 공항 쪽을 돌아보며 코를 벌름거리자 종현이 혀를 찼다.

"임시직이 직업병까지 얻고, 참……."

*

SF 영화 속에 들어와 있는 기분이다. 하얀 방역복 차림의 대원들이 주기적으로 출국장을 오가고 있다. 머리부터 발끝까지 감싼 하얀 복장에 장갑을 끼고 얼굴도 마스크로 완전히 가린 채 눈만 내놓고 있는데 그마저 보안경 아니면 투명 캡으로 가린 채다. 저 정도면

대원들끼리도 서로 알아보기 힘들 것 같다. 무슬림 여성의 베일로 치자면 가장 답답하고 폐쇄적인 부르카에 해당한다고나 할까.

특별기 운항을 위한 게이트 몇 군데만 남겨 놓고 대부분의 구역은 출입 금지 테이프가 둘러쳐진 상태다. 한동안 나의 아지트였던 벵갈 고무나무가 있던 게이트에도 어느 날 방역복 차림 사람들이 나타나더니 화분을 카트에 싣고 가 버렸다. 그뿐 아니라 곳곳의 많은 물건이 한동안 대형 카트에 실려 끊임없이 빠져나갔다. 어쩌면 우리도 머지않아 다른 곳으로 옮겨 갈지 모를 일이다.

언젠가부터 우리는 어떤 일에도 더 이상 놀라지 않을 거라는 오만과 냉소에 젖어 지내 왔다. 하지만 지난번 가문의 몰락 소식을 접하고 하만은 다시 절망의 늪에 한동안 빠져 있었다. 공항 폐쇄에 처음엔 다들 놀라긴 했어도 얼떨떨해할 뿐 현실을 완전히 자각하지는 못한 채였다. 하지만 벵갈 고무나무 화분이 사라진 자리를 보는 순간 사태의 심각성과 함께 내 가슴은 완전히 무너져 내렸다. 한 가닥 위안으로 삼고 있었던 J와 나 사이의 유일한 연결 고리마저 사라진 것이다.

이제 J는 어떻게 되는 걸까. 지금껏 시험에 모든 걸 걸고 준비해 왔는데 그것도 완전히 물 건너가 버린 건 아닐까. 이곳에서 일하던 사람들도 다들 이곳을 떠나 버린 것 같다. 이 공항 청사는 물론 공항이 있는 섬마저 텅 비어 버렸으면 어쩌나. J가 이 지역에 머물지 않는다는 생각만으로도 숨이 막혀 온다. 눈물이 솟구친다. 저런 저런, 버샤, 너무 나갔어. 진정해. 제1의 버샤가 서둘러 나선다. 국경이나 다름없는 이런 세계적 공항이 어떻게 오랫동안 문을 닫을 수

있겠어. 상황이 나아지면 이곳부터 제일 먼저 개방될 거야. 그러면
모든 게 제자리로 돌아올 테고 네 앞에는 제일 먼저 J가 짠 하고 나
타날 거라고. 먹구름이 걷히고 태양이 눈부시게 드러나듯 말이야.
버샤의 다독임에는 합당한 이유가 들어 있다. 그래. 그날까지 J가
건강하기만 바라자. 이제는 인류 공동의 적이 돼 버린 바이러스를
피해 각자의 몸을 지키는 게 최우선 과제 아닌가. 건강이 먼저다.
그와 나, 우리 모두는⋯⋯.

35

진행 중이던 우리의 난민 심사도, 미스터 김의 방문도, 기자들 취재 요청도 멈추었다. 하얀 방역복 차림의 대원들이 주기적으로 한 번씩 이 출국장을 오갈 뿐, 모두 떠난 이 거대한 출국장 한쪽 구석에 우리 가족만 남았다. 그래도 우리의 일상은 변함없이 이어지고 있다. 활동 영역이 제한되어 동선은 줄었지만 외부인이 없으니 우리의 임시 거처와 주변이 우리 가족 전용인 셈이다. 화장실은 물론 복도 쪽 좌석 전부 이제 우리만 쓰게 되었다.

텔민은 다시 게임에 빠져들었다. 탑승객도 없고 활동 구역도 제한된 만큼 한탕주의 꿈이 담긴 자신의 일거리도 없어졌다. 그나마 다행인 것은 텔민이 영어 공부를 시작하고부터 틈틈이 책을 들추기도 한다는 사실이다. 세실과 나즈는 즐겨 찾던 가게들이 문을 닫는 바람에 이전처럼 신나게 쏘다닐 일도 없어졌다. 행동반경이 좁아지면서 식구들끼리 대면 시간이 많아지고 나니 아이들의 다툼과 아델과 하만의 잔소리도 점점 잦아진다.

식구들 중에서 가장 변화가 적은 사람이 아델과 나, 둘처럼 보인다. 아델은 여전히 수놓는 일에 여념이 없다. 나는 영어 가르치는 일과 새로운 패턴의 수예용 밑그림 그리는 일이 끝나면 언제나처럼 책을 들고 거처를 벗어난다. 어수선한 거처에서 최대한 멀리 떨어져 있는 게 내 일에 몰두하기 좋다. 제한 구역 맨 가장자리에 있는 좌석이 고정석이다. 게이트와 우리 거처 중간쯤 위치여서 두 곳을 다 살펴볼 수 있고 또한 양쪽으로부터 일정한 거리를 두고 있어 적당히 독립적이기도 하다.

오늘은 특별기 편성이라도 있는 날인가 보다. 임시로 이용되고 있는 게이트 쪽에 아침부터 방역 대원이 한 번씩 눈에 띈다. 특별기가 뜨는 날에는 탑승객도 볼 수 있다. 그들도 우리처럼 출입 금지선이 쳐진 일정한 구역 안에서만 움직일 뿐이니 서로 마주칠 일은 없다. 다들 마스크를 쓴 채 정해진 라인을 따라 움직이니 그들에게서도 이전 같은 활기는 찾아볼 수 없다. 화려한 옷차림에 경쾌한 걸음, 그들이 끌고 가던 캐리어 바퀴 구르는 소리가 때론 그립다. 오가는 탑승객의 활기찬 모습이 우리에겐 세상의 안부였던 것이다.

하얀 방역복의 대원 하나가 급하게 내 쪽으로 다가오고 있다. 무슨 일인가, 하고 주위를 둘러보지만 내 주변에는 짐작 갈 만한 것이 없다. 혹시 나한테 무슨 문제라도? 하는 생각에 긴장하지만 내가 있는 이곳은 우리에게 허용된 구역이다. 아무리 생각해도 문제점은 찾을 수 없다.

내 앞으로 다가선 방역 대원이 덥석 내 손목을 잡더니 한쪽으로 나를 이끈다.

"버샤."

놀라 당황하는 나를 안심시키듯 내 이름을 부르며 그는 구석 쪽
기둥으로 나를 밀어 넣는다. 사람들 시야에서 완전히 벗어나자 그
는 모자와 마스크를 벗는다.

오, J······. 반사적으로 감탄사가 터져 나오지만 내 목소리는 금
세 묻혀 버린다.

"버샤, 어디 잠깐 숨어 있을 만한 데 없을까요?"

그는 내게서 흘러나온 탄성을 전혀 알아채지 못한 채 다급하게
말한다. 이번에는 내가 서둘러 그의 손을 이끌며 안전한 곳으로 안
내한다. 비밀 구역이라면 내가 누구보다 잘 알고 있다. 인터넷 주문
한 면세품을 찾는 인도장 안쪽으로 비밀 창고가 있고 그 옆에 포장
지 창고가 또 하나 있는데 그곳이 내가 새로 발견한 아지트다. 제한
구역이긴 하지만 그래서 더 안전하다.

"우선 이것부터 받아요."

안전한 곳에 이르자 J는 내게 전할 것부터 건네준다. 우리의 메신
저 USB. 그는 그것을 전하기 위해 위장 잠입한 특수 요원 같다. 눈
물이 핑 도는 걸 느끼며 나는 받아 든 USB에 시선을 고정한다.

"그보다 더 중요한 선물이 있어요. 버샤."

그는 방호복 바지 주머니에서 뭔가를 또 꺼낸다.

"아무리 생각해도 이 방법밖에 없어요. 우리를 그나마 연결해 줄
수단이."

그가 야심 차게 꺼내 보인 물건은 내 상상 밖의 것이다. 하만 못

지않게 내가 애타게 원했던 것…… 휴대폰이다!

"오, J, 정말 꿈만 같아요!"

감격에 겨워 무의식적으로 튀어나온 말이다.

내게서 흘러나온 말소리를 알아챈 J는 한동안 말을 잇지 못한다. 놀란 눈으로 나를 뚫어지게 쳐다볼 뿐이다. 지금껏 나는 그에게 내 첫 목소리를 들려줄 순간을 상상하며 계획까지 세워 놓았건만 갑작스런 상황에 어긋나 버린 것이다.

"나, 목소리 되찾았어요, J."

내 말이 떨어지기 무섭게 그는 나를 와락 껴안는다.

한동안 우리는 감격에 젖어 서로를 안고만 있다. 두툼한 그의 방호복에 내 코가 파묻혀 이러다가는 숨 막혀 죽을 수도 있겠다 싶어 나는 분위기를 깨고 먼저 그의 팔을 풀고 나온다. 숨을 몰아쉰 나는 내 손의 휴대폰을 들여다보며 감탄사를 연발한다.

"앞으로는 그게 우리를 확실하게 연결해 줄 거예요."

"오…… J, 정말 꿈만 같아요!"

그와의 연결 고리, 그것만 있으면 이곳 생활이 아무리 힘들어도 버틸 수 있을 것 같다.

J는 감격해하는 나를 물끄러미 쳐다보고 있다. 내 목소리가 그로서는 놀라움을 넘어 신비롭기까지 한 모양이다.

"버샤, 내 말 따라 해 봐요."

그가 내 눈을 들여다보며 차분한 어조로 말한다.

"안, 녕, 하, 세, 요. 안녕하세요."

J는 이 나라 말로 또박또박 속도를 조절해 가며 발음한다. 이 인

사말은 나도 이미 『한국어 첫걸음』에서 익힌 거다.

"안녕하세요."

나는 최대한 그의 목소리를 흉내 내어 따라 한다.

"어, 발음이 훌륭한데요."

그는 한국어 선생처럼 나를 칭찬한다.

"이것도 따라 해 봐요. 감사합니다."

이 인사말도 나는 잘 알고 있다.

"감, 샤, 합니다."

내 발음에 J는 엄지를 척 들어 보인다.

"보고 싶었어요."

이 말은 처음 들어 보는 말이다.

"보, 고, 시, 퍼, 써, 요."

이번에는 천천히 또박또박 따라하자 J는 나를 다시 와락 껴안는다. 그 말이 정확히 무슨 뜻인지는 알 수 없어도 짐작은 간다. 아마도 '사랑해요.'라는 말과 비슷한 것 아닐까. 우리의 감격과 환희는 그렇게 한동안 우리 품속에 머문다.

"버샤, 이 휴대폰 쓰는 방법 알려 줄 테니 일단 여기 앉아 봐요."

포옹을 풀고 난 J는 먼저 자리를 잡고 앉으며 제 옆자리를 가리킨다.

벌써 돌아가야 할 시간이 돼 가나 보다, 생각하며 나는 서둘러 J 옆에 앉는다.

*

버샤, 향수 이름 같은 그 '재스민 혁명', 우리가 새로운 버전으로 한번 해
보는 건 어때요? 우리나라도 그와 비슷한 일을 숱하게 겪었거든요. 불과 얼
마 전에 있었던 혁명은 피 한 방울 안 흘렸지만, 나름 밝고 뜨거웠죠. 일명
'촛불 혁명'이라는 건데……

J가 건네준 USB에 담긴 글 앞부분이다. 나에게 보내는 편지가 일
기처럼 날짜별로 돼 있다. 그 역시 나처럼 못 만나는 안타까움을 날
마다 글로 풀어놓으며 외로움을 달랜 모양이다.

혁명에 관한 한 우리나라는 인프라가 아주 잘 돼 있어요. '서울의 봄'에서
'촛불 혁명'까지 재스민 혁명과 같은 비슷한 경험이 많을 뿐 아니라 시민들
도 혁명을 축제로 만들 수 있는 자질이 다분해요. 그러니 버샤, 앞으로 우리
가 이곳에서 새로운 세상을 만들기 위해 할 수 있는 일은 무궁무진하다고
요. 아이디어만 잘 짜내면 우리의 백수 생활을 생산적으로 만들 수 있어요.
여긴 어쨌든 자본주의 나라라 대가도 확실해요. 적어도 휴대폰 이용료는 벌
어야 하잖아요. 일단 작은 일에서 시작하면 돼요. 지금 우리 코앞에 닥친 이
현실적인 문제부터……

J가 말한 촛불 혁명이 어떤 것인지 자료까지 읽고 나니 이렇게
아기자기한 혁명도 있나 싶다. K팝, K드라마 정도로 이 나라를 알
고 있다고 생각한 건 착각에 지나지 않았다. 이토록 세심하게 자료

300

까지 덧붙이며 J가 편지를 쓴 이유도 알 수 있을 것 같다. 그는 내가 잊고 있었던, 아니 접었던 꿈을 일깨우며 내게 그걸 되찾게 해 주려는 것이다. 그뿐인가. 가슴 깊이 묻어 놓았던 내 아버지의 기억까지 되살려 낸다.

"아이샤, 반항이나 분노에서 시작한 혁명은 결코 성공할 수 없단다."

아버지는 뺨을 감싸 쥔 딸의 손을 어루만지며 말했다. 뜨거운 뺨에 머물렀던 아버지의 가르침이 내 가슴을 적시며 파고든다. 마지막으로 따라붙던 한마디도…….

"그건 사랑에서 출발해야 하는 거란다."

36

"사고 제대로 쳤더라, 너."

무급 휴가 중인 종현이 아침부터 진우를 찾아왔다.

진우는 이미 각오하고 있었다는 표정으로 어깨를 으쓱했다.

"그렇게 위장 잠입했으면 완전 범죄로 끝냈어야지. 그게 뭐냐. 결국 들통까지 나고. 대체 거기서 뭐 한 거야, 일박 이일 동안……."

"사생활 언급은 마라. 너랑 더 이상 다투고 싶지 않아."

"그러지 않고서야 거기서 일박을 할 이유가 있나?"

"뻔한 상상 하지 마. 문이 닫힌 뒤라 나갈 수도 없었다고."

"대포폰 물어봤던 것도 그거랑 관련 있는 거야?"

종현의 물음에 진우는 고개만 끄덕였다.

"나중에 너, 채용 시험 때 불이익받을 수도 있어."

종현이 심각하게 덧붙였다.

"불이익 감수하고 했던 일이야."

"윗선까지 알게 됐으니, 이 숙소 비워야 할 거야."

"알아. 회사에 불명예 끼쳤는데 내가 무슨 할 말이 있겠냐. 비우고 떠나야지."

"여기서 나가면 어떡하려고. 갈 데라도 있어?"

"설마 내가 갈 곳이 없겠냐."

"그냥 내 아파텔로 와. 당분간 같이 지내면서 고민해 보자."

"내 걱정 말고 니 걱정이나 해. 어차피 이 팬데믹 상황에서 다 마찬가지 아냐. 누가 누구를 걱정할 상황이냐고. 온 국민, 아니 온 인류가 일편단심 바이러스 걱정이나 해야지."

종현의 제안을 단번에 거절한 진우는 낡은 족쇄에서 풀려난 기분이었다.

"네가 갈 곳이 고시원밖에 더 있어. 지겹지도 않냐, 거기?"

종현이 안쓰러워하며 말했다.

"고향으로 내려갈 거야."

진우는 담담하고 결기 어린 목소리였다.

"고향? 이 순정파가 갑자기 왜, 너의 그 비운의 공주님은 어떡하라고?"

"걱정 마. 내가 이곳에 있는 것보다 더 가까워질 방법을 모색해 놨으니."

의기양양한 진우의 대꾸에 종현이 미심쩍은 눈으로 쳐다보았다.

"이 미션 때문에 사고 좀 쳤지. 확실한 문명의 이기를 전했으니 이젠 아무 문제 없어, 우리 관계는……."

진우는 휴대폰을 꺼내 흔들어 보이며 씨익 웃었다.

"어쩐지……. 넌 계획이 다 있었구나."

*

"하만, 여기서는 쿠란보다 영어가 중요해요. 앞으로 우리가 살아
갈 세상은 무슬림 나라가 아니라고요."

아델은 아침부터 아이들 교육 문제로 하만과 신경전이다.

하만이 아이들에게 쿠란 외우기와 기도 시간을 부쩍 늘리자 아
델이 제동을 걸고 나선 것이다. 생활 반경이 좁아지면서 아이들이
빈둥거리는 걸 가까이서 많이 보게 되자 하만은 아침에 일어나면
제일 먼저 쿠란 암송과 기도부터 하도록 했다.

"이슬람 문화를 몸에 익히는 게 앞으로 우리 아이들이 살아가는
데 무슨 도움이 될 거라고 그래요?"

아델이 하만에게 따지듯 말한다.

언제부터 두 사람 입장이 이렇게 바뀌었는지 놀랍다. 처음에는
하만이 히잡까지 못 쓰게 하면서 이 나라 문화에 빨리 익숙해지도
록 우리를 가르치지 않았던가. 그래도 아델이 히잡만은 포기 못 하
겠다고 했을 때 하만은 이 나라 문화에 대해 자세한 설명을 늘어놓
으며 아델을 설득했던 것이다. 가르치는 일이 내게로 거의 다 넘어
오고 생계 문제는 아델 몫이 돼 버린 데다 집안 사람들과의 연결
고리마저 끊기자 하만은 점점 좁아지는 자신의 입지에 불안을 느
낀 것 같다. 자신의 존재감 때문에 쿠란과 기도에 그토록 집착하는
건 아닐까.

"버샤, 차라리 영어와 한국어 공부 시간을 더 늘려 줘."

아델이 나까지 끌어들인다.

"오버하지 마, 아델. 아무리 우리가 낯선 땅에 발붙이고 산다 하더라도 무슬림은 무슬림이야. 신은 저 높은 곳에서 모든 걸 관장하고 계셔. 우리의 일거수일투족은 그의 뜻에 따라야 한다고."

하만이 애써 목소리를 높인다.

"하만, 나는 이 나라가 우리를 받아 주지 않는다 해도 다시 고향으로 돌아가진 않을 거예요. 우리 아이들 앞날을 위해서라도요. 무슬림 나라치고 안전한 곳이 얼마나 된다고 그래요. 까놓고 말해 무슬림이라고 다 우리 편인가요? 수니니 시아니, 세속주의니 원리주의니, 각자 잇속 챙기느라 갈기갈기 찢어져 있는데……. 차라리 나한테 맡기면 내가 이 바느질로 꼼꼼하게 꿰매어 주기나 하지."

아델은 말끝에 냉소 어린 농담까지 덧붙이고는 수예용 천을 다시 집어 든다.

그녀의 생각이 이렇게까지 변해 있을 줄이야. 놀랍다. 지난번 담당관과의 인터뷰 때 고향으로 돌아가겠다고 했던 말은 난민 인정을 받기 위한 일종의 전략이었던 모양이다. 아델 역시 이슬람 문화에 점점 염증을 내고 있다. 변한 건 그것만이 아니다. 이전에는 하만이 목소리를 조금이라도 높이면 이내 한발 뒤로 물러나는 그녀였지만 이젠 그렇지 않다. 갈수록 집 안에서 아델 목소리가 커지고 있다. 무엇보다 그녀의 수예품이 상품 가치를 가지게 된 게 결정적인 것 같다. 시작은 소박했다. 우리에게 구호품을 보내 준 단체 관계자들에게 감사 편지와 함께 아델이 만든 작은 수예품을 선물로 동봉했던 게 계기였다. 아델이 직접 수놓은 아랍풍 실크 스카프……. 문제는 그 물건이 '교회' 바자회에서 팔린다는 사실이었다. 나중에 그 사실을 알았을 때는 하만도 아델도 놀라는 눈치였지만 대놓고 거부 반응을 보이지는 않았다. 어쨌든 아델, 당신이 만든 물건이니까, 당신이 알아서 해. 하만은 최종 결정권을 아델에게 주면서 민감한 부분을 피해 갔고 그녀는 물건 사 주는 사람이야말로 자신에겐 '신이 보낸 선물'이라며 물질적 보상 앞에서 유연한 태도를 보였던 것이다.

"어쨌든 한번 무슬림은 영원한 무슬림이야. 아무리 국적과 종파가 달라도 무슬림은 한 형제라고."

하만은 그 한마디를 끝으로 자리를 뜬다.

아델은 하만 뒤통수를 흘겨보다 나와 시선이 마주치자 웃으며 어깨를 으쓱해 보인다. 나를 자신의 지원군쯤으로 여기는 것 같다. 솔직히 말해 나는 아델 편이다. 어느새 그녀와 나는 이해관계를 같이하는 자리에 놓이게 된 것이다.

"아이템 한번 바꿔 보는 게 어때요, 아델."

이참에 나는 내 아이디어를 꺼내 보인다.

"새로운 아이템?"

아델이 눈을 반짝인다. 내가 도안하는 새로운 패턴의 문양이 확실히 반응이 좋다는 건 그녀도 잘 알고 있다.

"마스크요. 요샌 마스크가 얼굴을 대신하는데 너무 밋밋하잖아요. 예쁘게 수놓인 고급 실크 마스크라면 사람들이 좋아하지 않을까요. 이런 심플한 문양을 라인으로 두르면?"

나는 단순하게 만든 아라베스크 문양을 종이에 그려 보인다.

"멋진데, 버샤! 샘플 한번 만들어 봐야겠다."

아델은 바로 작업에 들어간다. 기대에 찬 표정과 빠른 손놀림을 보고 있으니 앞으로는 그녀가 식구들 생계를 책임져 줄 것 같다.

"어때, 버샤?"

아델은 한 시간도 안 되어 뚝딱 아라베스크 문양이 수놓인 샘플 마스크 하나를 만들어 낸다. 나는 그걸 사진으로 찍어 미스터 김에게 보내고 그의 의견을 묻기로 한다.

— 반응은 아주 좋아요, 버샤. 하지만 문제는 지금 코로나 상황이라 바자회를 더는 열 수 없게 되었다는 거예요.

미스터 김에게서 온 답신은 긍정과 부정이 정확히 반반이었다.

"절반의 확률은 우리에겐 희소식이나 다름없어."

아델은 미스터 김의 답변을 재치 있게 풀이하고 바로 작업에 돌입한다. 성격 급한 이 나라 사람들 성향을 그녀도 점점 닮아 가고 있다.

37

아델의 컨디션이 심상찮다. 며칠 전부터 먹는 걸 꺼리더니 어제 아침부터 아무것도 입에 대지 않고 있다. 한동안 새 아이템 작업에 빠져 쉬지도 않고 일하더니 식욕도 기운도 잃고 일도 완전히 접은 채다. 과로 탓인가? 시민 단체에서 보내 주는 구호품 덕에 온 가족이 조금씩 건강을 되찾아 가고 있는데 그녀만 며칠 새 부쩍 수척해졌다. 조식 준비 중에 아델은 우유 냄새가 거슬린다며 밖으로 나가 버린다. 우유에서도 냄새가 나나? 나는 코를 킁킁대며 우유 냄새를 맡으려 애써 보지만 아무 냄새도 없다. 혀에 닿으니 그제야 고소한 냄새가 나는 듯하다. 우유 냄새는 미각과 후각이 동시에 작용해야 느낄 수 있는 모양이다.

"혹시, 그 바이러스 영향 아닐까?"

하만이 아델의 증상을 두고 조심스레 한마디 한다.

나 역시 긴가민가하고 있었으나 그 말을 입 밖에 낼 수는 없었다.

"하긴, 그 증상은 오히려 냄새를 못 맡는다고 하지."

하만도 이내 자신의 오류를 깨닫는다. 코로나 감염일 가능성은 사실 제로에 가깝다. 이미 온 가족이 음성 판정을 받은 데다 우리야 이중 삼중으로 격리된 생활 아닌가.

오후가 되자 아델은 기운을 잃고 거의 탈진 상태다. 카펫 바닥에 드러누워 꼼짝도 못 하고 있다.

"버샤, 미스터 김에게 긴급 구호 좀 요청해."

하만이 내게 휴대폰을 건네며 말한다.

나는 서둘러 미스터 김에게 도움을 청한다. 통화 후 십 분도 안 되어 119 구급 대원이 나타난다. 아델은 들것에 실려, 나는 그녀의 보호자 겸 통역자로 구급 대원을 따라 공항 내에 있다는 응급실로 간다. 처음으로 출국장을 벗어나는 일이다. 그렇게 간절히 바라던 일이건만 경황이 없으니 감흥을 느낄 겨를도 없다. 비상구를 따라 연결되는 로비에서 엘리베이터를 타고 내려가니 지하도 한쪽에 응급실이 있다. 응급실까지 가는 동안에도 외부 사람은 거의 볼 수 없다. 닫힌 가게들과 텅 빈 지하 복도 공간이 우리가 있는 출국장 분위기와 크게 달라 보이지 않는다. 응급실 내부도 비슷하다. 커튼이 쳐진 열 개 남짓의 병상도 거의 비어 있고 안내 데스크 주변에 가운 입은 간호사 두엇이 보일 뿐이다.

여러 검사 끝에야 중년의 담당 의사가 침대 앞으로 나타난다.

"입덧 증상 같네요. 임신 삼 개월의……."

의사의 말이 내겐 충격적이지만 아델은 짐작하고 있었는지 그리 당황하는 기색이 아니다. 담당 의사 처방에 따라 아델은 포도당과 몇 가지 영양제 수액을 맞은 다음 퇴원 준비를 했다. 그새 아델은 혈색과 기운을 이전처럼 회복해 있다.

"설마 했더니. 진짜였네."

응급실을 나서며 아델이 허탈한 웃음을 지으며 말한다. '임신 삼 개월'이라는 사실을 받아들이는 그녀의 담담한 반응이 내겐 의외다. 이런 결과를 웬만큼 예상하고도 아델은 지금까지 그렇게 시침을 떼고 있었던 것일까.

"어떡해요, 앞으로?"

내가 걱정스러워하며 묻는다.

"애 한두 번 낳아 봤나 뭐. 우리 엄마는 예배 끝나고 시장에 들러 장 봐 온 걸로 부엌에서 저녁 준비하다가 갑자기 진통이 와서는, 서둘러 저녁상 차려 놓고 다락방에 올라가 식구들 저녁 먹는 동안 나를 낳았대."

아델은 자신의 출생에 얽힌 이야기를 늘어놓으며 나의 우려에 코웃음 친다.

"그래도 그건 집에 있을 때 얘기잖아요."

내가 현실을 일깨운다.

"담당 의사가 주기적으로 정기 검진 받으러 오면 된다고 했잖아. 설마 이 출국장 바닥에서 애를 낳게 하겠어. 이런 세계적인 인권 국가에서."

아델의 천연덕스러운 반응이 나는 신기하고도 놀랍다. 엄마가되면 이런 배짱이 절로 생기는 걸까.

"출산율이 워낙 낮은 나라라 아기 낳으면 혜택이 엄청나게 많긴 하대요."

언젠가 J가 들려주었던 말을 나는 아델에게 전한다. 그녀를 안심시키느라 한 말이긴 했지만 여전히 나는 걱정을 떨칠 수 없다.

"그러고 보니 버샤, 아니 아이샤도 많이 여성스러워졌네. 쌀쌀맞고 오만한 성격이 평생 안 변할 줄 알았더니."

아델이 내 눈을 들여다보며 한마디 한다.

"진짜야. 얼굴 붉어지는 것 좀 봐."

아델이 짓궂게 웃으며 덧붙인다.

붉어지는 이 얼굴은 버샤의 것일까, 아니면 아이샤의 것일까. 이전의 나는 좀체 낯을 붉히는 일이 없었기 때문이다. 눈물 같은 건 상상도 할 수 없었다.

"하긴, 너도 이제 어른 나이지. 스무 살 넘었으니."

아델이 나를 차분히 들여다보며 말한다.

"내일모레면 스물하나예요."

미성년 벗어난 지가 언젠데,라는 투로 나는 나이를 강조한다. 이참에 내 입지를 확실히 해두는 게 나을 것 같아서다.

"아, 벌써 그렇게 됐어? 하긴, 우리 집에 처음 올 때가 열일곱이었지. 세월 참 빨라. 교복 차림으로 층계 오르내리던 때가 엊그제 같은데……."

아델은 삐걱댔던 지난 일마저 풋풋한 추억으로 떠올린다.

"아델도 이젠 일을 좀 줄이고 태교에 힘써야 하지 않나요."

나는 그녀가 홑몸이 아니라는 사실을 일깨운다. 아델에 대해 그동안 가졌던 반감, 무시와 조롱 섞인 태도 등이 나의 편견과 오만 때문이었음을 깨닫는다.

"나한테 그만한 태교가 어디 있다고. 수놓고 있으면 근심 걱정도 다 사라지고 마음이 얼마나 편해지는데."

아델이 만족스런 어조로 말한다.

그녀의 이런 낙천성이 솔직히 부럽다. 아델의 임신도, 자신감도 이토록 빛나 보인 적은 없었다.

*

—버샤, 드디어 우리가 할 일을 찾았어요.

아지트로 들어서는 순간 기다렸다는 듯 J의 메시지가 날아온다. 절묘한 타이밍이 아닐 수 없다.

—무슨 일이요?
—지난번 거기서 담아 왔던 출국장 풍경, 그거 유튜브에 올렸거든요.
—오 마이 갓!

덜컥 겁부터 난다. 혹시라도 불미스러운 게 올라갔다면 우리 관계는 물론 가족에까지 불똥이 튈 수 있어서다. J가 분별없는 사람이 아니라는 건 익히 알고 있지만 무슨 일이 생길지 알 수 없다. 불운은 늘 우리의 예상을 벗어나 있으니······.

―진짜 반응이 좋았어요.

―대체 뭘 올렸는데요?

마음을 졸이며 내가 묻는다.

―출국장 안 풍경이요. 그날 밤, 내가 버샤랑 헤어지고 그곳을 바로 빠져나온 게 아니에요.

텅 빈 출국장 내부를 가로질러 출구로 향하던 J는 그동안 일을 하면서 오가던 출국장과는 분위기가 너무도 달라 그냥 지나칠 수 없었다는 것이다. 셔터 내려진 면세점들, 텅 빈 게이트 좌석들, 유리벽 사이로 동이 터오는 새벽하늘과 주기장에 썰렁하게 멈춰 선 비행기들까지……. 그도 처음에는 우리 추억을 기념하기 위한 인증사진으로 찍었는데 나중에 보니 남들과 공유해도 되겠다는 생각이 들었다는 것이다.

―나처럼 그곳을 그리워하는 이가 얼마나 많을까, 싶었어요.

―오, J, 설마 우리 관계를 눈치챌 그런 장면은 없겠죠?

내가 여전히 걱정을 떨치지 못하자 J는 나의 불안을 씻어 주려는 듯 바로 링크를 건다. 나는 겁이 나 선뜻 클릭을 하지 못한다. J가 떠올리는 것과는 달리 내겐 그날의 기억이 그저 감미로운 추억으로만 남지는 않는다. 우리 관계가 사람들에게 알려지는 것에 대한 두려움이 가슴 깊이 도사리고 있다.

그날, J의 옆자리에 앉자 그는 내게 먼저 휴대폰 사용 방법을 자세히 설명해 주었다. 그런 다음 언제나처럼 시간에 쫓기듯 바로 일어났다. 우리는 작별을 위한 마지막 포옹을 했다. 지난번의 돌발적 키스와는 다른 긴 입맞춤……. 그것이 화근이었다. 내일이면 지구의 종말이 닥칠 것처럼 우리는 서로에게서 떨어질 줄 몰랐다. 영영 못 만날 연인처럼 서로를 파고들었다. 긴 포옹 끝에 그는 뭔가 대단한 결심을 한 듯, 다시 자리에 앉았다. 그러는 사이 시간은 데드라인을 넘기고 방역 대원들도 철수한 뒤였다. 출입문 역시 이미 닫혔다. 이왕 그렇게 된 거 우리는 같이 밤을 새우기로 했다. 실어증 때문에 그동안 나누지 못했던 이야기를 하나씩 풀어놓았다. 대화만큼이나 스킨십에 대한 갈증도 가라앉을 줄 몰랐다. 서로를 탐하다 자정이 되자 나는 번쩍 정신이 들었다. 이번에는 J가 아니라 내가 문제였다. 거처로 돌아가야 했다. 만에 하나 찾아 나선 식구들에 들키기라도 하면, 하고 생각하니 아찔했다. 그날 밤은 J가 아니라 내가 신데렐라 역이었다.

J는 텅 빈 출국장에서 혼자 날이 밝기를 기다려야 했다. 자정 이후 그의 동선이 영상에 고스란히 담겨 있다. 원래 우리의 만남의 장소였던, 하지만 이제는 사라지고 없는 벵갈 고무나무가 있던 게이트 앞, 셔터가 내려진 면세점들의 희미한 조명등을 지나고 문이 닫힌 게이트와 그 앞의 텅 빈 좌석도 지난다. 그리고 마침내 활주로를 볼 수 있는 111번 게이트! 지금껏 이곳을 오가며 숱하게 보았던 광경이지만 영상으로 접하니 완전히 다른 느낌이다. 새벽녘 활주로

와 주기장의 모습, 그리고 동이 터 오는 하늘을 배경으로 한 비행장은 UFO의 착륙이라도 있을 것처럼 신비롭다. 여명이 밝아 오는 하늘은 지금껏 한 번도 본 적 없는 색채를 드리우고 있다. 풍경 사이로 불쑥 J의 모습이 등장하기도 한다. 셀프 촬영 장면이다. 스노 맨처럼 하얀 방역복 차림의 그가 하는 한국어 멘트는 대충 짐작이 간다. 여행이나 공항을 그리워하는 이들에게 근사한 선물이 될 것 같다. 우리가 애타게 그리워하는 바깥 풍경처럼……

—멋져요, J. 늘 봐 오던 풍경인데도 새롭네요.

감상 멘트를 남기자, 그가 기다렸다는 듯 전화를 걸어온다. 받을까 말까 망설인다. 늦은 시간이니 들킬 염려는 없겠지. 최대한 목소리를 낮추며 전화를 받는다.

"새로운 소식은 없어요, 버샤?"

J의 목소리 역시 속삭이듯 나직이 깔린다. 그가 바로 내 곁에 있는 느낌이다.

"뜻밖의 소식이 하나 있긴 해요."

나는 할까 말까 망설이던 얘기를 결국 털어놓기로 한다.

"아델이 아기를 가졌대요."

"와, 축하할 일이네요."

J가 흥분한 어조로 말한다.

"그렇긴 하죠."

나는 축하할 일만은 아니라는 뉘앙스로 대꾸한다.

"버샤한테 막냇동생이 생기는 거잖아요. 그러면 다섯 남매가 되나······?"

J의 반문에 나는 그에게 털어놓아야 할 가족 관련 비밀이 산 넘어 산이라는 걸 깨닫는다.

"역시, 사랑의 힘이란 놀라워요."

그가 한 번 더 감탄한다.

"그래도 우리한테 걱정거리인 건 분명해요."

"어쨌든 축하할 일이에요. 새 가족이 생기는 것도 반갑지만, 그 아이는 이 나라에서 태어났으니 이 나라 국적을 갖게 될 거고, 그러면 난민 인정에 도움이 될 수도 있지 않겠어요? 내가 말했잖아요. 요즘 우리나라는 출산도 애국의 한 방법이라고."

"그런데 J, 처음에 말했던 그 '우리가 할 일'이란 게 뭐예요?"

나는 그가 처음 했던 말을 상기시킨다.

"아, 서론이 길었더니 정작 중요한 걸 까먹을 뻔했네. 일단, 내가 올린 그 영상 다시 한번 감상해 봐요, 버샤. 그리고 난 다음에 얘기해 줄게요."

숙제를 넘기고 그는 전화를 끊는다.

38

J의 영상을 되풀이해 보고 있다. 아델은 오늘도 수예에 여념이 없다. 아침부터 온종일 복도 의자에 앉아 시간 가는 줄 모르고 일에 빠져 있다. 수놓는 일이야말로 최고의 태교라는 그녀의 작업 광경을 보고 있으면 아주 건강하고 부지런한 아기가 태어날 것 같다.

영상을 보며 나는 J가 말했던 '우리가 함께 할 수 있는 새로운 일'을 떠올린다. 그동안 아델 일로 진지하게 그 일에 대해 생각할 여유가 없었지만 이제 본격적으로 고민해 봐야겠다. J와 나를 연결해준 이 USB처럼 그가 제안한 일은 그러니까, 이곳에 격리돼 있는 우리와 세상 사이에 창을 하나 내는 일이다. 나 혼자 즐기는, 저 비행기가 보이는 창과는 차원이 다른 새로운 창⋯⋯! 손바닥보다 작은 이 액정 화면이 우리와 세상을 이어 주는 맑고 투명한 창이 될 수 있을까. J와 내가 이 휴대폰으로 결속되어 있듯 그 일도 세상과 우리를 잇는 튼튼한 연결 고리가 돼 줄까.

공항을 그리워하는 사람이 얼마나 많은데요, 버샤. 그동안 세상에 진 빚을 갚는 작은 봉사라고 생각해요. J는 이 작은 일이 사람들의 향수는 물론 외로움을 달래 주는 일이 될 거라고 나를 끈질기게 설득했다. J가 내게 선물했던 바깥 풍경을 담은 영상이 내게 큰 위안이었던 것처럼 공감이 간다. 이제는 세상 사람들 모두가 우리처럼 각자 격리된 생활로 들어섰으니 우리의 경험이 그들에게 위안이 될 수도 있을 것이다. 이곳을 그리워하는 이들에게 우리 일상을 보여 주면서, 자연스럽게 우리 이야기를 풀어놓는다면, 인터뷰에 나가지 않았던 일들과 버샤에 얽힌 진실까지 털어놓는다면…….

모든 걸 털어놓고 나면 기억에서 자유로울 수 있을까? 우리가 거쳐 왔던 곳, 내 가족 이야기, 버샤와 나에 얽힌 진실까지 빠짐없이 밝히고 나면 말이다. 버샤에게서 독립한 아이샤는 원래의 꿈을 찾아 한 걸음 더 나아갈 수 있지 않을까. 가족의 울타리를 벗어나 세상 속으로 성큼 발을 들여놓으면서 말이다. 언젠가는 우리가 넘었던 국경, 온몸으로 겪었던 난민촌, 내전의 현장, 그리고 아랍 여성들의 자유에 관한 문제까지 더 세세하고 적나라하게 풀어놓고 싶다. 그러니 창을 내는 일은 새로운 버전의 재스민 혁명을 향한 첫걸음일 수도 있다. 이 출국장에서 그 순례의 첫걸음을 내딛는 것이다.

새로운 일을 떠올리니 가슴이 설렌다. 첫 멘트는 어떻게 시작하는 게 좋을까, 그리고 히잡은……? 우리에게는 이 베일도 빼놓을 수 없는 문화의 아이콘 아닌가. 처음부터 끝까지 히잡을 쓰는 게 나을까, 나중에 베일을 벗는 게 나을까. 아니면 처음부터 민낯으로 시작하는 건 어떨까.

318

첫인사는 이 나라 말로 하는 게 낫겠지. 그다음부터는 아랍어, 아니 영어로 해야 한다. 그래야 J와의 협업이 된다. 그는 손수 이 나라 말로 자막을 넣고 편집을 하겠다고 했다. 창을 통해 세상과 소통하는 것도 세상 사람들과의 협업인 셈이다. 이리저리 몸을 뒤척이면서도 생각은 계속 굴러간다. 배경으로는 어떤 게 좋을까. 거울 앞, 아니면 우리 거처 벽을 이루는 여행 가방 앞? 돌아눕는 내 눈에 휘장이 잡힌다. 그래, 저 아라베스크 휘장을 배경으로 하자. 달과 별이 서로를 바라보며 팽팽하게 마주 선 밤하늘을 배경으로⋯⋯.

휘장 너머에서는 오늘 밤도 아델과 하만의 다툼이 흘러나오고 있다. 이번에는 아이들 교육 문제다.

"아무리 생각해도, 쿠란보다는 아이들 외국어 공부가 우선이에요, 하만."

"당치도 않은 소리. 쿠란보다 나은 공부가 세상에 어딨다고."

하만은 목소리를 높인다.

"세상이 얼마나 빠르게 변하는데, 천 년도 넘은 그 케케묵은 걸 애들의 맑은 머리에 집어넣는단 말예요?"

"신의 가르침은 시공을 초월해 영원히 존재하는 거야."

"어쨌든, 새로 태어날 아기는 내 뜻대로 키울 테니 상관 마요."

"그 애가 딸이든 아들이든 한번 무슬림은 영원한 무슬림이야."

"오, 인샬라."

*

"우리의 마음이 서로에게 가닿았으니 이미 우린 국경을 넘어선 거예요."

J의 말을 떠올린다.

국경을 넘는 것 이상으로 어려운 건 '마음의 벽을 허무는 것'임을 나는 잘 알고 있다. 이 무거운 짐을 내려놓고 살아갈 나라의 국경선 앞에 우리는 여전히 희망을 갖고 서 있다. 그들이 마음의 문을 열어 우리를 맞아줄 날을 기다리며……

"사랑의 힘으로 넘지 못할 건 세상에 없단다."

내 아버지도 말씀하셨다.

그 말을 나는 더 이상 냉소하지도, 의심하지도 않는다. 그저 믿을 뿐이다. J와 나 사이에는 국경도 마음의 벽도 더는 존재하지 않는다. 그러니 J가 내게 남긴 과제를 미룰 수도 없다. 생각과 믿음이 실천으로 옮겨질 때 문은 열릴 것이다. 그러니 이제는 생각을 접고 실천할 때다. 섣부르지 않게 차분하고 치밀하게. 천 일하고도 하룻밤을 살아 낸 셰에라자드의 지혜를 발휘할 때다.

녹화 버튼을 누른다.

5. 4. 3. 2. 1. 0.

안녕하세요. 저는 버샤입니다. 저를 기억하는 분도 계실 테죠. 공항에 사

320

는 난민 가족 하만 일가의 맏딸 버샤. 그 버샤가 진짜 버샤 이야기를 들려드리려 합니다. 그럼 그동안의 버샤는 진짜가 아니었단 말이야? 여러분은 놀라 이렇게 되물으시겠죠. 여러분이 그동안 알고 있었던 버샤는 버샤가 아니었습니다. 그러니까 저는 버샤로 살았던, 아니 버샤로 살아야 했던 버샤의 분신 같은 버샤의 친구, 아이샤입니다. 아이샤가 버샤였던 겁니다. 그럼 원래의 버샤는 어디 있는지, 아이샤가 왜 버샤로 살아야 했는지에 대한 사연을 여러분께 들려드리려 합니다. 오직 진실만을요. 그래야 아이샤는 버샤를 벗어날 수 있고 버샤는 원래의 버샤 자리로 돌아갈 수 있기 때문입니다. 그러니까 버샤의 이야기를 아이샤가 해야 하는 이 슬픈 현실을 여러분이 이해할 수 있어야, 나 자신도 헷갈리는 제1의 버샤와 제2의 버샤, 그러니까 버샤 역을 했던 아이샤를 구분할 수 있게 될 겁니다. 버샤는 버샤의 자리로 아이샤는 아이샤의 자리로, 원래 자리를 각자 찾아가야 하므로 버샤에 관한 진실은 아주 중요합니다.

아차, 또 실수했네. 멘트 중간쯤에서 베일을 내렸어야 했는데 깜박한 것이다. 벌써 네 번째 실수다. 처음에는 눈물이 나서 실패했고, 그다음은 버샤와 아이샤가 뒤섞이며 발음이 꼬이는 바람에, 이번엔 또 베일이 말썽이라니……. J가 두 번이나 퇴짜를 놨으니 이번에는 진짜 정신 차리고 제대로 해야 한다. 이마의 땀을 닦고 물을 한 모금 마신다. 흠흠, 목소리를 가다듬고 다시 처음부터,

안녕하세요. 저는 버샤입니다…….

원고 쓰는 일에 발목 잡혀 있을 때 탈출구처럼 떠올린 생각이 있다. 책이 나오고 나면 러시아 여행을 떠나야지……. 그곳을 떠올린 건 문학이란 신세계를 내게 알려 준 어버이 같은 이들이 도스토옙스키와 톨스토이였고 그들의 나라는 작가인 내겐 정신적 고향 또는 일생에 한 번은 반드시 다녀와야 하는 순례자의 성지처럼 자리 잡고 있어서였다. 시베리아 대륙을 철도로 횡단하려면 체력도 따라야 하는지라 더 늦기 전에 가야 한다는 조바심도 있었다. 험하고 긴 여정의 막바지에는 페테르부르크나 모스크바 같은 유서 깊은 도시에 한동안 머물며 작가적 삶에 관해 근본적인 질문을 해 볼 생각이었다. 물음과 성찰의 문제가 산적한 만큼 중요한 터닝 포인트가 될 여행지라는 기대도 있었다. 하지만 계획은 보란 듯 어긋나 버렸다. 팬데믹 세상인 데다 출간은 늦어졌고 결정적인 건 우크라이나·러시아 전쟁까지 발발한 것이다. 작가가 아니라 인류의 한 사람으로서 감당하기 힘든 일들이 연쇄적으로 지구를 강타한 것이다.

공항 인근 동네에 살아서 마실 다니듯 공항을 자주 오갔다. 바깥 산책이 힘든 추운 겨울에는 공항 청사 안에서 사람들 사이를 헤집고 다니며 산책을 했다. 거대한 성이자 화려한 시장통 같기도 한 그 공간을 배경으로 소설을 쓰고 싶었다. 닫혀 있으면서도 열린 공간, 멀리 떠나기 위해 잠시 머무는 공간에서 엇갈리며 오가는 사람들 물결이 결국 『버샤』를 낳았다. 처음엔 발상을 전환해 난민 이야기일지라도 경쾌하게 그리고 싶었다. 이를테면 뱅크시가 전쟁 중인 우크라이나에 남겨 놓고 온 벽화 '발레리나' 같은 작품처럼 말이다. 포연이 머무는 전쟁터 담장 위에 그려진, 무너진 벽돌을 손으로 짚고 허공에 휙 물구나무서듯 몸을 띄운 발레리나의 춤동작 같은 놀라운 상상력의 창작물. 아니 그보다 전쟁터에서 작업에 몰두할 수 있는, 그런 불가사의한 예술혼을 동경했는지도 모르겠다. 하지만 나처럼 소심하고 자질 부족의 작가는 흉내는커녕 상상조차 어려운 일이라는 것만 절감했다.

역량 부족의 소심한 작가가 낯선 문화, 더욱이 이 나라에서는 편견과 냉소의 시선까지 있는 이슬람 문화를 그리는 건 쉽지 않았다. 모험이자 무모하다는 생각도 들었지만 그만큼 또 매혹적이었다. 낯선 정서, 생소한 문화를 이해하느라 천일의 밤을 보낸 셰에라자드만큼이나 시간을 보냈다. 그런다 한들 이방인의 시선의 한계를 얼마나 넘어설 수 있겠는가. 혹 누군가 이슬람 문화와 관련해 문제점을 지적해 온다면 '소설가'의 특권을 내세울 수밖에 없다. 소설

속 이야기는 순수한 픽션, 그러니까 허구다. 허점이 보인다면 그건 허구를 진짜인 것처럼 그려 보이는 소설가적 자질 부족을 탓해야 한다.

탈고하는 동안 여행의 밑그림이 수정되어 순례지가 하나 더 추가되었다. 뱅크시 그림을 보러 우크라이나에도 갈 것이다. 오늘도 나는 버샤처럼 하늘을 가로지르는 비행을 꿈꾼다. 전쟁이 끝나고 하루빨리 평화가 왔으면……. 간절한 바람에 버샤의 위로가 들리는 듯하다. '그렇게 믿으면 된다. 결국은 믿음이 마술을 부리는 법이니.'

힘들고 긴 여정에 동행해 준 창비 편집자들께 감사드린다. 든든한 길잡이가 있어 목적지까지 무사히 당도할 수 있었다.

2023년 봄의 길목에서
표명희

참고
문헌

소설 뒤에 참고 문헌을 적기는 처음이다. 책은 역시 '다른 책의 언급'이라는 움베르트 에코의 말에 실감하며 도움을 받았던 대표적 인문학 관련 책들과 유튜브를 밝힌다. 이슬람 문화와 정서를 이해하는 데 많은 도움을 받은 책들이라 저자와 강연자들께 감사의 마음을 전하지 않을 수 없다.

데이비드 프롬킨『현대 중동의 탄생』, 이순호 옮김, 갈라파고스 2015

박정욱『중동은 왜 싸우는가?』, 지식프레임 2018

손원호『이토록 매혹적인 아랍이라니』, 부키 2021

이희수『이슬람 학교』, 청아출판사 2015

정수일『이슬람 문명』, 창비 2002

유튜브: 이희수 교수의 여러 강연, '최준영 박사의 지구본 연구소'(https://www.youtube.com/@globelab/videos)

창비청소년문학 117

버샤

초판 1쇄 발행 | 2023년 2월 24일
초판 3쇄 발행 | 2023년 9월 4일

지은이 | 표명희
펴낸이 | 강일우
책임편집 | 김도연, 김유경
조판 | 신혜원
펴낸곳 | (주)창비
등록 | 1986년 8월 5일 제85호
주소 | 10881 경기도 파주시 회동길 184
전화 | 031-955-3333
팩스 | 영업 031-955-3399 편집 031-955-3400
홈페이지 | www.changbi.com
전자우편 | ya@changbi.com

ⓒ 표명희 2023
ISBN 978-89-364-5717-4 43810

＊ 이 도서는 2021년도 한국문화예술위원회 아르코문학창작기금 지원사업에
 선정되어 발간되었습니다.
＊ 원고 작업을 위해 '예버덩 문학의 집'과 '토지문화관' 집필실을 이용했습니다.